마
존
은
귀
환
록

마졸귀환록 4

초판 1쇄 인쇄일 2014년 10월 18일 | **초판 1쇄 발행일** 2014년 10월 20일

지은이 주작 | **펴낸이** 곽중열 | **담당편집 팀장** 이범수
편집부 신연제 이윤아 김호성 김은경

펴낸곳 (주) 조은세상 | 출판등록 제 2002-23호
주소 경기도 연천군 미산면 청정로 1355
TEL 편집부 02)587-2966 | FAX 02)587-2922
e-mail bukdu@comics21c.co.kr

ⓒ주작 2014
ISBN 979-11-5512-726-1 | ISBN 979-11-5512-578-6(set) | 값 8,000원

마졸 귀환록

4

주작 판타지 장편소설

NEO FANTASY STORY

북두

(도)조은세상

CONTENTS

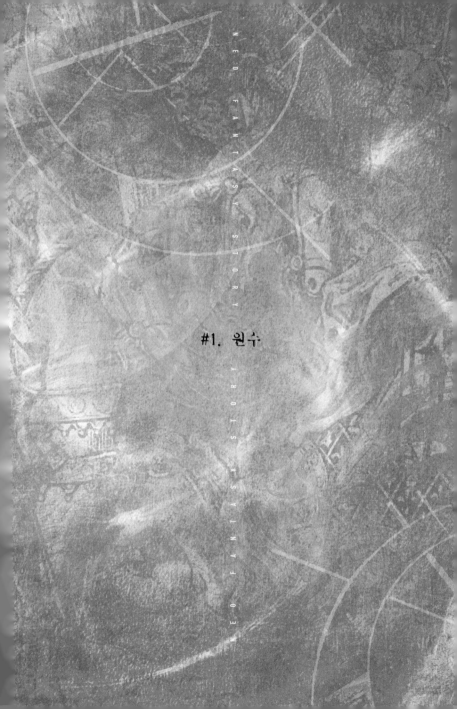

#1. 원수

#1. 원수

반짝이는 불빛이 시야 가득 들어찼다. 마치 밤하늘의 별빛이라고 여겨지는 저 풍경이 사실은 도시의 야경이라는 것을 잘 알고 있었다.

단지, 어질어질한 머리와 흐릿한 시야 때문에, 별빛과 혼동되어 보이는 것뿐이었다.

'한방…… 인가?'

칼렌은 자신의 지금 상태에 대한 이유를 찬찬히 생각해 봤다. 정신이 조금씩 돌아오며 조금 전의 상황이 머릿속으로 파라락 하며 연극처럼 지나갔다.

'한방도 아니구나.'

그냥 말 그대로 딱밤 한 대였다.

'용병왕이란 소리가 괜한 게 아니었구나.'

정보부 요원이라지만, 그래도 익스퍼트 중급들과도 검을 맞댈만한 자신이 있었다. 헌데, 그런 그를 이토록 허무하게 무력화 시킬 줄이야.

다행이라면 다행이랄까? 딱밤 한 대에 기절하는 굴욕을 맛보지는 않았다는 것이었다. 바닥에 몸져눕기는 했지만, 그래도 정신줄은 가까스로 부여잡고 있었다.

'강하다!'

새삼 용병왕이란 이름값에 감탄하는 순간이었다. 그리고 이런 생각이 드는 동시에 새로운 의문이 이어졌다.

'그럼, 저자는 누구지?'

무려 '왕'이라는 칭호를 붙인 이로 하여금 시선을 내리깔게 만드는 자의 정체가 궁금해졌다.

"까불지 말고 좀 빠져라."

보라. 지금도 감히 왕의 뒤통수를 후려치고 있지 않은가. 더욱 놀라운 건 그 건방진 손속에도 어깨를 늘어트리며 물러나는 용병왕의 모습이었다.

'대체 누구이기에…….'

이런 생각을 하는 사이, 용병왕을 물러나게 한 사내가 그에게 바싹 다가오더니 질문을 건네 왔다.

"궁금한 게 있는데, 혹시 저기에 숨어있는 저 여자도 네 일행이냐?"

그 말에 깜짝 놀란 칼렌이 시선을 뒤로 돌렸다.

'에리스?'

하지만 안타깝게도 그의 시야에 걸리는 건 없었다. 거리의 풍경만 가득 들어찰 뿐이었다. 눈살을 찌푸리며 연신 사방을 두리번거리는 칼렌의 모습에, 사내가 용병왕에게 눈짓했다.

"쳇!"

짧게 혀를 찬 용병왕이 휙 하니 사라지는가 싶더니, 이내 왜소한 체격의 로브인을 옆에 끼고 나타났다.

"에리스!"

정말로 그녀였다. 워낙 갑작스레 벌어진 일인 까닭에, 에리스 역시 적잖게 놀란 듯 뒤늦게 버둥거리며 용병왕에게 반항하기 시작했다.

이에 용병왕이 눈살을 찌푸리며 그녀에게 주먹을 휘두르려는 찰나였다.

"그만!"

용병왕을 부리던 사내가 제지하며 앞으로 나섰다.

"너는 주먹을 쓰기 전에 머리를 먼저 좀 써라."

그리고는 재차 용병왕의 뒤통수를 때리는데, 이번에도 기죽은 표정으로 물러나는 게 아닌가. 정말 왕답지 않은 모습이었다.

어쨌든 그 덕분에 풀려난 에리스가 후다닥 칼렌의 곁으로 다가가 그를 일으켜 세우며 물었다.

"괘…… 괜찮아요?"

그녀의 물음에 이를 악 물던 칼렌이 한숨을 내뱉으며 입을 열었다.

"왜 따라왔어. 쉬고 있으랬잖아."

"죄송해요. 당신 표정이 너무 걱정돼서."

유난히 경직됐던 칼렌의 표정에 에리스의 본능도 깨어났던 것이다. 칼렌 만큼은 아닐지언정 그녀 역시도 정보부에서 일하던 요원이었다. 그녀 역시 느낀바가 있었기에 뒤를 밟은 것이다.

"으음……."

자신의 실책이 컸다는 걸 인정하듯, 칼렌이 신음성과 함께 고개를 숙였다.

"자자. 대충 둘 사이에 나눌 이야기는 다 나눈 것 같은데, 그럼 이제 본론에 들어가야 하지 않겠습니까?"

한편에서 지켜보고만 있던 바알슨이었으나, 제튼이 신호를 보내기 무섭게 다가오며 질문을 던졌다.

"두 분. 정체가 어떻게 되시나요?"

그리 물으며 빙긋이 웃는 바알슨의 두 눈이, 마치 뱀처럼 요사스런 빛을 내뿜고 있었다.

브라만 대공의 출현.

그리고 이어진 대공의 어마어마한 무력.

파급효과로 발생한 균열들로 인해, 조직 그레이브는 다
방면에 걸쳐서 문제가 일어나고 있었다.

목재가면을 얼굴에 둘러 쓴 사내는 그레이브의 두뇌였
다. 그런 만큼 잠 한숨 제대로 누리지 못한 채, 매 시간 시
간을 쪼개어 쓰며 다방면에 걸친 문젯거리들을 해결해 나
가야만 했다.

하지만 그렇게 노력을 쏟아 붓고 있음에도 불구하고 결
국 새어버리는 부분들이 있었다. 올라온 보고서들을 하나
하나 살펴가던 그의 눈이 잠시간 멈춰 섰다.

'또 이탈자가 나왔다는 내용인가.'

한숨이 절로 나왔다. 망국의 사자들을 모아서 꾸린 조직
인 만큼, 그들을 이루고 있는 건 거대한 분노의 불길로 인
한 공감대였다.

때문에 조직의 이탈에 관해서는 나름대로 안전장치가
되어 있다고 여겼다. 허술하다 여길지 모르나, 그만큼 복
수라는 감정이 지닌 공감대는 특별했다.

헌데도 조직을 떠났다는 건 하나의 의미를 내포하고 있
었다.

포기!

복수의 불길을 억누를 만큼 브라만 대공의 무력이 어마어마했다는 소리였다.

'그러고 보니……'

조직의 수장이 했던 이야기가 생각났다.

〈그는, 하늘이다.〉

산이라면 오를 수 있겠으나, 하늘이라면 이야기가 다르다고 했다.

'하늘이란 말이지.'

확실히 브라만 대공의 무력은 그 정도로 엄청난 모습이었다. 하지만 그렇다고 해서 포기할 생각은 없었다.

'하늘 따위. 부숴주겠다!'

게다가 지금 상황이 꼭 나쁜 것만은 아니었다.

'남아있는 이들이야말로 그레이브를 위해 헌신할 수 있는 이들이지.'

복수의 불길이 절정에 이른 자들을 가려낼 수 있는 계기로 사용하면 되는 것이다.

'게다가 이탈자 역시 나름대로 쓸데가 있으니까.'

그들 전부의 위치를 파악하기는 어려웠다. 하지만 대략적인 이동 방향 정도는 예측이 가능했다. 언제고 그들이 필요해지는 때가 온다면, 이 길을 따라가다 보면 다시금 만날 수 있을 터였다.

'적당히 여물었을 때, 수확하는 것 역시 나쁘지는 않겠지.'

새로운 삶을 살겠다며 떠난 이들이었다. 한때나마 동료였기 때문에 그런 이들 이용해먹는 건 죄악이라 할 수도 있었다. 하지만 가면사내는 그리 생각하지 않았다.

'배신이야말로 죄악이지!'

거기까지 생각하던 가면사내가 잠시간 실소하며 고개를 흔들었다. 예전의 자신이라면 결코 지니지 않을 생각들이, 가슴 가득 자리하고 있다고 여긴 까닭이었다.

'상관없겠지.'

이러한 부분이야말로 그가 원하는 걸, 가지도록 도와줄 수 있을 것이기 때문이다.

'3년? 4년?'

이탈자들이 안착하는데 걸릴 시간을 계산해 봤다.

'대충 5년 정도는 생각해야 하려나.'

그들이 가정을 꾸리고 조직에 대해 잊을 즈음, 그 때에 저들을 다시 찾을 것이다.

'그래야 더욱 효과적이겠지.'

분노의 불길은 분명 뜨겁다.

'하지만 지키기 위한 열정도 무시할 수는 없지.'

그게 가정이라면 더욱 그러할 것이다.

'복수와 달리, 결코 포기라는 단어를 생각하기가 어려운 게 바로 가족이지.'

제국 깊은 곳으로 숨어든 이탈자들, 그 수가 제법 된다는 보고를 받았다.

현지 정보원!

그들에게 부여할 예정인 직책이었다. 자연스레, 혹은 치열하게 제국의 삶에 스며든 만큼, 더욱 만족스러운 현장요원이 되어줄 것이라고 여겼다.

어차피 새로운 계획을 위한 시간도 5년 정도였다. 저들의 수확시기 역시 잘 맞물릴 터이니, 오히려 잘 되었다는 생각마저 들었다.

'기대되는군.'

그렇게 눈을 빛내던 가면사내의 시선이, 다시금 책상위로 향하는 순간 꺼멓게 죽어버렸다.

무시무시한 서류의 산이 그를 괴롭히고 있는 까닭이었다.

"후우……."

한숨이 길게 늘어지고 있었다.

❖

참으로 재미없는 정보였다.

'그레이브라니.'

제튼은 칼렌과 에리스라 밝힌 두 사람의 정보를 들으며,

왠지 모르게 입맛이 쓰다는 걸 느꼈다.

'나를…… 천마를 원수로 두고 있는 세력이 있다니.'

솔직히 말해서 그런 조직이 있을 수 있다는 생각정도는 하고 있었다. 충분히 그럴만 했다.

마왕에 마신이라는 소리까지 듣던 이가 아닌가.

대 제국 칼레이드를 세우기 위하여, 수많은 왕국을 무너 트렸다. 거기에서 흐른 핏물이 얼마나 되겠는가. 이를 통해 생성된 원한 역시 어마어마할 터였다.

'쯧!'

제튼의 시선이 에리스에게로 향했다. 좀 더 정확히는 에리스의 로브 안쪽을 주시하고 있는 것이었다.

'임신인가.'

바알슨 역시 여인의 상태를 알기에 이를 빌미로 칼렌을 협박했고, 이 때문에 바알슨의 취조에 순순히 응했을 터였다.

'그레이브…… 무덤이라는 뜻인가.'

얼핏 어울린다는 생각도 들었다.

'망국의 사자들로 이뤄진 세력이라.'

밀러를 통해 들은 정보 중에서도 이와 관련된 이야기가 있었다.

'벨마른, 타코비아, 메타본, 체르센.'

그들 왕국의 기사들이 한 자리에 있었다는 내용이었다.

'연관이 있으려나.'

칼렌 스스로 말단 요원이라고 밝히며, 아는 것이 별로 없다고 했다. 하지만 아직 숨겨진 내용들이 더 있을 터였다.

에리스 때문이라고는 하나, 그래도 얼마 전까지 정보원이던 그였다. 벌써부터 입이 가벼워지기에는 시간이 너무 짧은 것이다.

"순순히 부는 것을 보면, 원하는 게 있겠지?"

문득 귀에 들어오는 내용이 있었다. 바알슨이 칼렌에게 던진 질문이었는데, 이에 칼렌이 제튼에게로 시선을 보내오는 게 아닌가.

"나를…… 저 분 주변에서 지낼 수 있게 해 주십시오."

순간 제튼의 미간에 주름이 잡혔다.

'내 곁에?'

어이가 없다고 해야 할까?

'내가 누군 줄 알고?'

이리 묻고 싶었다. 그도 그럴게 제튼이야말로 칼렌과 그가 속했던 조직, 그레이브의 실질적 원수이지 않던가.

"건방진 소리를 하는군."

바알슨이 그 말과 함께 칼렌의 멱살을 움켜잡는 게 보였다.

"그만."

거기서 제튼이 움직였다.

"이야기를 좀 하고 싶군."

그러더니 대뜸 앞으로 나섰다. 그 모습에 바알슨이 한 걸음 물러났다. 이를 본 칼렌이 눈을 빛냈다.

'역시, 저 자에게 붙어야 해!'

애초에 발을 담그지 않았다면 모를까, 저들과 연관되어 버린 이상, 쉬이 몸을 빼기는 어렵다고 여겼다.

그도 그럴 것이 상대가 누구인가.

용병왕 크라이온.

아는 사람은 다 아는 폭군이 바로 그였다. 말보다는 주먹이 앞서는 그에게 걸린 이상, 멀쩡히 빠져나간다는 건 불가능했다.

그 혼자라면 어떻게든 버티며 틈을 노려보겠으나, 지금은 에리스까지 함께하고 있는 상황이었다.

'피할 수 없다면 뛰어들어야지.'

때문에 가장 그럴싸한 패에 손을 뻗은 것이다.

"내 곁에 있고 싶다라…… 왜 그런 생각을 했지?"

"안전할 것 같아서 그렇습니다."

그러면서 잠시 에리스 쪽에 시선을 준다. 그걸로 충분히 다음 내용을 이해할 수 있었다.

"너와 저 여인을 지켜주기를 바라나?"

"……저는 빼 주셔도 상관없습니다."

대신, 에리스만은 곁에 있게 해 달라는 이야기였다.

"나를 너무 과대평가 하는 것 아닌가?"

"용병왕의 이름값을 생각할 뿐입니다."

크라이온을 가볍게 여기는 제튼을 믿는 것이다. 이에 제튼이 새로운 질문을 던졌다.

"내가 자네의 원수라 해도?"

순간 칼렌의 동공이 커졌다.

'아!'

이를 본 제튼의 눈가에도 짧은 이채가 어렸다.

'제법이군.'

조금 전, 그 한마디를 통해 제튼의 정체를 짐작한 모양이었다.

'그래. 그랬어!'

용병왕 크라이온을 저처럼 막 대할 수 있는 존재. 그런 강자가 흔할 리가 없었다.

'브라만 대공!'

그도 모르게 팔이 떨렸다.

'일부러 알려 준 것인가?'

하지만 이내 그 생각을 지웠다. 그저 우연히 던진 질문을 통해 그가 본질에 다가선 것이리라.

그렇다면 이제 다음을 생각해야 할 때였다.

'어찌 해야 하는가……'

순간적으로 비쳤던 제튼의 표정에서, 그가 진실을 알았음을 들켜버렸다.

우연히 벌어진 일이건 아니건 상관없이, 이제는 새로운 문젯거리가 그들 사이에 생겨버린 것이다.

'원수!'

그리고 복수!

사그라졌다 여겼던 불길이 재차 타오르기 시작했다.

"칼렌."

순간 들려온 아스라한 음성이 그의 이성을 일으켜 세웠다. 주체할 수 없이 흔들리는 감정의 불꽃 속에서, 흐릿하니 비치는 하나의 얼굴이 떠올랐다.

'에리스……'

두려운 눈빛 속으로 언뜻 각오를 다진 듯, 단단하게 굳혀진 동공의 그림자가 보였다.

하지만 그녀는 '진실'을 모르는 얼굴이었다. 칼렌이 알아낸 정보를 그녀는 유추해내지 못한 것이다.

아무것도 모른다 할지언정, 그녀는 위기에 함께 발을 내딛을 준비를 이미 마친 것이다. 표정에서 알 수 있었다.

'에리스!'

움츠러들었던 이성이 깨어났다.

"곁에서 지낼 수 있게 해주십시오."

억세게 움켜 쥔 두 주먹은 마지막 감정의 불씨이리라.

◆

　서로를 인정했기 때문일까?
　셀린과 제튼은 빠른 속도로 거리를 좁혀가기 시작했다. 전날까지만 해도 손을 잡는 것 정도만으로도 당혹감을 감추지 못했던 셀린이었다.
　하지만 이제는 얼굴을 붉히기는 할지언정, 그것만으로 당황하지는 않았다.
　이런 그녀의 반응에 제튼의 행동이 더욱 대담해졌다. 대뜸 팔을 벌려 옆구리 사이에 공간을 만드는 게 아닌가.
　재미있는 건, 셀린이 얼굴을 붉히면서도 과감히 그 사이로 팔을 껴 넣는다는 것이다. 당연히 함께하는 세레나와 제니의 표정에 변화가 생길 수밖에 없었다.
　황당한 듯, 혹은 기쁜 듯, 나름대로 다양한 얼굴 변화 속에서, 그들은 새로운 공감대를 형성해가고 있었다.
　"그런데 어디까지 생각중이야?"
　슬쩍 다가와 던지는 세레나의 질문에, 제튼과 셀린이 동시에 서로를 바라봤다. 그리고 이어지는 침묵, 선뜻 대답하지 못하는 셀린의 모습에, 세레나의 불만이 터지려는 찰나였다.

"마지막까지."

제튼의 입이 열리며 짧막한 한 단어가 튀어나왔다. 순간 셀린과 세레나 자매의 눈길이 그에게로 향하는데, 왠지 모르게 붉어진 볼과 회피하는 시선에서 그의 감정이 진하게 전해져왔다.

"부끄러워하는 거야?"

언뜻 웃음기 섞인 세레나의 음성에, 한층 더 돌아가는 제튼의 고개가, 행동이 참 재미있었다.

덕분에 조금 전 그 한 단어에 담긴 뜻을 눈치 챈 듯, 셀린의 볼도 함께 붉어지기 시작했다.

"우와~! 잠깐 못 본 사이에 너무 진전한 거 아니야?"

세레나의 물음에 제튼이 고개를 돌린 상태 그대로 어깨를 으쓱거렸다.

"뭐야!"

그 순간 제니가 끼어들었다.

"나만 빼고 셋이서만 놀지마!"

그러면서 볼을 빵빵하게 불리고 있으니, 절로 세 사람의 시선이 모아지며 실소가 흘러나왔다. 이를 놀리는 것으로 오해한 듯, 이후 제니의 볼은 한동안 들어갈 줄 몰랐다.

제튼 일행은 세레나의 안내를 따라 자작령 곳곳을 구경할 수 있었는데, 과연 대영지라고 해야 할까?

비록 '임시' 라는 단어가 붙고 있다고는 하나, 어쨌든 대영주의 땅이었다. 그만큼 볼거리와 즐길 요소가 잘 갖춰져 있었다.

특히, 도서관이나 극장 외에도 박물관과 미술관등, 생각 이상으로 잘 꾸며진 문화시설은 새삼 감탄사가 나오게 만들었다.

'확실히 촌동네 영지 수준이 아니야.'

전날 밤 만났던 얼굴 중 하나가 떠올랐다.

'카모룬 할람.'

대륙에서도 손에 꼽힌다는 대상단 팔라얀의 지점장이었다.

용병왕의 최측근으로써 제튼을 알고 있는 바알슨 처럼, 카모룬 역시 팔라얀 상단주의 측근으로써 제튼을 알고 있었다.

'나보다는 천마를 안다고 해야 하려나.'

어쨌든 그런 이유로 인해, 바알슨이 따로 카모룬에 대한 이야기를 언급했고, 잠시 고민하던 제튼은 그를 만날 수 있었다.

물론, 그의 정체를 밝히지는 않았다.

크라이온과 바알슨에게 들킨 것으로도 이미 충분했다.

'뭐…… 만났다고 하기에는 좀 그런가.'

한 차례 크라이온에게 당한 뒤로, 여전히 깨어나지 못했던 카모룬이었다. 덕분에 기절한 상태의 카모룬을 '확인'한 정도였다.

제튼 역시 카모룬의 얼굴을 알기 때문이었다.

'이곳 영지의 발전에 팔라얀 상단이 끼어 있을 확률이 높다는 말이지.'

상단주의 측근이라 할 수 있는 카모룬의 존재가 증거였다. 좌천되기에는 그 능력이 너무 출중한 까닭에, 오히려 비밀스런 임무를 맡았다고 보는 게 더 그럴싸했다.

'아무래도 상단주가 직접 나선 일이겠지.'

천마가 직접 손을 썼을 것으로 여겨졌다.

'쯧! 머리 아픈 상황은 피하고 싶은데.'

팔라얀 상단주를 떠올리기 무섭게 뒷골이 뻐근해졌다.

'하아! 천마. 너란 놈은 대체……'

상단주.

'설마, 그녀에게 이곳을 들키지는 않았겠지?'

생각만 해도 오싹한 그녀, 저 거대한 팔라얀 상단의 주인, 천마의 또 다른 여인이었다.

'정말…… 이곳저곳 안 뻗친 데가 없구나.'

솔직히 말해서 워낙 능력이 출중하다보니, 가만히 있어도 여인이 꼬이기는 했다.

천마는 그런 상황을 좀 더 적나라하게 즐겼을 뿐이었다.

"왜 그래?"

문득 들려오는 물음에 제튼의 시선이 옆으로 돌아갔다. 셀린이 걱정스런 얼굴로 그를 올려다보고 있었다. 아무래도 표정이 약간 심각해졌던 모양이었다.

"별 것 아니에요. 그냥 잠깐 예전 생각이 나서요."

"안 좋은 기억이야?"

그녀의 예리한 질문에 제튼이 쓰게 웃으며 고개를 끄덕였다.

"뭐, 이제는 옛 일이니까 너무 심각하게 생각할 필요는 없겠죠."

과거는 이미 되돌릴 수 없다. 게다가 지난 시간들의 대부분이 그의 것이 아니었다. 때문에 지금부터 이어질 시간들이 소중했다. 이제부터 시작될 시간들이야말로 진정 그의 시간이기 때문이다.

"지금에 충실해야겠죠."

그의 나직한 중얼거림을 들은 것인지, 아니면 그저 표정을 읽은 것인지, 셀린이 작게 고개를 끄덕이며 어깨를 기대왔다.

◈

해가 중천에 떠오른 시각. 그 때가 되어서야 크라이온은 자리에서 일어났다.

애초에 잠이 많기도 했으나, 지난 밤 심하게 몸을 굴린 이유가 더 컸다.

'끄응…… 전신이 쑤시네.'

오랜만에 경험하는 지독한 고통이었다. 제튼을 생각하니 여러모로 이가 갈렸다.

'재수도 없지.'

제국 진출의 발판으로 사용하려던 곳이었다. 헌데, 하필 이면 이곳이 가장 피하고 싶던 이의 고향이라니.

황당한 한편, 가득 차오르는 분노를 억누르기가 힘들었다. 때문에 그 분풀이로 전날 밤, 바알슨을 신나게 두들겨 줬다. 덕분에 그나마 꿀잠을 잘 수 있었다.

"후우……."

하지만 막상 잠에서 깨고 나자 찾아온 현실감에 머리가 아팠다.

"어찌한다."

그의 나직한 혼잣말에 반응하는 음성이 있었다.

"으으…… 어쩌긴 뭘 어쩝니까. 넙죽 엎드리는 거지."

방구석에 찌그러져 있던 바알슨의 모습이 보였다. 두들겨 패다가 잠든 까닭인지, 전날 마지막으로 봤던 처참한 몰골 그대로 널브러져 있었다.

"살아있네?"

크라이온의 물음에 발끈하는 심정이었으나, 애써 침착함을 유지하며 바알슨이 입을 열었다.

"그런 소리 마시고 신관에게나 좀 데려다 주십시오."

오랜만에 정말 처참하게 맞았다. 그 이유가 화풀이라는 게 더욱 성질이 났으나, 어찌하겠는가. 그가 믿고 따르기로 한 이의 성격이 원체 막돼먹은 것을.

'은인만 아니었어도. 젠장!'

이렇게 개처럼 두들겨 패지만, 저 성질머리 더러운 작자 덕분에 연명한 목숨이 더욱 많았다.

"앓는 소리 마라."

그리 말하며 매섭게 노려보는 크라이온의 눈빛에, 할 수 없다는 듯 바알슨이 자리에서 몸을 일으켰다.

정말 토악질이 나오도록 맞았다. 하지만 죽을 정도는 아니었다.

'끄응…… 이것도 브라만 대공 덕분이지.'

어쩌다보니 일찌감치 용병왕을 따르게 됐다. 그래서일까? 오래전부터 제튼과 인연을 가질 수 있었고, 그 덕분에 한 수 배우는 영광도 누리게 되었다.

〈넌 몸이 고될 것 같으니까. 좀 튼튼한 걸로 가자.〉

과거, 그 말과 함께 전수해준 연공법이 참으로 신통했다.

'저 막돼먹은 종자에게서 지금까지 살아남은 걸 보면,

확실히 대단하긴 하지.'

어쩌면 이런 사실을 알기에, 크라이온도 더욱 맘 놓고 주먹질을 하는 걸지도 몰랐다.

이런 대단한 연공법을 하나도 아닌, 수십, 어쩌면 수백 개나 알고 있을지도 모르는 게 바로 브라만 대공이었다.

때문에 더욱 두려워하는 것이기도 했다. 크라이온처럼 몸으로 겪고 기는 게 아니라, 머리가 알아서 기라고 지시했다.

"정말 그 쌍 놈과 같이 지내야 하는 거냐?"

불만이 가득 섞여있는 크라이온의 물음에 바알슨이 어깨를 으쓱거렸다.

"원하던 대로 됐잖습니까."

바알슨의 말대로였다. 애초에 이곳 주변에 둥지를 틀려던 크라이온이었다. 제튼은 그런 크라이온의 이주를 '허락' 해 준 것이다.

〈이곳에서 지내도 좋다.〉

지난 밤, 그렇게 이야기 했었다.

"그 쌍 놈이 바로 곁에 있잖아! 자유를 뺏기게 생겼는데, 너라면 좋겠냐?"

어쩌겠는가. 바알슨의 탓으로 돌리며 주먹질을 했다지만, 결국 선택은 크라이온의 것이었다. 그러니 이 모든 건 그가 감당해야 할 몫이었다.

"끄응⋯⋯."

그답지 않게 앓는 소리를 하는 모습에 바알슨이 안타깝다는 눈빛을 보냈다.

'쌤통이다.'

물론, 마음마저 그런 건 아니었다. 내외부의 완벽한 부조화. 그게 오랜 세월 용병계에서 보내며 기른 그의 능력이었다.

당장이라도 배우로써 뛰어든다면, 연극계의 새 바람이 될 거라 자신할 정도였다.

"그나저나⋯⋯ 그 놈. 그거 정말로 쌍 놈과 같이 할 생각인가?"

뜬금없는 크라이온의 이야기에 바알슨이 한 사내를 떠올렸다.

'칼렌.'

"네가 한 이야기대로라면, 그 빌어먹을 쌍 놈이 제 원수라는 걸 알 텐데도, 그런 선택을 하다니. 이해가 안 된단 말이야."

크라이온의 이야기에 바알슨이 쓰게 웃었다.

'그는, 과거가 아닌 미래를 선택한 겁니다.'

어려운 선택을 하던 당시, 힘줄이 도드라질 만큼 억세게 움켜쥐던 칼렌의 양 주먹을 보았다. 모르긴 몰라도 손톱에 살이 패일 정도로 힘이 잔뜩 들어 있었을 것이다.

"그렇게 궁금하면, 가정을 좀 꾸려 보십시오."

"가정?"

"……아! 그러고 보니 여자를 먼저 만나야겠네요."

내뱉고 나서 실수라는 걸 깨달은 듯, 바알슨이 급히 제 입을 가렸으나, 이미 크라이온의 미간에는 주름이 잡히고 있었다.

'빌어먹을!'

용병왕의 과격한 식전운동이 시작됐다.

◆

새로운 삶을 위하여 과거의 악연에 뛰어들었다. 선택에 따른 무게감이 어깨를 짓눌러왔다.

칼렌은 스스로에게 할 수 있는 변명거리를 최대한 찾았다.

'그는…… 내 실질적인 원수가 아니다.'

확실히 그건 그랬다.

브라만 대공.

분명 제국을 대표한다고 하나, 그가 모든 살육을 행한 건 아니었다.

단지, 그로 인해서 전쟁의 불길이 더욱 거세졌고, 덕분에 수많은 왕국들이 전쟁의 겁화에 타오른 것이었다.

그가 모든 사건의 발단이라는 부분 때문에, 그를 향한 원망의 불길이 거세진 것이다.

실질적으로 칼렌을 절망의 구렁텅이로 밀어 넣은 건, 브라만 대공이 지닌 수많은 무력단체 중 하나일 뿐이었다.

'거기다…… 난 더 이상 혼자가 아니니까.'

그레이브라는 조직에서 우연찮게 만난 여인 에리스. 그녀를 통해 새로운 삶을 일깨웠다.

새로운 생명이 잉태되면서 또 다른 미래가 열렸다. 놓치고 싶지 않았다. 단지 이를 위해서 원수에게, 적국의 수장에게, 머리를 조아려야 한다는 사실이 가슴을 아프게 했다.

'에리스.'

그녀가 이 사실을 알게 된다면 어떻게 될까?

'몰라야 한다!'

이 고통은 자신만의 것이어야 했다. 그녀에게는 그리고 그 아이에게는 전해주고 싶지 않았다.

'악연의 굴레는 내가 전부 안고 가겠다!'

칼렌의 시선이 옆으로 향했다. 그의 어깨에 기대 잠들어 있는 에리스가 보였다.

지난밤 사건으로 적잖게 정신력과 체력을 소모한 듯, 덜컹거리는 순환마차 속에서도 깊은 잠에 빠져 있었다.

그녀를 잠시 바라보던 칼렌의 시선이 마차 밖으로 향했다.

'스테일 남작령인가.'

순환마차의 목적지였다. 그곳으로 가서 자리를 잡으라는 제튼의 지시를 따르는 중이었다.

'그의 고향이라고 했었지.'

문득, 지금이라도 이 정보를 가지고 도망치면 어떨까 하는 생각을 해 봤다.

'이거라면, 그레이브에서도 우릴 용서해 줄지도.'

거기에 충분히 그럴싸한 정착지도 마련해 줄 터였다. 하지만 이내 고개를 저으며 생각을 털어냈다.

'괜한 위험을 살 필요는 없겠지.'

상대는 그 브라만 대공이었다. 허튼 짓으로 그의 분노를 사고 싶지는 않았다. 그레이브 이상으로 두려운 존재인 것이다.

'에리스.'

어깨에 기댄 그녀의 온기를 느끼며, 애써 약해지는 자신을 다잡아갔다.

◈

생각보다 하루라는 시간은 빠르게 흘러갔다. 얼마 구경한 것도 없는 것 같건만, 어느새 자작령의 풍경 속으로 어둠을 밝히려는 불빛들이 아른거리기 시작했다.

33

아직 태양의 온기가 남아 하늘위로 흩날리는 시각이었
으나, 높아져버린 건축물로 인해서인지, 도시의 밤은 생각
보다 빨리 찾아왔다.

그리고 이 즈음해서 제튼 일행에게 새로운 인물이 끼어
들었다.

"안녕하십니까!"

반듯한 외모가 인상적인 평범한 체구의 사내였는데, 그
가 바로 세레나와 만남을가지고 있는 남자였다.

"탈란 칼로나입니다."

왠지 모르게 딱딱하니 굳어있는 모습에서, 그가 적잖게
긴장하고 있다는 게 전해져왔다. 아무래도 연인의 가족,
그것도 윗사람이라 할 수 있는 셀린의 등장이다 보니 어쩔
수 없는 현상이었다.

아카데미 내에서 처리할 일들이 있어서인지, 하루가 늦
은 지금에서야 일행에게 얼굴을 비친 것이다.

'마법사인가.'

제튼이 눈을 빛내며 탈란을 바라봤다. 수준급은 아니지
만 지닌바 마나량을 짐작해 봤을 때, 적어도 4서클에 한
발 정도는 걸치고 있을 것 같았다.

'20대 후반에 저 실력이라.'

미래가 기대되는 인재였다.

'아카데미 교육 전 세대겠군.'

제국 아카데미 사업을 통해 성장한 마법사들 중, 벌써부터 출중한 실력을 내는 이들을 찾아보기는 어려웠다.

"이래 보여도 마법학부에서 인기 최고야."

탈란의 옆에서 세레나가 지원조로 등장해, 소개와 자랑을 번갈아가며 하고 있는 게 보였다.

'확실히 반듯하니 생기긴 했으니까.'

언뜻 보면 제법 이쁘장한 외형도 지닌 까닭에, 흔히 말하는 꽃미남의 느낌도 감돌았다.

"제 동생을 어떻게 생각하시나요?"

이런저런 생각으로 탈란에 대해 생각을 하고 있을 때, 셀린이 직선적인 질문을 하나 던졌다. 아니나 다를까 탈란과 세레나가 동시에 당황하는 게 보였다.

얼핏 보이는 셀린의 미소에 장난기가 살짝 섞여 있었다.

아무래도 세레나가 제튼과 셀린 사이를 가지고 놀려대던 것을 복수하려는 모양이었다. 물론, 순수하게 장난기만 가지고 묻는 건 아니었다.

아무래도 셀린의 성격을 봤을 때, 동생을 생각하는 마음이 더 컸을 터였다. 복수는 그저 약간의 향미료 정도일 뿐이었다.

"제 생의 마지막까지 함께하고 싶습니다."

시뻘겋게 달아오른 얼굴로 내뱉은 말이 참으로 난감했다.

〈마지막까지.〉

앞서 제튼이 했던 한마디가 떠올랐기 때문이다.

"풉!"

"푸풋!"

아니나 다를까 셀린과 세레나가 실소를 터트리며 제튼
에게로 시선을 던져왔다.

"끄응……."

앓는 소리를 내는 제튼의 모습에 한 차례 더 웃음이 터
졌다. 영문을 모르는 탈란만이 고개를 갸우뚱거릴 뿐이었
다.

하루 종일 뛰어다닌 덕분일까?

숙소에 도착하기가 무섭게 제니는 잠에 빠져들었다. 원
래는 저녁 늦게 마지막 순환마차를 타고 출발할 예정이었
다.

하지만 제니가 힘들지도 모르니 하루 더 쉬어가자는 제
튼의 의견에, 셀린도 동의하면서 다음날인 월요일로 출발
이 연장되었다.

하지만 세레나 역시 아카데미 일정이 있는 관계로, 아침
일찍 순환마차에 오르는 것으로 예정을 잡은 상태였다.

다음날 일정을 생각해서 제튼과 셀린도 일찌감치 잠자
리에 들려는 찰나였다.

"제니는 내가 볼 테니까, 둘이서 오붓하게 시간 좀 보내
다 와."

세레나가 등을 떠밀면서, 셀린과 제튼은 본의 아니게 밤
을 더 길게 보낼 수밖에 없었다.

"미안."

쓰게 웃으며 건네 오는 셀린의 이야기에 제튼이 고개를
저었다.

"이렇게 돌아가기가 좀 아쉬웠는데, 차라리 잘 됐네요.
세레나 덕분에 누나하고 데이트도 할 수 있으니까요."

그러더니 대뜸 손을 뻗어 그녀의 손을 잡아챘다. 싫지는
않았던지, 그녀는 이어진 이끌림에 순순히 야경 속으로 걸
음을 내딛었다.

아이가 깨 있던 시간은 오로지 아이만을 위해 투자했
다면, 지금부터는 한명의 여인을 위한 투자의 시간이었
다.

"맛있는 것부터 쭈욱 먹어볼까요?"

제니와 함께 돌아다니며 이것저것 먹거리를 즐기기는
했다. 하지만 아무래도 아이에게 신경을 써야하다 보니,
제대로 즐기기는 어려울 수밖에 없었다.

게다가 아무래도 아이의 호기심을 생각해야 하는 탓에,
먹는 종류에 있어서도 잘 선택해야만 했다.

"맥주 드실래요?"

지금과 같은 물음을 던지는 건, 아무래도 어려울 수밖에 없던 것이다.

고개를 끄덕이는 셀린의 모습에, 제튼이 저 앞쪽 길거리 가판대로 가서 맥주를 한잔씩 사서 돌아왔다.

그 사이 셀린은 한쪽에 마련된 자리에 앉아, 그를 기다리고 있었다.

"역시 큰 도시라서 그런지, 이 시간대에도 사람이 많네."

셀린의 이야기에 제튼이 고개를 끄덕이며 주변을 돌아봤다.

"아무래도 거리가 밝아서 그렇겠죠."

어두운 거리를 돌아다니는 것과 밝은 거리를 돌아다니는 것, 아무리 생각해도 밝은 거리 쪽으로 손이 더 갈 수밖에 없었다.

'아루낙 마을은 이 시간이면 컴컴하니까.'

마을 내에도 적잖은 발전의 흐름이 밀려들었으나, 아무래도 아직은 부족할 수밖에 없었다. 물론, 그것만으로도 충분히 어릴 적 동네 모습과 차이가 있기는 했다.

"그런데……."

문득, 셀린이 말끝을 흐리며 제튼을 바라봤다. 무슨 말을 하려는 걸까?

"낮에 한 이야기 말이야."

순간 머릿속에 떠오르는 장면이 있었다.

〈마지막까지.〉

입가에 가져가던 잔을 내려놓으며 이야기에 귀를 기울였다.

"그거……."

차마 말을 잇지 못하고 우물쭈물 거리는 그녀의 모습에, 이를 잠시간 바라보던 제튼이 무언가 결심을 한 듯, 표정을 굳히면서 말문을 열었다.

"청혼으로 생각하셔도 되요."

깜짝 놀란 듯, 동공을 키운 셀린의 모습에 제튼이 잔에서 아예 손을 놓으며, 그녀에게로 손을 뻗었다. 그리고는 꼬옥 잡았다.

"죄송해요. 좀 더 그럴싸한 청혼을 해야 하는데."

고백하고 서로의 마음이 통한지 얼마 지나지도 않았다. 헌데, 벌써 이처럼 급전진이라니. 근 두달여 동안 그녀를 애태웠던 게 마치 거짓말처럼 느껴지는 상황이었다.

약간은 당혹스러운 마음이 드는 한편, 기쁜 감정, 그리고 두려운 마음까지. 다양한 감정들이 소용돌이치는 것을 보면, 셀린 역시도 지금 이 순간을 제법 바랬던 모양이었다.

'두려운 건…… 그이 때문인가.'

전 남편의 모습이 잔상처럼 동공을 스쳤다. 한 번의 실패가 가져다 준 아픔 경험이, 새로운 시작을 향한 디딤발을 잡는 것이다.

하지만 이내 손안에 느껴지는 온기에 용기가 났다.

'그와 달라.'

제튼의 얼굴을 정면으로 마주했다. 언뜻 전남편과 닮은 것 같은 얼굴이 곳곳에 비쳤다.

언제고 세레나가 짐작했듯, 둘은 닮아있었다. 확실히 이러한 부분에 끌려 전 남편을 선택한 것일지도 몰랐다.

'닮은 건 얼굴뿐이야.'

아니다. 과거에는 분명 그 장난기도 제법 닮아있었다. 하지만 성장하여 어른이 된 둘은, 전혀 다른 사람이라고 여겨질 만큼 차이가 컸다.

그리고 이 부분에서 셀린은 제튼에게 더욱 믿음이 갔다. 장난기만을 지니고 어른이 되어버린 전 남편과는 달랐다.

'믿어도 되지?'

제튼과 마주한 그녀의 눈빛이 그리 묻고 있었다. 이를 아는지 모르는지 제튼은 그저 미소만을 보여 줄 뿐이었다.

◈

믿음, 신뢰, 신의.

"그딴 것과는 거리가 먼 게, 바로 그 빌어먹을 놈이지."

특히, 한 가지 분야에 관해서는 더욱 그러했다.

"여자문제."

한때나마 그의 '여인'으로 지내봤기에, 아주 잘 아는 부분이었다.

덜컹. 덜컹.

순간적으로 밀려온 흔들림에 한 차례 몸이 들썩였다. 최고의 마부가 이끄는 최상급의 마차를 타고 이동을 하는 중이었으나, 워낙 빠르게 내달리다보니 어쩔 수가 없었다.

"상단주님 괜찮으십니까?"

마차 앞에서 들려온 음성에 여인이 짤막하니 대답했다.

"그래. 괜한 걱정으로 속도 줄이지 말고, 이대로 쭈욱 달려."

"예."

창밖으로, 잠시 늦춰지는 것 같던 마차의 속도가 다시금 빨라졌다. 이를 보며 고개를 끄덕인 그녀가 손 안을 바라봤다.

그 안에는 손바닥에 딱 들어맞는 사이즈의 철판이 하나 들려 있었는데, 이는 제국 전쟁을 통해 만들어진 마법물품으로써, 미스릴을 통으로 사용하고 마정석까지 이용한 돈 먹는 괴물이었다.

제국 내에서도 소수만이 사용하는 최고가의 물건이었다.

그런 철판 위로 하나의 영상이 떠오른 상태였는데, 거기에서는 일남일녀의 모습을 볼 수가 있었다.

"혹시나 했는데, 역시나 또 여자냐."

일남일녀, 그 중에서 남자는 한때 그녀의 연인이기도 했던 존재였다. 하지만 그녀의 연인이면서 동시에 다른 여자들과도 만남을 가졌던, 희대의 바람둥이였다.

더욱 화가 나는 건, 이러한 사실을 부정하지 않고 당당히 밝힌다는 점이었다. 그런데도 불구하고 여자들이 꼬이는 게 가장 짜증나는 부분이었다.

'망할 새끼!'

그 유명한 제국의 전쟁영웅.

브라만 대공!

그녀의 옛 연인이자, 철판 속에 비치는 남자의 정체였다.

'딱 걸렸어!'

과거, 제국 전쟁이 한창이던 무렵, 갑작스레 찾아와 웬 촌동네 몇 곳에 지원을 해 놓으라던 연인의 말에, 할 수 없이 돈을 쏟았다.

이해할 수 없는 부분이었다.

수하들이나 여타 귀족들의 경우, 지방영지에 힘을 실어서 권력의 분할을 꾀하네, 외쳐대며 대공의 선견지명을 입에 올렸다.

'전부 다 개소리지!'

계획의 초창기부터 돈을 쏟아부었던 그녀는 이런 주변

의 반응에 고개를 저었다. 계획 그 이전에, 대공과 직접 살을 섞던 사이였기 때문일까?

조금이나마 대공의 성격을 파악할 수 있었고, 덕분에 전혀 다른 이유가 있을 거란 추측이 가능했다.

때문에 혹시 하는 마음으로, 지방영지를 발전시키는 와중에 좀 더 돈을 들여서, 나름의 정보체계를 갖췄다.

당시 까지만해도 그저 구상만 해 놓고 있던 신기술을 도입한 것이다. 그것은 도시의 밤을 밝히는 마법등의 또 다른 이용 방법이었다.

마법등은 저 서클의 마법으로써, 마나 소모가 워낙 적은 까닭에, 실험에 사용하고 남은 마나석의 잔재만으로도 완성시킬 수 있었다.

때문에 도시 곳곳을 밝힐 정도로 많은 양을 도시 가득 뿌릴 수 있는 것이기도 했다. 이런 마법등을 조금 개조했다.

소량의 마나석을 이용하는 것을 무려 고가의 마정석으로 교체하여, 상상을 초월하는 마법등을 만들어 낸 것이다.

그저 불만 밝히려고?

물론 그렇지는 않았다.

마법등의 술식을 좀 더 복잡하게 꼬아서, 새로운 마법 술식을 새겨 넣었는데, 그게 바로 이미지 저장 마법이었다.

'아무리 나라도 그 많은 도시 전체에 마정석을 넣기는 힘드니까.'

그녀가 발전시킨 지방영지의 숫자만 해도 양 손으로 헤아리기가 어려웠다. 아무리 대륙에서 알아주는 '팔라얀 상단'의 주인이라지만, 돈을 함부로 내돌릴 수는 없었다.

때문에 몇몇 중심이 되는 영지와 그곳이 일부 마법등만 교체를 했다.

그리고 주기적으로 저장된 이미지를 전해 받았는데, 지금 보고 있는 건 바로 이틀 전, 저 멀리 루마니언 지방의 로사테인 자작령에서 부터 전달되어 온 영상이었다.

사실 처음에는 못 알아 볼 뻔 했다. 하지만 운이 좋았다고 해야 할까?

용병왕 크라이온.

그가 등장하고, 그런 그를 하인처럼 부리는 이를 봐버렸다. 전혀 다른 모습이었으나, 얼핏 남아있는 옛 모습의 잔재가 결국 '그'라는 걸 깨닫게 해 줬다.

'게다가 바알슨이 저렇게 저자세를 취하는 사람도 드무니까.'

특히, 용병왕을 막 대하는 모습에도 이를 드러내지 않던 점. 그 부분이 가장 결정적이었다.

전쟁 영웅!

브라만 대공!

"드디어 찾았다!"

자리에서 벌떡 일어나며 외쳤다. 특히 환영할만한 점은, 그에게 이미지 저장을 들키지 않았다는 부분이었다.

특정 인물이 아닌, 전체를 담아내는 것인데다가, 전에 없는 새로운 술식으로 이뤄진 덕분에 눈치 채지 못한 것 같았다.

겉으로 보기에는 마법등과 별반 다를 게 없고, 발생하는 마나량 역시 그리 자극적이지 않기에 이뤄낸 성과였다.

'뭐…… 한번 술식을 들키며 끝이겠지만.'

그렇게 되지 않도록 철저히 보안을 걸어놨으니, 외부로 샐 염려는 없었다. 실제로 이 마법을 알고 있는 이의 숫자도 그녀 포함 겨우 3명뿐이지 않던가.

그녀가 지닌 비장의 한 수로 사용하기 위해서라도, 결코 바깥에 알려져서는 안 될 일이었다.

어쨌든 드디어 찾아 헤매던 존재를 발견한 상황이었다.

"마차!"

그 즉시 길에 올라 내달렸다.

하필이면 제국의 서쪽 끄트머리에 있었던 까닭에, 도착까지 상당한 시간이 걸릴 수밖에 없을 것 같았다.

게다가 팔라얀 상단의 주인이라는 위치 때문일까? 그녀를 쫓는 시선이 너무 많았다.

이 모든 것들을 제거하고 의심을 지우고자, 불시검문이라는 명목 아래, 상단들을 들쑤시며 돌아서 가야 했다.

결국, 도착까지 걸리는 시간이 더욱 길어질 수밖에 없는 것이다.

혹여, 사라져버릴까.

초조한 마음에 마부를 재촉하는 것, 그게 지금 그녀가 할 수 있는 전부였다.

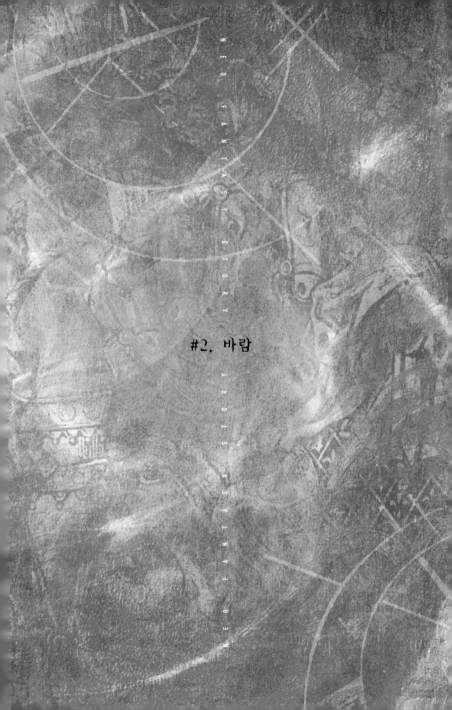

#2. 바람

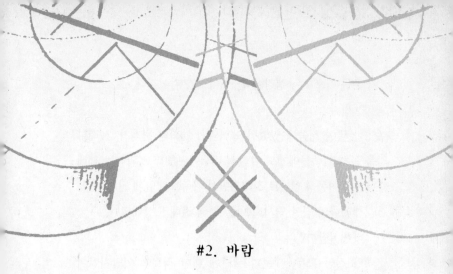

#2. 바람

"후우우……."

가볍게 내쉬는 한숨이 허공중에 하얀 흔들림을 남기며 흩어졌다.

"벌써 겨울인가."

제른은 괭이를 내려놓으며 주변을 돌아봤다. 어느새 제법 그럴싸한 모양새를 갖춰가는 들판이 보였다.

회색들판이라 불릴 만큼 자갈이 그득한 장소였건만, 겨우 반년 사이에 정리를 마친 것이다. 아직도 작업해야 할 것들이 한참이었으나, 이 정도라면 다음해 봄 즈음에는 집에도 알릴 수 있을 것 같았다.

'가족이라…….'

문득 떠오르는 생각에 슬쩍 미소가 지어졌다.

셀린.

한 달여 전쯤에 있었던 그녀와의 대화와 관계가, 세레나를 통해 가족들에게도 알려져 버렸다. 좀 더 정확히는 세레나에서 여동생 펠다로 전해지면서 가족들이 알게 된 것이다.

세레나의 집안 역시 그녀를 통해 전해진 상태였다.

다행이랄까?

양 집안 모두, 제튼과 셀린에 대한 걱정이 이만저만이 아니던 찰나였기에, 큰 반대 없이 그들의 관계는 인정받을 수 있었다.

오히려 언제 정식으로 합치는지 궁금해 하며, 등을 떠밀고 있을 정도였다.

'좀 천천히 가는 게 좋겠지.'

물론, 이미 청혼까지 해 버린 상황이었다.

〈마지막까지.〉

이 한마디가 조금 심각하게 부풀려져서 그리 된 것인데, 전혀 마음에도 없던 일이 아니었기에, 과감히 결심을 할 수 있던 것이기도 했다.

오히려 초반 시작이 너무 급작스러웠기 때문에, 약간의 여유를 두며 찬찬히 나아가고 싶은 마음이었다.

이 부분은 셀린 역시도 동의하는 것인지, 제튼과 함께 호흡을 맞춰주며, 느긋한 걸음을 내딛어주고 있는 상황이기도 했다.

"선생님, 다 끝냈습니다."

문득 들려오는 음성에 고개가 돌아갔다. 최근 들어서 검을 들기 시작한 케빈이 그가 시킨 수련을 끝낸 듯, 땀을 닦으며 다가오고 있었다.

'대단한 놈.'

원래라면 아직도 체력 단련이 한참이어야 했다. 하지만 재능이라는 게 제법 있기는 있던 모양인지, 아니면 어설프게나마 열린 상단전의 공능인지, 생각보다 빠르게 체력이 몸에 붙어버렸다.

좀 더 정확히는 달리는 와중에 이어지는 호흡의 완급조절을 깨우친 것인데, 이것만 깨달아도 연공법의 수련에 큰 도움이 됐다.

케빈은 이를 확실히 몸에 익힌 것이다. 그래서 몸풀기라는 명목 아래 연공법을 가르쳤다. 황자가 배웠던 것과 같은 맥락의 종류였다.

이 즈음해서 상단전의 공능의 또 다시 발휘됐다. 빠르게 이해하고 받아들인 것이다.

'덕분에 검을 드는 시기가 생각보다 빨라졌지.'

물론 여전히 뜀박질은 시키고 있었으나, 전처럼 하루 종일 시키는 건 아니었다. 적당히 뛰게 한 뒤 몸을 풀며 연공법을 시키고, 이후에 검을 들게 하는 상황이었다.

그토록 바라던 검을 드디어 들게 되었다는 사실이 좋았을까? 힘겨울 텐데도 반짝거리는 눈빛이 인상적이었다.

진검이 아닌 목검이었으나, 그게 어디겠는가. 뜀박질만 하며 쿠너의 수련을 부러워하던 지난날을 생각한다면, 분명 장족의 발전이었다.

"그럼 가서, 백번 더 휘두르고 와라."

기초적인 검술일 뿐이었으나, 제튼의 전부라고 할 수 있는 게 바로 이 초급검술들이었다.

몸풀기 연공법과는 또 다른 의미로써, 그의 전부인 것이다.

때문에 케빈이 지금 배우는 건, 사실 그가 가르치는 검술의 시작이며 끝이라고 할 수도 있었다.

때문에 이처럼 반복 숙달을 시키는 게, 지금 가장 중요한 부분이었다.

"옙!"

힘차게 대답하며 달려가는 아이의 모습에 절로 실소가 나왔다.

'그렇게 좋을까.'

목검 하나 들고는 세상을 다 가진 듯 한 표정을 짓고 있으니, 왠지 귀여운 생각에 절로 미소가 지어질 수밖에 없었다.

'그러고 보니…… 나는 어땠더라.'

분명, 케빈과 같은 모습을 꿈꾸던 시기가 있었다. 하지만 천마 때문에 반 강제로 검을 들었다.

그것도 진검이 아닌 심상세계에서 만들어진 거짓된 상황이었다.

'좋다기보다는, 불만이 더 많았었지.'

입가에 미소가 걸렸던 기억은 별로 없었던 것 같았다. 왠지 모르게 입이 텁텁해졌다. 고개를 저으며 상념을 털어낸 뒤, 다시금 괭이를 잡아갔다.

다가올 봄에 가족들에게 알릴 생각 때문일까? 절로 괭이질에 힘이 들어가고 있었다.

◈

갑작스런 주둔지 변경.

분명 뜬금없는 상황임에도 불구하고, 바알슨은 무리 없이 이 모든 일들을 착착 해냈다.

특히, 용병왕의 거점변경에 대한 사실이 외부로 알려지지 않았다는 점, 이게 바로 가장 놀라운 부분이었다.

애초에 이곳 루마니언 지방까지 올라오는 사이, 그들의 정체가 탄로 나지 않았다는 게 큰 도움이 됐다.

크라이온이 대놓고 자신을 드러내며 다니기는 했으나,

이곳 루마니언 지방까지 오는 동안 인적이 드문 산길을 주로 이용한 덕분인지, 그들의 위치를 파악하는 이들은 드물었다.

최측근이라 할 수 있는 이들 몇몇에게만 간단히 소식을 알렸다. 그나마도 현 위치에 대한 언급은 하지 않았다.

쓸데없는 주변 관심으로 제튼의 분노를 사고 싶지는 않기 때문이었다.

'그분이 움직이면, 대륙이 움직이는 것이다.'

이게 바알슨이 제튼에게 지닌 생각이었다.

분명, 칼레이드 제국을 세우는데 많은 세력들의 도움이 있었다. 하지만 이 모든 도움의 손길 중심에, 제튼의 보이지 않는 압력이 있었다는 걸 바알슨은 잘 알았다.

때문에 그를 두려워하는 것이기도 했다.

'결코 그분의 신경에 거슬리는 짓은 하지 말자.'

얼마 전 까지만 해도 크라이온이 새로운 경지에 오르면서, 바알슨 역시 조금은 자신감이 생겼었다. 하지만 떡이 되어서 돌아온 크라이온의 몰골에, 결국 결론은 알아서 기자는 걸로 내려졌다.

'뭐, 이곳 생활도 나쁘지는 않고.'

헤일로만 백작령.

그들이 새롭게 뿌리내린 장소였다. 제튼이 있는 스테일 남작령이나, 그 근방의 중심일 수 있는 로사테인 자작령도 아닌, 전혀 엉뚱한 곳에 자리를 잡은 것인데, 이는 혹여 있을지 모를 사태에 대비한 것이었다.

'숨긴다고 하지만, 결국에는 알려질 수밖에 없으니까.'

바알슨은 걱정거리가 아니었다.

용병왕 크라이온.

항상 자신을 당당히 드러내놓고 활보하는 그가 문제였다.

'미칠 노릇이지.'

때문에 루마니언 지방의 바로 옆 지방의 대영지인 헤일로만 백작령을 선택한 것이다.

적당한 거리감 때문에 제튼 역시 만족하고, 크라이온도 흡족해할 수 있는 위치로써 선정된 곳이었다.

"애들은 언제 부를 거야?"

크라이온의 이런 멍청한 질문이 간혹 튀어나올 때가 있지만, 깔끔히 무시해주면 될 일이었다.

빠악!

물론, 그럴 때면 이처럼 칼 같은 응징이 따랐으니, 주의해야 할 점이기는 했다.

"아시다시피 저희가 이곳에 있는 건, 아직 알려져서는 안 됩니다. 그러니 저희는 제국 내에서 새롭게 세력을 키워야 해요."

"그래?"

이미 전에도 이야기 했던 내용이었으나, 분명 한 귀로 듣고 흘려버렸을 것이다. 크라이온의 반응을 봐서는 그 확률은 백프로였다.

"그리고 중요한 애들은 거의 다 들어왔잖습니까."

"그런가?"

"끄응……."

앓는 소리가 절로 나왔다.

확실히 바알슨이 이야기 한 것처럼, 그들 용병단의 중심이라 할 만한 이들은 대부분 들어와 있는 상태였다.

특히, 크라이온과 함께 초창기부터 움직였던 이들이 그러했는데, 이들의 경우에는 바알슨과 마찬가지로 제튼, 즉 브라만 대공과의 인연도 있는 이들이었다.

지금이야 용병왕이라는 이름 아래, 이름 없는 왕국이라 불릴 만큼 덩치가 커져버렸으나, 결국 그 핵심전력은 초창기의 멤버들이라 할 수 있었다.

"그런데, 어째 눈에 뵈는 놈들이 없다?"

크라이온의 당연한 질문에 바알슨이 머리를 부여잡았다.

'정말 때려주고 싶다!'

분노가 머리끝까지 차오르는 심정이었으나, 애써 억눌러야만 했다. 괜히 한 마디하고 백대 두들겨 맞는 건 사양하고 싶기 때문이었다.

"당연하지 않습니까. 아시다시피 저희는 눈에 띄면 안 됩니다."

'그러니 제발 변장이라도 좀 하세요. 하다못해 그 뻘건 대가리라도 좀 숨기면 얼마나 좋아. 쒸펄!'

내뱉은 내용보다 속으로 삼킨 이야기가 더 길었다.

"그래서, 애들은 어딨는데?"

"이번에 받았던 의뢰를 역으로 이용해서, 제국 곳곳에 분산시켜놓자고 전에 말씀을 드렸잖아요."

"아, 그래."

열심히 설명을 했건만 저 성의 없는 대답은 또 뭐란 말인가.

너는 지껄여라 나는 씹을 것이니.

대충 그런 관계가 둘 사이에 형성된 듯, 매번 했던 말을 반복해야 할 때면, 자꾸만 양 주먹에 힘줄이 솟구쳤다.

하지만 이내 크라이온의 상태를 인지하며 힘을 빼야만 했다.

'패배의 충격에서 도통 빠져나오지를 못하네.'

마스터라 불리는 경지를 넘어선 뒤, 전설이라 여겨지는 영역에 발을 디뎠다. 그럼에도 불구하고 제튼에게 압도적으로 밀려버린 것이다.

그 데미지가 생각 이상으로 컸던지, 벌써 한 달 가까이 무기력한 모습만 보여주는 중이었다.

'뭐…… 지금 상황에서는 차라리 나으려나.'

쓸데없이 이것저것 딴죽을 걸며, 괜히 일만 복잡하게 만들던 걸 생각하면, 한동안은 저런 모습이어도 괜찮을 것 같았다.

게다가 저렇게 힘 빠진 모습 덕분에 자주 돌아다니질 않으니, 조금이나마 신경을 덜 써도 됐다.

'평소에도 이렇게 얌전하면 얼마나 좋을까.'

얼마나 이 상태가 이어질지는 모르겠으나, 그래도 기왕이면 좀 더 길게 갔으면 하는 바람이 있었다.

'물론…… 그럴 리야 없겠지만.'

지금도 틈틈이 돌아다니며 골치 아프게 하는 꼴을 보면, 분명 이 조용한 시간도 얼마 안 남았을 거라 여겨졌다.

◈

우우우웅…….

선명한 빛을 뿜으며 검날 위를 타고 흐르는 초월적 힘은 그야말로 눈이 부셨다.

오러.

그 신비로운 에너지를 드디어 세상에 드러내고, 이제는 한층 유연하게 발휘할 수 있게 되었다.

'하지만…….'

레이나는 크게 기쁘다는 감정을 느끼기가 어려웠다.

'왜?'

이유를 알 수는 없었으나, 분명 지난번에 들었던 이야기와 관계가 있는 것 같았다.

제튼과 셀린.

그 둘의 관계에 대해서 들어버렸다. 제튼에게 배움을 얻고자 자주 그의 집을 찾아가다 보니, 그의 여동생인 펠다와도 친분이 깊어졌다. 그 덕분에 듣게 된 이야기였다.

'어째서?'

스스로에게 질문을 던져도 이렇다 할 답이 나오질 않았다.

"왜 그런 걸까요?"

결국 참다못해서 답을 구하고자 펠다에게 찾아가 물었다.

"아……."

그러자 대답 대신 한참을 '아. 아.' 거리고만 있는 그녀의 모습에, 뭔가 심각한 건 아닐까 하는 걱정거리마저 생겨버렸다.

그렇게 잠시간 펠다의 대답을 기다리고 있는데, 대뜸 튀어나온 단어가 황당했다.

"미안."

뜬금없는 사과에 어리둥절해 하고 있으니, 펠다가 이야기를 이었다.

"아무래도 나 때문인 것 같네."

그러더니 이내 혼잣말을 하기 시작했다.

"설마, 큰오빠가…… 그렇게…… 재주가 좋았나? 그 얼굴에…… 켄트 오빠 정도라면 모를까."

왠지 제튼이 들었더라면 상당히 불쾌하게 느꼈을 법한 내용이 그 안에 가득 담겨 있었다.

"……왜 그러는 거예요?"

이대로는 안 되겠다 싶었는지, 레이나가 재차 물음을 던져 펠다의 정신을 잡아줬다.

"그게…… 그러니까."

뭔가 주저하는 기색이 역력한 그녀의 모습 때문일까? 괜히 레이나마저 심각해지는 기분이 들었다.

"흠…… 흐흠!"

갑작스레 헛기침을 시작한 펠다가 슬그머니 거리를 좁혀왔다. 이에 레이나는 슬쩍 뒤로 물러나며 역으로 거리를 벌리는데, 대뜸 펠다의 손이 그녀의 어깨를 잡아채는 게 아닌가.

그리고 다가오는 입술.

'뭐야?'

저도 모르게 눈을 질끈 감은 레이나가 보였다. 그런 그녀에게 다가든 펠다가 귓가에 접근해 속삭였다.

그리고 번쩍 뜨여지는 레이나의 두 눈.

"……아?"

그러더니 좀 전 펠다와 마찬가지로 '아. 아.'를 연발하기 시작하는 게 아닌가.

펠다가 쓰게 웃으며 말했다.

"미안."

그 말을 남긴 뒤 그녀는 떠났고, 홀로 남은 레이나는 여전한 모습으로 허공만 응시할 뿐이었다.

"……아?"

◈

덜컹, 덜컹…….

자리를 잘 못 잡은 것인지, 순환마차의 흔들림이 유난히도 크게 느껴졌다. 꼬리뼈의 통증에 자꾸만 엉덩이로 손이 가는 탓일까? 쿠너를 바라보는 주변의 시선이 살짝 불편해지고 있었다.

이를 느낀 듯, 슬슬 쿠너도 손짓을 멈춘 채 인내의 시간을 가져야만 했다. 지속적인 꼬리뼈의 통증을 잊기 위해, 먼저 생각을 다른 곳으로 돌렸다.

문득, 최근 들어서 새롭게 깨닫고 있는 부분이 떠올랐다.

오러!

그 신비한 힘과 처음 마주한 것은 입학 후 2년여가 지났을 즈음이었다. 3학년에 오르기 위한 준비가 한창일 무렵, 돌연 찾아든 감각에 깜짝 놀라야만 했다.

근력을 1로 치고, 오러 역시 1로 가정한다.

그렇게 하나와 하나가 만나 둘이 되는 것. 초월적인 파워를 내는 기본적인 공식이라 할 수 있었다.

이 공식처럼, 당시 쿠너는 근력으로 발휘하는 것 이상의 힘과 속도를 체감했고, 이를 통해서 오러라는 신비로운 힘을 깨닫게 되었다.

아직 한창 성장기인 그의 육신으로, 성인 장정들 이상의 힘과 속도를 재현해낸 것이다.

분명 놀라운 일이었다.

'그런데 그게 끝이 아니었단 말이지!'

최근 들어서 새롭게 깨우치는 부분이 있었다.

1 더하기 1은 2가 아니다.

근력과 오러의 완벽한 조화는 2가 아닌, 3이나 4, 혹은 그 이상의 초월적 파워를 보여준다는 것이었다.

제튼의 초급검술.

이를 충실히 배우고 익히면서 알게 된 그만의 새로운 깨달음이었다.

'오러의 양이 당장 크게 늘어나지는 않았지.'

하지만 그가 휘두르는 검의 위력은 전에 없이 강렬해졌다. 감히 이런 말을 하기는 민망하지만, 이번 루마난 축제의 우승자도 그의 상대가 아니라고 자신했다.

모르긴 몰라도 그가 출전했더라면 충분히 우승을 했을 것이다.

'나는 강해졌다!'

제튼 덕분에 그는 한층 성장한 것이다. 진정으로 오러에 대한 깨달음과 검에 대한 본질을 알아가는 중이었다.

"이번에 소학원 이야기 들었나?"

"들었지. 우리 아이도 한번 다니게 해 볼 생각이네."

문득 들려온 이야기에 잠시 생각이 멈췄다. 그러더니 이내 새로운 화젯거리가 머릿속으로 떠올랐다.

'소학원!'

올 가을이 끝날 무렵부터 조금씩 주변에 알려지며, 사람들의 시선을 끌어들이고 있는 교육시설이었다.

듣기로는 테룬 아카데미에서 기획한 사업인 듯, 아카데미 자체적으로 홍보를 돌렸었다.

'8세부터 입학이 가능하다고 했었지.'

알려진 내용들 중, 가장 인상적인 부분이었다.

"자네 집 아이들이 이제 9살 하고 13살이었지?"

"그래. 둘째 녀석을 한번 등록시켜볼 생각이네. 첫째 녀석은 나이가 좀 애매해서, 더 기다렸다가 그냥 아카데미에 바로 입학시킬 생각이야."

들려오는 이야기에 저절로 귀가 기울여졌다. 그 내용을
귀담다 보니 자연스레 떠오르는 얼굴들이 있었다.

'케빈, 메리.'

제튼의 집에 살고 있는 두 아이들이 생각났다.

'메리가 올해 7살이니까.'

소학원이 정식으로 문을 여는 건 내년 봄이었다.

'내년에 입학시키면 딱이겠는데.'

케빈 역시도 11살로써, 나이에 문제가 될 건 없을 것 같
았다.

'그러고 보니……'

문득 생각나는 부분에 있던 것인지, 쿠너의 미간에 슬쩍
주름이 잡혔다.

워낙 화기애애한 모습들을 봐와서 잊어버렸었는데, 케
빈과 메리는 반트가의 자제가 아니었다. 친자식도 아닌 아
이들에게 교육을 시킨다?

'역시…… 쉽지 않겠지?'

그의 집안에서 지원을 하는 건 어떨까 하는 생각도 들었
으나, 이내 고개를 흔들어야만 했다.

'거기까진, 아무래도 내가 관여할 부분은 아닌가.'

그래도 만에 하나라는 게 있으니, 제튼에게 지나가듯 언
급 정도는 해 봐도 될 것 같았다.

"그런데 소학원을 우수한 성적으로 졸업하면, 아카데미를 좀 더 일찍 들어갈 수 있게 해 준다고 하던데, 정말일까?"

"글쎄. 나도 그렇게 듣기는 했는데, 어찌 될지는 모를 일이지."

쿠너의·신경이 또 다시 이야기로 기울여졌다. 입학 연령과 더불어서 시선을 끄는 부분이 언급된 것이다.

'정확히는 2년 일찍 들어가는 특혜였지.'

테룬 아카데미 한정의 혜택이기는 했지만, 분명 매력적인 조건이었다.

'조기졸업까지 겹친다면, 16~7세?'

대략 그 정도 나이에 세상으로 나갈 계기를 얻는 것이었다.

'연령대로 보자면, 재교육도 가능하겠는데.'

말이 재교육이지, 더 이름 있는, 한층 높은 수준의 교육시설에서 새롭게 공부를 하는 것이었다.

'이름이라면…… 역시, 수도권인가.'

명문 아카데미의 대부분이 수도 주변에 분산되어 있었다.

이러한 수도권의 명문 아카데미는 두 분류로 나뉘는데, 그 중 하나는 기존의 아카데미로써, 아카데미 사업 이전부터 존재하던 귀족들의 교육시설이었다.

그리고 나머지 하나는 아카데미 사업 이후 명문으로 분류된 곳으로써, 수많은 명사들로 자체적인 수준을 끌어올린 아카데미를 의미했다.

제법 부유한 귀족이 아닌 이상, 대부분은 후자 쪽을 선택하는 게 보통이었다.

쿠너 역시 이야기로만 들은 것이지만, 명문 아카데미라 불리는 곳의 교사진을 살펴보면, '과연' 이라는 이야기가 나올 만큼 대단하기는 했다.

'한 때는, 나도 그곳으로 가려고 생각했었지.'

제튼을 만나기 전의 일로써, 오러의 힘을 작게나마 일깨우고, 조금씩 어깨에 힘이 들어가던 무렵의 일이었다.

'이젠 상관없는 일이지.'

진정으로 바라던 스승을 만남으로써, 더 이상 명문이라 불리는 곳에 미련이 없어졌다.

"도착이요~!"

앞에서 들려오는 외침에 고개가 들렸다. 어느새 순환마차도 멈춰있었다. 마차로 생각이 돌아가니 저절로 엉덩이의 통증이 깨어났다.

"끄응······."

그만, 앓는 소리가 새버렸다.

순환마차에서 내린 쿠너가 향한 곳은 제튼의 집이 아니

었다. 가을이 끝나갈 무렵 즈음해서, 그는 제튼의 집에서
방을 뺀 상태였다.

허름한 창고방의 생활이라고는 하나, 그 자신은 문제가
없었다. 하지만 비공식 루트를 통해, 그의 생활이 모친에
게 들어가 버린 것이다.

'미녠 아니면 코룬일텐데. 으음!'

언제고 놀러왔던 두 친구가 의심스러웠다.

부친이야 그런 환경에 신경쓰지 않았으나, 엄마의 마음
이란 그럴 수 있는 게 아니었던 모양이다. 최소한의 지원
금만을 약조했던 부친이었으나, 모친의 성화에 못 이겨 그
럴싸한 방을 잡아줘야만 했다.

'나이가 드신 뒤로는 유독 엄마에게 힘을 못 쓰시는 것
같단 말이야.'

부친의 처진 어깨가 문득 생각났다. 그러는 사이 그가
머무는 새로운 숙소가 가까워졌다.

라바룬 여관.

거리상으로는 제튼의 집에서 그리 멀지 않은 장소였는
데, 이곳에는 그 외에도 반가운 얼굴이 한명 더 있었다.

'레이나 선생님.'

저 앞으로 보이는 여관 입구로 익숙한 얼굴이 보였다.
그와 더불어 이곳에 장기 투숙을 하고 있는 사람이었다.

'오늘도 저 모습이네.'

전에 없이 늘어진 어깨와, 지쳐 보이는 얼굴 표정, 그리고 주기적으로 흘러나오는 한숨까지. 그녀답지 않은 모습에 절로 시선이 갔다.

'괜히 신경 쓰이네.'

신기한 건, 저렇게 힘없는 모습을 아카데미 내에서는 일체 보여주지 않는다는 점이었다. 오로지 근무 시간이 끝난 뒤, 여관에 돌아왔을 때에만 보여줄 뿐이었다.

'대단하다고 해야 하려나. 음!'

고개를 절레절레 흔든 쿠너가 여관을 향해 걸음을 옮겨 갔다.

솔직히 말해 이런 감정은 처음인 것 같았다. 그도 그렇게 평생을 검과 수련에 몰두하며 살아왔기 때문이다.

때문에 레이나는 펠다를 통해서 알게 된 자신의 감정이 낯설 수밖에 없었다.

그래서일까?

처음 며칠은 먼저 부정하며, 펠다의 이야기를 애써 머릿속에서 털어내려 했다.

하지만 그럴수록 귓가에 울리는 아련한 단어들이 있었다.

〈…… 아마…… 좋아…….〉

누구를?

'그를……'

펠다의 음성이 자꾸만 귓가에 속삭이는 기분이었다. 그래서 잡념을 털어내듯, 이를 밀어내며 더욱 열정적으로 검을 휘둘렀다.

하지만 그것도 아카데미에 있을 때나 가능한 일이었다. 장기 투숙중인 여관으로 돌아오고, 혼자 있는 시간이 길어지면, 저절로 떠오르는 펠다의 이야기가 머리를 어지럽혔다.

〈……좋아…….〉

유난히도 가슴을 흔드는 단어였다.

"후우우우……."

길게 늘어지는 한숨이 그녀의 심정을 표현해줬다. 방 안에만 있으면 괜히 더 답답해지는 탓에, 자연스레 여관 밖으로 걸음이 향했다.

그렇게 여관 앞에 마련된 휴식소에 앉아, 밀려드는 밤공기의 서늘함으로 가슴을 달래주고 있을 때였다.

"선생님?"

문득 들려오는 음성에 고개가 뒤로 돌아갔다.

'쿠너 플란.'

가슴을 흔드는 '그'의 제자였다.

"안녕하세요."

뒷머리를 긁적거리며 조심스레 다가와 말을 건네는 아이의 모습에, 레이나의 표정이 살짝 굳었다.

'깜빡했군.'

이곳 라바룬 여관에 새로운 장기투숙객이 생겼고, 그게 그녀와 제법 친분이 있는 쿠너라는 사실을 새삼 상기해낸 것이다.

워낙 최근의 일이고, 가슴의 울림으로 정신이 없는 까닭에 자꾸만 잊어버리는 내용이었다.

이런 그녀의 표정변화에 쿠너가 쓰게 웃었다.

'괜히 말을 걸었나.'

이제와 후회해서 뭐하겠는가.

"어서 와라."

"……예. 아! 저기 전 옷만 갈아입고 바로 갈 생각인데, 같이 가실래요?"

어디를 말하는 것일까? 지금 이 시각에 향할 곳이라고는 한 군데 밖에 없었다. 쿠너가 아루낙 마을에 자리를 잡게 만들 이유.

'제튼.'

그를 떠올리니 저절로 굳었던 표정위로 그늘이 생겨났다. 이 모습에 쿠너가 눈을 빛냈다.

'역시, 그런거였나?'

최근 들어 레이나가 제튼을 찾는 횟수가 줄어들고 있었다. 동시에 그의 이름만 언급 되도 미묘하게 경직되는 모습들 역시 보였다.

한 때, 그래도 잘 나가는 아카데미 우수생이 바로 쿠너였다. 게다가 생긴 것도 '꽃' 소리 좀 들어가게 생기질 않았던가.

덕분에 나름대로 연애 경험이 제법 있었다. 그런 그의 촉에 팍! 하고 감이 왔다.

"혹시, 제튼 선생님께 관심 있으세요?"

돌려 말할까도 싶었으나, 그냥 바로 묻기로 했다.

〈그건, 아마도 좋아한다는 감정일거야.〉

그 여파는 생각보다 엄청났다. 어렴풋이 환청마냥 들려와, 애써 외면하던 귓속의 메아리가 하나의 문장이 되어 완성되었다.

펠다가 했던 이야기가 온전하게 이어진 것이다.

화아아악…….

마치 마법등에 불이 들어오는 것 마냥, 레이나의 얼굴 위로 붉은빛 기운이 급격하게 일어나는 게 아닌가.

일체 본 적이 없는 그녀의 모습에, 질문을 던진 쿠너가 도리어 당황스러울 지경이었다.

"……아. 죄…… 죄송…….."

왠지 모르겠으나 사과를 해야겠다는 생각에 말문을 여는데, 그 순간 레이나가 자리에서 벌떡 일어나더니 저 멀리 달아나 버리는 게 아닌가.

"……합니다."

한 박자 늦어버린 끝맺음을 입안에 오물거린 채, 쿠너의
시선이 레이나가 달려간 거리 저 끝으로 향했다.

그리고,

"……."

한참을 그렇게 거리 너머를 바라봤다.

'……붉었어.'

뜻밖이라 할 수 있는 레이나의 모습을 본 것이다. 의외
의 상황에 복부를 직격으로 맞은 기분이랄까?

'……귀엽…….'

쿠너의 볼에도 슬쩍 분홍기가 어리고 있었다.

◈

어느새 만연하게 깔린 어둠의 자태에, 시야가 먹먹하게
흐려지기 시작하고 있었다.

그나마 곳곳에 설치되기 시작한 마법등이 밤거리를 일
부 밝혀주니, 밤길이 무서울 정도는 아니었다.

"아루낙 마을……."

여인은 마차 밖, 거리의 풍경을 눈에 담으로 나직이 중
얼거렸다. 그에 호응하듯, 마부석에서 물음이 들려왔다.

"상단주님. 밤이 늦었는데, 숙소를 먼저 잡는 게 어떨까
요?"

여인이 고개를 저으며 대답했다.

"아니. 그의 집으로 가겠어."

더 이상 그녀를 쫓는 시선 따위는 없었다.

"그를 만나겠어."

아주 잠시일 뿐이겠으나, 이 순간의 자유를 최대한 누릴 생각이었다.

팔라얀!

무려 대륙이라는 무대를 상대로 장사를 하는 상단의 주인. 그것이 여인이 지닌 위치였다.

그 거대한 덩치의 정점답게, 그녀에게 부여된 자유는 실로 한정적일 수밖에 없었다. 지금처럼 장기적인 여행을 동반한 경우에는 특히 더욱 그러했다.

그녀를 쫓는 시선들의 숫자가 유독 많아지기 때문이다.

'덕분에 쓸데없는 시간 소모가 너무 많았어.'

무려 한 달이 넘는 시간을 빙빙 돌아서야 겨우 이곳에 도착할 수 있었다.

그나마도 그녀가 지닌 비장의 수를 사용해서 얻은 자유였다.

'마나등을 개조한 건, 정말 최고의 수였어.'

이를 통해서 그녀를 감시하는 수를 하나 둘 줄여나갔다. 개조 마나등이 설치된 곳을 순차적으로 돌며 이뤄낸 성과였다.

그 정점을 찍은 곳이 바로 로사테인 자작령이었다. 게다가 그곳에 도착하기 전, 헤일로만 백작령에서 만난 지원군의 도움 역시 크게 작용했다.

바알슨.

용병왕의 두뇌라고 불리는 그를 만났고, 용병왕의 비밀호위라고 불리는 숨겨진 힘을 살짝 끌어다 썼다.

덕분에 상당수의 시선들을 제거할 수 있었다. 그 마무리를 로사테인 자작령에서 했고, 그로 인해 약간의 자유를 얻게 되었다.

게다가 바알슨을 통해 제튼에 대한 정보 역시 '구입' 했다. 합당한 가격을 매긴 정당한 '거래' 로써 얻은 것이다.

'생각보다 허름한 곳이네.'

아루낙 마을에 대한 간단한 평가였다.

다른 이들이야 촌동네 영지답지 않게 발전 했네 어쩌네 이야기하나, 그녀의 눈에 차기에는 부족함이 많았다.

'마법등도 이제야 설치되기 시작한 것 같은데.'

게다가 거리도 정돈이 덜 되어서 눈살을 찌푸리게 만들고 있었다.

사실 보통 마을이라고 생각한다면, 크게 이상할 것이 없는 풍경이었다. 그러나 이곳이 '그' 가 사는 곳이라면 이걸로는 부족했다.

'투자가 필요하겠네.'

그녀의 두 눈이 반짝거리며 불을 뿜었다.

루마니언 지방으로 새로운 바람이 부는 순간이었다.

그렇게 창밖의 풍경을 감상하는 한편, 이런저런 계획들을 구상하며 생각을 이어가고 있을 때였다.

저 멀리 왠지 모르게 시선이 가는 여인이 눈에 들어왔다. 눈길을 끄는 이유가 뭘까 싶어 관찰해보니, 생각보다 쉽게 답이 나왔다.

'기사인가.'

대상인으로써 수많은 사람들을 만나오며 눈이 깨었다고나 할까?

거기에 '그'를 통해 얻은 지식도 제법 도움이 된 듯, 이처럼 조금만 신경을 집중해서 쳐다보면, 생각보다 쉽게 상대편에 대한 답이 나오고는 했다.

'여기사라. 검작공의 파급효과가 크기는 큰 모양이네.'

확실히 여기사가 보기 드문 존재이기는 하나, 그래도 대상인의 이름값이 아깝지 않게, 그녀가 접한 여기사들의 수는 생각보다 많았다.

이곳과 같은 구석진 영지에서 만난 여기사도 제법 되었다. 하지만 그럼에도 불구하고, 여기사라는 존재가 아직은 그 수가 적고, 그런 만큼 희소성이 크다는 걸 부정하기는 어려웠다. 당연히 '제법' 봤다고 해서, 신기하지 않은 게 아니라는 소리였다.

특히, 지금처럼 구석진 영지의 여기사는 언제나 눈길이 가고는 했다.

게다가 저 앞으로 뛰어가는 여인이 풍기는 기운을 보라.

'익스퍼트.'

이제 겨우 초급을 넘은 것 같았으나, 분명 가볍게 여길 실력은 아니었다. 애초에 익스퍼트라는 존재 자체가 인정받아 마땅한 이들이었다.

'젊어 보이는데, 익스퍼트라…….'

여기사의 재능을 엿볼 수 있는 순간이었다.

저도 모르게 입맛을 다신 그녀가 여인의 뒷모습을 잠시간 바라봤다.

'한 번, 알아보는 것도 나쁘지는 않겠어.'

생각과 함께 고개를 끄덕이는 사이, 여기사의 모습이 거리 저 끝으로 자취를 감추고 있었다.

✦

저녁 식사를 마친 뒤, 잠시 지붕에 올라 배를 꺼트리던 제튼은 문득 시야가 불편해짐을 느꼈다.

어둠 저편의 거리 너머로, 왠지 모르게 이질적인 그림자가 비쳤는데, 그로 인해 마을의 풍경이 어지럽혀지고 있었다.

'마차?'

아루낙 마을이 제법 발전을 이뤘다고는 하나, 저 앞으로 다가오는 최고급의 마차와 어울리기에는 아직 무리가 있다고 여겼다.

'누구지?'

최고급의 마차라고는 하나, 그 주변에 꾸며진 정도를 보자면 그리 눈에 띄지는 않았다. 때문에 실질적으로 마을 풍경과 크게 어색한 건 아니었다.

하지만 곳곳에 비치는 마차의 재질이나 장식물들은 분명 고가의 것들이었다. 높은 위치의 삶을 살아봤기에, 이런 부분들이 자연스레 눈에 담기는 것이다.

'결국 의도적으로 마차의 격을 낮췄다는 뜻인데.'

그의 기억 속에도 저런 식으로 마차를 꾸미고 다니는 존재가 한 명 있었다.

'설마⋯⋯.'

지붕에 반쯤 누워있던 제튼의 허리가 곧게 펴졌다. 동시에 재워놓았던 감각을 깨웠다.

'음?'

마차에서 느껴지는 게 없었다. 특별한 이상점이 비치질 않았다. 그리고 이 부분이 제튼의 신경을 새삼 자극했다.

'내 감각에서 벗어나 있다고?'

절대적이라고도 할 수 있는 그의 감각으로도 파악이 어렵다?

보통의 마차가 아니었다.

'조금 더.'

감각을 깨웠다. 어느새 본격적인 마음이 된 듯, 그의 두 눈에도 빛이 일렁이고 있었다.

그 순간 마차의 창으로 비치는 얼굴을 봐버렸다.

'아……'

일어났던 기운이 거짓말처럼 사그라들고, 깨어났던 감각이 푹 하니 고개를 수그렸다.

조금 전, '설마'라고 생각했던 존재가 마차에 타고 있었다.

'로렌스 레임.'

저 유명한 대륙의 거대 상단 팔라얀의 주인.

'그리고, 천마의 또 다른 여자.'

저절로 지금 상황이 이해가 되었다.

'진법(陳法)인가.'

그녀 자신은 크게 특별한 능력이 없었다. 하지만 천마라는 하늘이 내린 재앙과 마주한 뒤, 그녀에게는 '진법'이라는 타 세상의 신비가 뿌리내렸다.

안타깝게도 제튼이 알 수 없는 영역의 공부였다.

'쯧! 마법처럼 골 때리는 학문이니까.'

게다가 마법보다 더욱 은밀한 탓에, 여러모로 꺼려지는 부분이 있는 공부이기도 했다.

가라앉았던 감각을 다시 일으켜 세웠다. 상대에 대한 파악이 끝난 덕분일까? 좀 전까지 느껴지지 않던 미묘한 기운의 잔재가 마차에서 잡혀졌다.

'대단하다고 해야 하나.'

진법이란 보통 한 장소를 지정한 뒤, 자연의 힘을 끌어 하나의 결계를 치는 것과 같았다. 헌데, 저 앞으로 다가오는 마차를 보라.

'이동식 진법이라니.'

감탄사가 나올 지경이었다. 저런 건 천마의 세상에도 없을 터였다.

'로렌스. 확실히 똑똑한 여인이기는 했지만, 그게 설마 이 정도일 줄이야. 허……'

마차에 깔린 진법의 대단함을 여러모로 느끼는 중이었는데, 그 중 가장 놀라운 건 여전히 그의 감각을 속이려 들고 있다는 점이었다.

'대단하군.'

마스터라고 해도 저 마차를 파악하기는 어려울 것 같았다.

그런 생각을 하고 있던 찰나였다. 창밖 여기저기를 살피던 로렌스와 시선이 닿아버렸다.

일순간 동그래지는 그녀의 눈동자가 돌연 반가움으로 물들더니, 이내 촉촉한 물기를 일으키는 게 아닌가.

'알아 봤군.'

애초에 그녀가 등장했다는 부분에서, 이미 그의 위치가 들통 났다는 걸 짐작해야만 했다.

'어쩐다.'

이제라도 그녀의 접근을 막아야 할까?

'글렀군.'

창으로 비치는 그녀의 눈동자는 이미 집안으로 들어설 기세로 가득했다. 게다가 이미 집 앞에 도달한 상태였다.

이제와 물리기에는 늦은 감이 있었다.

'위험한데.'

그녀는 검작공 오르카와는 다른 의미로써 통제가 어려운 여인이었다.

'천마를 이용해먹으려고 했을 정도니까.'

물론, 그녀의 의도를 천마 역시 잘 알고 있었다.

〈뭐, 어때? 좀 과한 애교라고 생각하면 되는 거지.〉

이런 태도로 순순히 이용당해 줬다.

〈저만큼 순종적인 자세를 취해주는데, 좀 당해줄 수도 있잖냐.〉

두 얼굴의 매력이라나?

'제 여자한테는 참 잘한단 말이지.'

괜히 바람둥이가 아닌 것이다.

'여전히 청순미가 넘친다고 해야 하나.'

창을 통해 그를 올려다보는 로렌스의 얼굴, 표정, 눈빛, 그 모든 게 새하얀 '순수'를 담고 있었다. 하지만 저러한 모습이 전부 의도된 연기라는 걸 생각한다면, 그리 달갑지만은 않았다.

그러는 사이 마차의 문이 열리며 로렌스가 내리는 게 보였다.

'후…….'

나오려는 한숨을 애써 삼키며 훌쩍 지붕에서 내려왔다. 늦은 감이 있지만, 부모님들이 눈치 채기 전에 쫓아낼 생각이었다.

"주인님!"

'쿨럭!'

헛기침이 나올 뻔 봤다.

'망할! 주인님이라니.'

워낙 오랜만이라서 그럴까? 아니면 천마 안에서 구경만 하다 직접적으로 당해서 그런 것일까? 상당히 낯 뜨거운 단어였다.

그 당혹감에 그만 공간을 허락해 버렸다.

"보고 싶었어요!"

와락!

최고급의 향수로 전신을 무장한 듯, 안겨드는 로렌스의 체향이 너무도 달콤했다.

순종적인 여자.

다양한 의미가 있었으나, 로렌스는 그 중에서도 가장 극악한 의미로써 순종적인 모습을 연기하던 여인이었다.

'젠장!'

손발이 오그라드는 기분이었다.

끼이이익…….

문득 들려오는 소리에 고개가 뒤로 돌아갔다.

'쯧! 늦었네.'

뒤편으로 문을 열고 나오는 모친이 보였다. 아니나 다를까. 제튼과 로렌스가 포옹하고 있는 모습을 발견한 듯, 문을 열고 나오던 모습 그대로 굳어버리는 게 아닌가.

"너…… 너……."

모친의 손이 대문 옆으로 향했다. 언젠가 진한 만남을 가진 적 있던, 긴 머리의 그 녀석이 보였다.

덥썩!

빗자루가 허공을 갈랐다.

"벌써부터 바람을 펴!"

따악!

오랜만에 눈앞으로 불이 번쩍였다.

"주인님! 괜찮으세요?"

그 순간 터진 로렌스의 한마디에 정신이 아찔해졌다. 상황이 악화되는 건 순식간이었다.

◈

기분이 좋았다.

최근 들어 제니는 항상 기분이 최고였다.

아빠!

이렇게 부를 수 있는 존재가 생겼기 때문이다. 행복했다. 특히, 최근에는 주변에서도 뭐라 하는 사람이 없어서 더욱 좋았다.

전에는 '네 아빠가 아니다.' 라며, 말리거나 다그치시는 분들이 계셨는데, 지금은 '허허허.' 하고 웃어들 주시니, 주변에서도 인정해주는 것 같아서 더욱 기뻤다.

'헤헤헷!'

웃음이 절로 나왔다.

특히, 근래에 알게 된 소식이 더욱 아이를 웃게 했다.

"어쩌면 '아빠' 가 같이 살게 될지도 모르겠다."

할머니가 웃으며 하신 말씀에, 정말이냐고 모친 셀린에게 찾아가 물었다. 하지만 기대했던 이야기는 나오지 않았다.

"아직……"

실망스런 대답이었으나, 그래도 기분은 나쁘지 않았다. 잠시간, 셀린이 보여준 미소와 표정이 이상하게 웃음을 전파한 까닭이었다.

"헤헤헤헷!"

웃지 않을 수가 없었다. 동시에 이런 기쁨을 주는 '아빠'를 자꾸만 보고 싶어지는 건, 어쩔 수 없는 본능이었다.

"엄마. 아빠한테 가자!"

그래서 어둠이 내린 시간에도 매번 모친을 조르기 일쑤였다.

"그럴까?"

재밌는 건 모친의 반응이었다.

이 늦은 시각에 선뜻 외출을 허락하는 게 아닌가. 물론, 아이 혼자가 아닌 함께 가는 것이기는 했다. 그래도 시간이 너무 늦지 않았는가.

밤길 위험에 대한 걱정이 없는 것일까?

"바로 앞이라고 해도, 조심해서 다녀와라~"

할머니의 걱정 어린 당부처럼, 솔직히 먼 거리가 아니기에 가능한 일이었다.

실제로 어릴 적, 헨몬 삼촌과 아빠가 자주 왕래했을 만큼, 그들 집안간의 거리는 그리 멀지 않았다.

거기에 셀린 역시 해가 뜬 시간에는 일을 하느라 바쁜 까닭에, 이처럼 해가 떨어진 뒤에나 여유가 생기니, 이 시각의 만남은 어쩔 수가 없는 것이다.

또한, 양 집안에서 어느 정도 허락을 한 사이이기에, 가
능한 만남이기도 했다.

"가자~!"

제니의 힘찬 외침에 셸린이 작게 실소했다. 제니의 목적
을 아는 까닭이었다.

아빠!

최초에는 제튼이 이유였다.

오빠!

하지만 최근에는 케빈이란 제튼의 어린 제자가 목표물
로 바뀐 상태였다. 아빠 제튼은 핑계가 되어 버린지 이미
오래인 것이다.

덕분에 최근 시무룩해진 제튼의 모습을 떠올리니, 재차
실소가 나와 버렸다.

"엄마~!"

밖에서 재촉하는 아이의 외침에, 셸린이 고개를 절레절
레 저으며 문을 나섰다.

◈

충격적이었다.

'그가 머리를 맞아? 빗자루에?'

제국전쟁의 영웅이라고 불리는 대륙최강의 사내였다. 그런 이가 매질을 당하는 장면을 보게 될 줄이야.

더욱 놀라운 건 이후에 나왔다.

"으아악! 엄마. 그게 아니에요. 오해에요. *끄악!*"

비명을 내지르는 한편, 양 손을 모아서 싹싹 비는 모습이라니.

'말도 안 돼!'

기억 속의 그와는 전혀 매치가 안 됐다.

'이게…… 대체……'

당혹스러운 와중에도 우선은 제튼을 도와주기 위해 나서야만 했다.

가벼운 장난이었다는 식으로 이야기를 전하면서, 가까스로 상황을 모면할 수 있었다. 물론, 장난이라는 소리에 로렌스를 보는 눈빛이 한층 매서워졌음은 당연했다.

게다가 여전히 의심의 눈초리를 던져 오니, 자연스레 움츠러 들 수밖에 없었다. 이에 제튼이 후다닥 자리를 피함으로써, 급한 대로 해결은 볼 수 있었다.

그리고 이내 제튼이 이끄는 대로 한참을 질주해, 집에서 제법 벗어난 공터까지 한걸음에 달려와야만 했다.

"왜 왔어?"

멈추기가 무섭게 던져오는 질문이 날카로웠다. 하지만 로렌스는 답변 대신에 제튼의 얼굴을 뜯어보기에 바빴다.

'정말…… 그?'

이미 영상으로 확인을 했다. 바알슨의 이야기로 확신도 얻었다. 하지만 조금 전 장면이 그 모든 것들을 부정하게 만들었다.

그러나 지금 이 순간 보여 지는 저 싸늘한 눈빛을 보라.

'……그가 맞는데.'

옛 모습 그대로였다. 그렇다면 조금 전 모습은 어떻게 설명해야 한단 말인가.

'바알슨의 이야기가 사실이었다는 건가!'

합당한 거래를 통해서 제튼에 관한 정보를 샀다. 제튼을 직접적으로 조사하는 건 쉬운 일이 아니기에, 그 주변인들을 조사한 내용이었다.

그렇게 조각조각 모은 정보들은 하나의 형태로 맞추는 것, 바알슨에게는 그리 어려운 일이 아니었다.

로렌스는 이런 식으로 완성된 정보를 사들였다.

'말도 안 돼!'

오는 내내 웃기지도 않는 이야기라며 부정했던 정보들이었다.

농사를 짓는다.

아카데미 말단 강사직을 한다.

나이 마흔의 애엄마를 쫓아다닌다?

등등의 웬 괴이상한 내용들만 한 가득인데, 이를 어찌 받아들일 수 있겠는가. 당연히 고개를 절레절레 저으며 바알슨의 정보를 구석으로 치워버렸다.

헌데, 이건 또 웬일?

만남과 동시에 충격적인 장면을 보여주면서, 그 엉터리 정보에 신뢰감을 확 높여주는 게 아닌가.

"왜 왔냐니까?"

짜증이 살짝 섞인 제튼의 물음에, 급히 정신줄을 잡았다. 두 번이나 묻게 하는 건 그가 가장 싫어하던 것이기 때문에 주의해야 할 사항이었다.

"주…… 주인님이 보고 싶어서 왔어요."

그러면서 슬쩍 몸을 기대보는데, 다가선 만큼 물러나며 그녀의 접근을 차단해 버린다.

"괜한 짓을 했군."

제튼의 차가운 음성이 그녀에게 거리를 유지하게 만들었다.

"내가 왜 떠났는지 모르는 거냐?"

알고 있었다. 하지만 그럼에도 불구하고 찾게 되는 건 어쩔 수가 없었다.

"주인님."

그녀의 음성이 떨리며 애처로운 울음을 자아냈다. 하지만 제튼은 저 모습이 연기라는 걸 잘 알고 있었다.

"그만. 과거에는 네 연기가 마음에 들었지만, 지금은 아니다. 브라만이라는 성을 놓고 오면서, 과거도 잊었다."

〈그러니 너의 존재도 허락하지 않겠다.〉

이런 의미를 담고 있는 내용이었다. 로렌스의 얼굴이 살짝 굳어졌다. 그런 그녀를 향해 제튼이 말했다.

"떠나라."

이에 로렌스가 답했다.

"싫어요."

제튼의 미간 사이에 주름이 잡혔다. 과거의 그녀는 결코 그의 말에 반기를 들지 않았다. 항상 순종적으로 고개를 끄덕였다. 뒤로 수작을 부릴지언정 앞에서는 결코 거부의 사를 밝힌 적이 없었다.

헌데, 지금 그녀가 고개를 저은 것이다.

'변했어.'

때문에 로렌스는 약간의 모험을 걸기로 했다. 과거라면 이와 같은 발언을 용서할리 없을 것이나, 지금은 왠지 무난히 넘어갈 수 있을 거란 예감이 들었다.

"죽고 싶은 모양이군."

기세를 일으킨 듯, 제튼의 주변으로 차가운 서리가 내려앉는 게 보였다. 하지만 이를 본 그녀의 심장은 한층 차분해지고 있었다.

'예상이 맞았어!'

만약 과거였다면, 저처럼 경고를 날리기보다는 먼저 손을 썼을 터였다.

"내가 떠난 이유를 알고 있다면서 날 찾아와? 너로 인해서 나의 평온이 깨질 수 있다는 생각을 못했느냐?"

저처럼 주저리주저리 말을 늘어놓는 건, 결코 전쟁영웅답지 않았다. 확실히 과거와는 다른 것 같았다.

풀썩!

그녀가 무너지듯 자리에 주저앉으며, 그대로 머리를 박았다.

"제…… 제발 용서해 주세요."

당장은 약한 모습을 보여줘야 할 때였다.

여인 특유의 자존심도 접고 더러운 흙바닥에 납작 엎드리는 것, 이는 결코 쉬운 일이 아니었다. 하지만 이런 행동들을 주저 없이 해 버리는 것, 그게 바로 로렌스의 강점이었다.

"이곳에 오는 길에 저를 주시하던 눈은 모두 지웠어요. 결코 주인님의 평온을 깨는 일은 없을 거예요."

"너는 네 위치에 대한 자각이 부족하구나."

감시의 눈길을 치워버렸다고 해서, 그녀가 이곳으로 향했던 사실이 지워지는 건 아니었다.

"언젠가는 네가 여기로 온 것이 알려지겠지. 어떠한 수를 쓰고, 또 어떤 계획을 꾸미고 있건, 결국 이곳으로 관심이 향하게 될 거다."

그렇게 되면 제튼의 주변도 시끄러워질 가능성이 컸다.

"그런데도 내 곁에 있겠다고?"

제튼의 평온을 위한다면, 그녀는 결코 이곳에 있는 게
불가능했다.

"그저, 가끔씩 찾아뵐 수 있는 정도면 되요."

너무도 절실한 그녀의 모습에 답답함이 느껴졌다.

'연기지만, 연기가 아니니…….'

천마를 이용하려고 들던 여인이다. 하지만 그저 이용만
하려고 그에게 붙은 건 아니었다. 절실한 애정이 있기에
함께했던 것이고, 더욱 가까워지기 위한 방편으로 이용하
고 이용당하는 관계를 조성한 것뿐이었다.

'마치, 천마라는 존재를 자신의 일부처럼 여겼으니까.'

그 태도가 자연스레 이용하는 형태로 발전된 것이다.

애정 그리고 사랑.

소규모 상단에서 그저 업무나 보던 소녀.

'순진했던 그 소녀가 저렇게 변해버리다니.'

천마. 그가 개입하면 뭐든지 꼬이는 것 같았다.

고아였던 소녀에게 손을 뻗었고, 길을 제시해줬으며, 나
아갈 등불을 밝혀줬다.

사랑에 빠지기에 충분한 상황이었다.

'조금…… 비틀렸다는 게 문제지만.'

하지만 천마에게는 색다른 재미였을 것이다.

"가라. 난 너를 받아줄 생각이 없다."

결국 기세를 거두며 등을 돌리는 제튼의 모습에서, 로렌스는 전과 다른 태도를 취해도 된다는 확신을 얻었다.

"바알슨을 만나고 왔어요."

서너 걸음쯤 갔을까? 문득 들려온 로렌스의 음성에 제튼이 눈살을 찌푸렸다.

크라이온을 떠올린 까닭이었다. 그녀는 바알슨이라는 이름을 통해, 크라이온에 대해 상기시켜준 것이다. 직접적인 언급을 피한 건, 그의 과거 모습을 기억하기 때문이었다.

〈용병왕은 되고 왜 나는 안 되는 건데요?〉

그녀는 지금 이렇게 묻고 있었다. 억울했을 것이다.

팔라얀 상단의 주인.

용병왕 크라이온.

사는 세계가 다르다고는 하나, 둘 다 정점이라 할 수 있는 위치였다. 당연히 크라이온은 허락하면서, 그녀는 밀어내는 행태를 인정하기가 어려웠을 것이다.

"크라이온은 약속을 지켰다."

경지를 넘어 천마의 제약을 벗어던졌다. 제국에 들어올 수 있는 명분이 생긴 것이다.

하지만 이 정도로는 제튼의 곁에 두는 이유가 될 수 없었다. 제튼의 설명이 이어졌다.

"아직 제국은 안정이 필요하다."

특히, 삼공작이 제 멋대로 구는 이 때에, 용병왕이라는
존재가 난입하면 큰 혼란이 야기될 수 있었다.

"그래서 데리고 있는 것이다."

사실 이러한 내용은 전부 핑계였다.

'그 녀석 정도라면, 주변을 지키기에 괜찮은 전력이니
까.'

만에 하나의 사태에 대비해 곁에 두려는 것이다. 간단히
말해서 집 지키는 멍멍이가 필요했다.

물론, 이런 진실을 가르쳐 줄 수는 없었다.

"게다가 크라이온은 오르카와 사이가 안 좋다."

때문에 적당한 핑계거리를 늘어놓는 것이다.

"너라면 이미 알고 있겠지만, 지금 제국 수도에는 오르
카가 있다."

모를 수 없는 이야기였다.

"크라이온 그놈의 성격상, 결국 제국의 수도로 향할텐
데. 과연, 그 둘이 가만히 있을까?"

제튼의 이야기와는 달리, 크라이온은 제국 구석에서부
터 얌전히 시작하려고 계획하고 있었다. 하지만 로렌스는
이런 사실을 알리가 없었고, 덕분에 제튼의 이야기는 생각
보다 잘 먹혀들어갔다.

이제는 쐐기를 박을 때였다.

"그리고, 너와 크라이온은 제국에서 지닌 위치가 다르다."

둘 다 정점이라고 하나, 제국이라는 무대를 배경으로 놓고 본다면, 그 위상이 전혀 달랐다.

"그놈은 주로 제국 밖에서 이름을 날리는 녀석이다."

제튼의 제약 때문이기는 했으나, 주 무대가 제국을 제외한 지역이라는 건 분명 사실이었다.

"하지만 너는 제국 내에서 큰 역할을 하는 위치에 있다."

대륙을 무대로 뛰는 팔라얀 상단이라고 하나, 그녀는 주로 제국전쟁을 통해 영향력을 키워왔다. 당연히 제국 내에서 그녀가 보여주는 파워도 남다를 수밖에 없는 것이다.

"네가 내 곁에 있는 것과 크라이온이 곁에 있는 건, 전혀 다르다."

말을 마치는 그 순간, 로렌스의 눈가로 맑은 눈물 한 방울이 또르륵 흘러 내렸다.

'후우…… 먹혀든 건가.'

내심 안도의 한숨을 내쉬며, 제튼은 최대한 쌀쌀맞은 표정으로 로렌스의 두 눈을 직시했다.

'……응?'

헌데, 뭔가가 이상했다.

기쁨. 환희. 전율!

그녀의 얼굴 위로 피어나는 저 빛은 무엇인가?

절망이나 좌절 등의 감정을 예상했건만, 전혀 뜻밖의 표
정을 짓고 있었다.

'정말로 변하셨어!'

조금 전, 상황 그녀를 대하는 그의 행동과 태도 등에서
그녀는 전과 다른 그를 보았다. 말보다 행동이던 과거와는
전혀 반대되는 모습이 특히 그러했다.

그 때문일까? 로렌스는 격동하여 널뛰는 가슴을, 심장
을, 감정을 제어하기가 어려웠다.

브라만 대공.

그는 결코 가질 수 없는 존재였다.

마치, 이른 아침의 안개와 같고, 잔상과도 같으며, 신기
루와 같은, 환상의 연인이라 해도 과언이 아닌 남자였다.

제튼 반트.

하지만 그는 눈앞에 존재했다.

손을 뻗으면 닿을 수 있을 것만 같은 위치에 서 있었다.
잡을 수 있을 것 같았다. 놓치기 싫었다. 전과 달리 솟구치
는 독점욕에 전율이 일었다.

'과거와는 달라.'

지금 흐르는 이 눈물은 그동안 애써 억눌러 왔던, 격정
적인 감정들이 한 순간 뿜어지면서, 그 일부가 체외로 분
출되어 드러난 잔재였다.

'가질 수 있어!'

그는 더 이상 환상이 아닌 현실이었다.

"떠나라."

저 잔혹한 말을 반복적으로 내뱉고 있는 것 자체도 너무 기뻤다. 과거라면 말보다 행동이 앞섰을 것이기 때문이다.

이는 그녀가 행동할 수 있는 일말의 계기를 마련해 주는 것과 같았다.

"알겠어요."

지금 이 순간은 순순히 고개를 끄덕이며 물러나야 할 때였다. 하지만, 이것은 이보 전진을 위한 일보 후퇴일 뿐이었다.

❖

처음 보는 마차가 반트가 앞에 세워져 있었다. 셀린은 뭐지 싶으면서도, 무의식중에 마차를 살폈다. 이는 마차 곳곳에 그려진 문양이나 장식물들이, 언뜻 여성적인 분위기를 자아냈기 때문이었다.

"와~! 이쁘다."

딸아이 제니도 이러한 부분들을 본 것인지, 밝게 외치여 마차에 바싹 달라붙고 있었다.

하지만 이내 이어진 마부의 제지로 인해, 적당한 거리를 둘 수밖에 없었다.

"죄송합니다."

셀린은 급히 제니를 데리고 물러나며 마부를 경계했다. 그에게서 풍기는 분위기가 이상할 정도로 오싹한 까닭이었다.

'누구지?'

반트가에 찾아온 손님일까? 하지만 그녀가 알기로 반트가의 인물 중, 저런 마차를 타고 다니는 이와 친분이 있을 사람은 없었다.

거기까지 생각하던 셀린의 두 눈에 불이 들어왔다.

단 한 사람, 기존의 반트가와 전혀 다른 삶을 살아온 사람이 있지 않던가.

'제튼.'

그를 만나러 온 손님일까?

누굴까?

의문이 일어났다. 이를 확인하기 위해서라도 빨리 집 안으로 들어가 봐야 할 것 같았다. 제니의 손을 잡고 반트가의 마당으로 막 들어서려는 찰나였다.

"아빠다!"

제니가 저 뒤편을 바라보며 외치는 게 아닌가. 셀린의 고개가 돌아갔다.

저 멀리 걸어오는 제튼이 보였다. 헌데, 그 후미로 웬 여
인이 따르고 있는 게 아닌가. 셀린의 표정이 살짝 굳어졌
다.

'……누구?'

전에 본 적 없는, 너무도 아름다운 여인이었다.

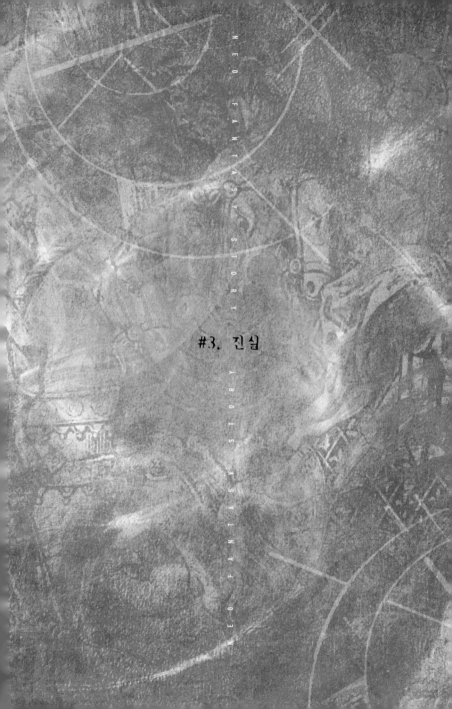

#3. 진실

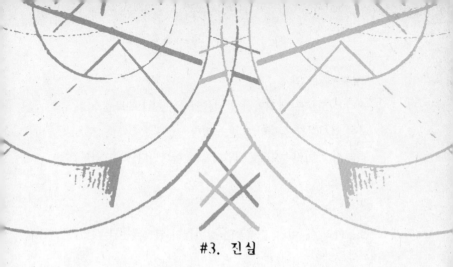

#3. 진실

돌아오는 길, 집 앞에서 느껴지는 익숙한 기척을 읽었
다.

셀린과 제니.

등 뒤로 로렌스가 따르고 있기에 오해의 여지가 있는 상
황이었다. 특히 그녀가 보내오는 격정적인 눈빛이나 태도
등을 생각한다면, 필히 여인의 감을 자극하게 될 터였다.

그러나 제튼은 가던 걸음을 멈추지 않았다.

'어차피 알려질 테니까.'

모친에게 들킨 이상, 셀린도 결국 알아버릴 것이다. 굳
이 숨기며 눈치를 보는 선택지를 버리고, 정면 돌파를 선
택했다.

"아빠~!"

제니가 도도도 달려와서 안겨들었다. 등 뒤로 로렌스의 기척이 일시지간 흔들리는 걸 느꼈다.

로렌스의 머릿속으로 '애엄마를 쫓아다닌다' 라는 정보가 떠올랐다.

'정말…… 이었나?'

오늘따라 왜 이리 충격적인 장면들이 연속되는가 싶었다.

"웃차! 조심해야지. 뛰다가 넘어지면 어쩌려고."

"제니는 날렵해서 괜찮아. 히힛!"

아이의 말에 가볍게 실소한 제튼이 셀린에게로 시선을 보냈다.

"안…… 녕."

그녀의 어색한 인사말과 흔들리는 눈동자에서, 로렌스와 그에 대한 오해를 읽을 수 있었다. 충분히 예상했던 상황이었다.

"오셨어요."

인사말을 받으며 그녀에게로 다가갔다. 거리가 가까워지자 그녀가 물었다.

"누구…… 시니?"

그녀의 시선이 로렌스에게로 향해 있었다. 쓰게 웃은 제튼이 바로 답해줬다.

"예전에 인연이 있던 동생인데, 근처에 왔다가 잠깐 들린 모양이에요"

"……그래."

제튼의 이야기에 고개를 끄덕이면서도 그녀의 표정은 풀어지지 않았다. 여인으로써의 촉이 아는 동생 그 이상의 무언가를 감지한 것이다.

이미 한 차례 전 남편의 바람기를 겪어봤기에, 더욱 민감한 것일지도 몰랐다.

"안녕하세요."

그녀의 경계심이 한층 짙어지는 찰나, 로렌스가 먼저 다가오며 인사말을 건네 왔다.

"로렌스 레임이라고 불러주세요. 셀린 언니."

대뜸 언니라는 단어를 입에 올리더니, 친근하게 다가서는 그녀의 모습에 셀린은 묘한 긴장감에 휩싸여야만 했다.

이런 속내와 달리 겉으로는 웃음을 지어내며 답하고 있었다.

"반가워요. 셀린 웰븐이라고 해요."

"나하고 미래를 약속한 사이시지."

제튼이 슬쩍 끼어들며 한마디 거들었다. 로렌스의 동공에 짧은 흔들림이 있었고, 우연인지 셀린은 그것을 봐버렸다. 그리고 확신했다.

'그를 좋아해!'

생각이 거기에 닿자, 제튼과 로렌스의 과거 인연이 어떠한 것인지 궁금해졌다. 하지만 차마 묻지 못하고 삼켜야만 했다.

두려움.

한 번 겪었던 남편의 외도.

그것을 파헤치고 마주했던 결과와 더불어, 당시에 받아야만 했던 그 정신적 충격, 그것을 다시 겪을지도 모른다는 생각이 그녀를 약하게 만들었다.

"앞으로 잘 부탁해요."

문득, 로렌스가 그 말과 함께 셀린의 손을 잡아챘다. 그러더니 악수를 하듯 꼬옥 움켜쥐는 게 아닌가. 이 갑작스런 행동에 제튼의 눈살이 찌푸려졌다.

'앞으로?'

떠나라는 말에 '예' 라고 답했다고는 하나, 곱게 물러날 거라고는 생각지 않았다. 순종적인 연기를 하면서 가장 적극적이던 여인이기 때문이다. 헌데, 이렇데 대담하게 남겠다는 의지를 표현할 줄이야.

'로렌스!'

부릅뜬 제튼의 두 눈이 로렌스에게로 향했다. 놀라운 건, 그 눈빛을 당당히 마주하는 그녀의 태도였다. 희미하게 걸린 그녀의 미소는 또 무엇인가.

'더 이상 물러서지 않을 거예요!'

좀 더 천천히 다가설 계획이었다. 하지만 셀린을 본 뒤로 생각이 바뀌었다.

'겨우 이런 여자 따위에게 뺏기지는 않을 거야!'

충분히 아름다운 여인이라 여겼다. 분위기도 나쁘지 않았다. 하지만 그녀의 눈에 차는 수준이 아니었다.

황제.

검작공.

그리고 무수히 많은 고귀한 여인들을 보아왔다.

브라만 대공의 여인이라면 그 정도는 되어야 했다. 게다가 결정적으로 한 아이의 엄마라는 점이 거슬렸다. 그의 여자라면 오로지 그만의 것이어야 했다.

'당신이 과거를 버리고 제튼으로 산다고 해도…… 그건 마찬가지야!'

그야말로 용납할 수 없는 영역이었다.

"자주 뵙게 될 거예요."

그 말과 함께 로렌스가 맞잡은 손에 힘을 가득 넣었다. 워낙 갑작스럽게 힘을 준 까닭일까? 셀린의 미간 사이로 주름이 잡혔다.

로렌스는 짧지만 강렬한 인상을 남기고는 떠나갔다. 셀린은 거리 저 끝으로 마차가 멀어질 때까지 홀로 생각을 거듭했다.

마차가 시야에서 사라질 즈음 결론이 나왔다.

선전포고!

조금 전, 로렌스가 보여준 행동의 의미는 그것이었다. 덕분에 굳어버린 셀린의 표정에, 제니는 괜히 숨을 죽이며 눈치를 봐야만 했다.

그 모습을 본 제튼이 제니를 집 안으로 들여보냈다.

"케빈 오빠한테 가 보렴. 뒷마당에 있을 거야."

그 말에 활짝 웃으며 쪼르르 달려가는 아이의 뒷모습이 조금 야속했으나, 지금 중요한 건 그게 아니었다.

"누나."

그의 부름에 셀린이 고개를 돌려 시선을 던져왔다. 설명을 바라는 얼굴이었다. 하지만 동시에 불안함에 떠는 눈빛도 보였다. 감당할 수 없는 이야기가 나올까 두려워하는 것이다.

"잠깐 이야기 좀 해요."

그 말과 함께 그녀에게 다가서니, 주춤거리며 물러나는 그녀의 모습이 보였다.

나직이 한숨을 쉰 제튼이 훌쩍 다가들었다. 뒷걸음질 칠 틈도 주지 않으며 재빨리 그녀의 손을 낚아챘다.

"제대로 설명할게요. 누나. 제발……."

그 간절한 부름에 손을 빼려던 셀린이 힘을 풀며 그를 바라봤다. 어느새 살짝 어린 물기가 동공을 촉촉하게 적시고 있었다.

"자리를…… 좀 옮길게요."

그렇게 말한 제튼이 대뜸 그녀를 품에 안았다.

'무…… 무슨?'

당혹스러운 와중에도 얼굴이 살짝 붉어지고 있는데, 그 순간 발아래로 느껴지는 기묘한 감각에 고개가 밑으로 내려갔다.

"꺄악!"

비명성이 터졌다. 그도 그렇게 발아래로 아무것도 없는 게 아닌가. 주변 풍경 역시도 급작스럽게 변해 있었다.

허공.

그녀가 지금 서 있는 위치였다. 하늘 위를 날아가는 것이다.

"괜찮아요. 무서워하지 마세요."

그 순간 전신 가득 기묘한 온기가 일어났다. 그와 동시에 제튼의 부드러운 음성이 속삭이듯 귓가로 파고들었다. 그러자 거짓말처럼 가슴이 진정되는 게 아닌가.

"천천히 주변을 둘러 봐요."

그의 말처럼 조심스레 시선을 들어 주변을 돌아봤다.

'아…….'

믿기 어렵게도 그녀는 현재 하늘이라 불리는 위치 중에서도, 구름이 코앞에 있을 것처럼 아득한 높이까지 올라와 있는 상태였다.

놀랍고 또 충격적인 광경이면서, 동시에 가슴이 뻥 뚫리는 시원한 풍경이기도 했다.

"이게…… 대체?"

그녀의 의문성에 제튼이 쓰게 웃으며 말했다.

"놀라게 해서 죄송해요. 하지만…… 지금부터 할 이야기를 생각해서라도, 조금은 보여드려야 할 것 같았어요."

진실의 일부를 드러내야 한다는 걸 알았다.

지금 상황이 그러했다. 이미 그의 주변에는 조금씩이지만 사람들이 모여들고 있었다.

검작공 오르카가 찾아왔었고, 용병왕 크라이온이 멀지 않은 곳에 머물고 있으며, 대상인 로렌스가 거주를 결심했다.

앞으로 어찌 될지는 모르겠으나, 만에 하나의 사태를 대비해서라도 그녀가 알아야 한다고 여겼다. 전부를 알려주지는 못할지언정, 일부 사정이라도 들려줄 생각이었다.

"진실?"

그녀의 의문에 고개를 끄덕거린 제튼이 대답 대신, 역으로 물었다.

"제가…… 고향에 돌아오기 전에 뭘 했을 것 같아요?"

이에 셀린의 얼굴에 잠시간 당혹감이 머물렀다. 지금 보여주는 이 놀라운 능력으로 인해, 그에 대해 들었던 이야기들이 전부 날아가 버린 까닭이었다.

그 모든 게 진실이 아님을 알게 되었다.

'진실!'

이제야 이해했다. 제튼은 알려진 내용 이면에 숨겨진 것을 드러내려 하고 있었다.

'그 정도인 거야?'

지금껏 비밀로 했다는 건, 그만큼 숨기고 싶었다는 의미였다. 헌데, 그걸 한 여인의 등장과 동시에 알리려 한다. 그만큼 로렌스의 존재가 크다는 의미처럼 여겨지기도 했다.

"제 입으로 이런 소리를 하기는 좀 뭐한데, 저는 생각보다 대단한 사람이었어요."

그 부분은 셀린도 동의했다. 지금 그녀가 있는 장소를 보라.

구름보다 높은 곳에 어찌 사람이 올라올 수 있단 말인가. 이야기 속 마법사들도 이런 건 어려울 것 같았다.

부유마법이 제법 고위의 마법이라는 걸 생각한다면, 확실히 그녀의 생각도 틀린 건 아니었다.

"혹시, 마법사였니?"

그녀의 조심스런 물음에 제튼이 실소하며 고개를 흔들었다.

"제가 하는 일 아시잖아요."

아카데미 기사학부에서 강사직을 하고 있었다.

"그럼……."

끝맺지 못한 물음이었으나, 충분히 다음 내용이 이해되었다.

〈이건 대체 어떻게 된 거니?〉

제튼이 빙긋 웃었다.

"말씀 드렸듯이, 제가 좀 대단한 사람이에요."

반복되는 언급에 셀린이 결국 참지 못하고 물었다.

"얼마나?"

대체 얼마나 대단하기에 이런 일이 가능한 걸까?

"아마…… 무엇을 상상하건 그 이상일 거에요."

자세한 설명 대신 두루뭉술한 이야기로 대처하는 게 마음에 들지 않았으나, 차마 더 이상은 묻지 못했다. 제튼도 이 부분에 대해서는 아직 마음의 준비가 안 됐다는 인상을 받은 까닭이었다.

"제게는…… 아들이 한 명 있습니다."

전에 들었던 내용이었다.

하지만 굳이 언급하지 않은 채 조용히 귀를 기울였다. 일순간 비친 제튼의 표정이 너무 심각했기 때문이다.

"……그리고 수많은 여인이 있었어요."

순간적으로 핏기가 가시는 기분이 들었다.

"양 손으로 셀 수가 없을 정도였죠."

'……왜?

어째서 이런 소리를 하는 걸까? 이유가 뭘까? 굳이 이런 사실을 가르쳐주는 의도가 뭘까?

머리가 어질어질 했으나, 입술을 질끈 깨물며 애써 정신을 다잡았다.

제튼의 이야기가 이어졌다.

"전…… 정말 대단했으니까요. 하핫!"

급격히 굳어버린 분위기를 조금이라도 풀어보려는 듯, 말끝에 웃음기를 비친다. 하지만 어찌하여 이토록 슬픈 느낌이 드는 걸까? 그의 음성에 담긴 이 떨림은 뭘까?

'왜?'

의문과 함께, 싸늘히 식어버렸던 내부로 한 줄기 온기가 일어났다. 셀린은 흐릿해지려는 두 눈에 힘을 잔뜩 주며 제튼을 응시했다.

"그들을 전부 사랑했니?"

그러며 물었다. 갑작스런 물음에 제튼의 말문이 잠시 닫혔다. 그리고는 그녀의 시선을 차분히 받아들였다.

"제게 지난 20년의 세월은 오로지 거짓뿐이었어요."

아예 그의 삶이라는 것 차체가 없었다.

사랑?

제튼과는 거리가 먼 이야기였다.

"그런 제게, 누나는 처음으로 찾아온 진짜예요."

무슨 의도로, 어떤 의미로써 하는 이야기인가. 셀린은 알 수 없다는 표정으로 제튼을 바라봤다. 이해할 수 없는 이야기에 이것저것 묻고 싶은 내용들이 한 가득이었다.

하지만 제튼이 보내오는 저 간절한 눈빛을 마주하고 있으니, 그 모든 게 아무렴 어떠냐는 생각이 문득 들었다.

그와 그녀.

어느새 40여년 혹은 그에 가까운 세월을 살았다. 어딘가에서는 벌써 손주를 봤을 만큼, 가볍지 않은 나이인 것이다.

과거지사 한 줄 없는 인생이 어디 있겠는가.

'솔직히…… 충격적이야.'

수많은 여자가 있다는 것. 그건 아들에 관한 내용을 훌쩍 넘겨버리는 아찔한 고백이었다.

내가 왕년에 좀 날렸어.

이런 식의 허세를 부리는 이들이 꽤 있다. 제튼은 단지 그 허세가 진짜일 뿐이라는 게 다른 것이다. 물론, 허세가 진짜라는 부분에서 웃으며 넘기기 어려운 것 역시 사실이었다.

'하지만 과거잖아.'

이 부분을 강조하고 싶었다. 그래야만 할 것 같았다. 지금 그녀의 마음을 달래기 위한 단어는 그것뿐이기도 했다.

과거!

그러면서도 자꾸 얽매이게 되는 부분이 있었다.

"로렌스…… 그녀도 많던 여자들 중 한명이야?"

돌려서 묻지 않고, 직접적으로 던져오는 물음에 제튼이
고개를 끄덕였다.

"죄송해요."

그 말 외에 지금 떠오르는 말이 없었다.

"하아……."

셀린이 한숨과 함께 허공으로 시선을 던졌다. 구름 그
너머까지 올라와버린 까닭일까? 너무도 찬란히 빛나는 별
의 잔치에 눈이 아팠다.

마치 꿈같은 이 상황 속에서, 절실히 찾아드는 현실감이
조금은 잔혹한 것 같았다.

◈

신임 트라베스 공작 헤른.

그가 이미 후계자로써 인정받고 있었다고는 하나, 가문
의 주인으로 올라서는데 문제가 전혀 없는 건 아니었다.

가문의 주인이 된 뒤 얼마 지나기도 전에, 부친의 그림
자가 생각보다 크다는 걸 깨달았다.

하지만 그는 이미 후계자로써 인정받을 정도로 능력이
있는 사내였다.

113

'시간이 걸리기는 했지만, 그래도 대충 정리는 끝난건가.'

새로운 체계가 잡히는데, 대략 두 달여에 가까운 시간이 흘렀으나, 이 정도면 생각보다 오래 걸리지는 않았다고 볼 수 있었다.

여타 가문들이 새로운 주인을 맞이하는데 한 해가 넘어가는 것도 생각해 본다면, 오히려 아주 짧은 기간이었다.

'뭐…… 완벽하게 정리한 건 아니지만.'

나름대로 만족스러운 성과였다. 고개를 끄덕이던 그가 문득 고개를 들어 전방을 바라봤다.

허공중에 묘한 파문이 이는가 싶더니, 검은빛으로 물든 나비가 하나 튀어나오는 게 아닌가.

헌데, 놀라운 일은 그 다음에 벌어졌다.

우우우웅…….

나비의 날갯짓에 방 안 가득 진동이 이는가 싶더니, 이내 검은 나비가 탈피를 하는 게 아닌가. 동시에 급속도로 부풀어 오르는 것 역시 보였다.

"허억…… 허억……."

이내 나비는 사람이 되어 바닥으로 떨어졌다. 20대 중반이나 되었을 법한 청년이었는데, 상당히 힘에 겨운 듯 연신 숨을 헐떡이고 있었다.

그 모습에 헤룬이 눈살을 찌푸리며 말했다.

"아직 미숙해."

그러자 바닥에서 숨을 몰아쉬던 청년이 다급히 자세를 갖추며 외쳤다.

"죄송합니다!"

"쯧! 좀 더 숙련도를 늘려야 할 거야. 그렇지 않으면······ 알지?"

뒷말을 흐리다가 질문으로 마무리 했으나, 그것만으로도 청년은 다음 내용을 예상할 수 있었다.

'처분!'

무려 '대' 트라베스 공작가의 새로운 눈과 귀가 되는 일이었다. 동시에 신임 트라베스 공작의 숨겨진 카드가 될 존재들로써, '그들'이 지닌 가치는 어마어마한 것이었다.

"전에도 말했지만, 너는 나를 위해서 일할 필요는 없어."

헤룬이 청년과의 거리를 좁혔다. 그리고는 귓가에 속삭인다.

"네 가족을 생각하는 거야. 알지?"

바로 이 부분이 문제였다. 처분이라는 명목아래 제거되는 것도 두려웠으나, 그의 가족들까지 함께 걸고넘어지는 것이다.

엎드려 고개를 조아리는 것, 그것만이 살길이었다.

"하루 빨리 '정령화'에 익숙해지는 게 좋을 거야."

그 말에 청년이 떨리는 음성을 애써 감추며 답했다.

"옙!"

그 모습에 만족스런 미소를 지은 헤룬이 자리로 돌아가
며 물었다.

"조사했던 건?"

"주군께서 예상했던 대로입니다."

"쯧! 바루만. 예뻐해 주려 했더니만, 기어이 아버지를
조사한단 말이지."

전대 공작을 조사한다는 건, 헤룬의 뒤를 캔다는 말과
같았다.

"처리를 해야 하나⋯⋯."

혼잣말처럼 중얼거리는 내용이었으나, 그 안에 담긴
'처리'라는 단어에 청년의 몸이 살짝 떨렸다.

처리, 처분. 이와 같은 단어가 나온 뒤, 얼마나 많은 동
료들이 생을 달리했던가. 그들의 가족들이 어떻게 되었는
지 알 수 없다는 게, 더욱 두려운 부분이었다.

"뭐, 조금은 더 지켜봐 주지."

그렇게 중얼거린 헤룬이 청년을 향해 재차 물었다.

"그녀의 위치는 알아냈겠지?"

"죄송합니다."

청년의 대답에 헤룬의 눈꼬리가 올라갔다.

"자꾸 나를 실망시키는데."

"부⋯⋯ 부디 용서를⋯⋯."

바닥에 머리를 쿵쿵 찧는 청년의 모습에, 올라갔던 눈꼬리가 살짝 내려갔다.

"재능만 없었어도 당장 갈아버리는 건데. 쯧!"

그의 숨겨진 패로 사용할 정령부대에서, 가장 뛰어난 실력자가 바로 눈앞의 청년이었다.

워낙 외진 시골의 청년이라 그런지, 조금은 어눌한 모습도 보이기는 했으나, 이 모든 걸 허용하고도 남을 정도로 뛰어난 재능의 소유자였다.

"마누스."

헤룬이 진지하게 청년의 이름을 불렀다. 이마에 피를 줄줄 흘리며 마누스가 헤룬을 바라봤다.

"명심해. 난 너를 특별히 다루고 있다는 걸. 하지만 그렇다고 해서 자꾸 날 실망시키면, 기대했던 만큼의 반작용이 네 주변으로 향하게 될 거야. 알지?"

안다. 모를 수가 없다. 눈앞의 저 존재는 말한 것 이상을 보여줄 만큼, 잔혹한 심성을 지니고 있는 존재였다.

"예…… 옙!"

마누스는 결국 두려움에 떨리는 음성을 감추지 못했다.

"조사했던 부분이라도 말해 봐."

"그…… 그러니까. 그녀. 팔라얀 상단주는 불시검문이라는 명목으로, 제국 내에 위치한 지점들을 순차적으로 돌았습니다."

그 와중에 조금씩 비치던 은밀한 움직임들로 인해, 몇 차례나 행적을 놓칠 뻔 봤다. 아마 모르긴 몰라도 타 조직의 요원들 중에는 분명 허탕을 친 이들도 있을 터였다.

"베르엔에서 카우마인으로 이동한……."

"그래서 어디까지 쫓다가 놓쳤는데?"

말을 끊고 들어오는 헤룬의 물음에 마누스가 주저하는 듯싶더니, 이내 조심스레 입을 열었다.

"루마니언 지방에 들어갔을 거라고 추측하고 있습니다."

"추측?"

불확실한 대답에 헤룬의 눈꼬리가 재차 올라가고 있었다.

"헤일로만 백작령에 진입하는 것 까지는 확인을 했습니다. 하지만……."

"하지만?"

"그곳에 그가 있었습니다."

"그?"

"용병왕 크라이온. 그…… 그의 감각권에 들어갈 수가 없었습니다."

정령화를 이뤄 극한의 감각을 지닌 상태이기에, 더욱 피하고 싶은 영역이었다.

"크라이온!"

헤룬이 자리에서 벌떡 일어났다.

"그놈이 제국에 있다고?"

몰랐던 부분이었다. 순간 바루만 후작에게로 생각이 돌아갔다.

용병왕에 대한 전권을 위임했기 때문이었다.

'몰랐던 거냐. 아니면 모르게 한 거냐?'

만약 후자의 경우라면, 바루만 후작에 대한 처분을 다시 생각해봐야 할지도 몰랐다.

"그런데…… 정령화로도 그놈의 감각권을 못 파고들었다고?"

"예. 멀찍이서 그의 측근인 바알슨을 확인하고 나서야 겨우 용병왕의 정체를 알았습니다."

"직접 파악한 것도 아니다?"

"죄…… 죄송합니다."

그 말에 헤룬이 고개를 저었다.

"아니. 괜찮다. 이건 이것 나름대로 정보가 되니까."

비록 완전하지 않은 정령화라고 하나, 자연과의 동화력으로 만들어내는 그 은밀함은 최고 수준의 은신능력과 비견됐다. 헌데, 그것으로도 감당하기가 어렵다?

'마스터급의 능력이 그 정도였나?'

못마땅하게 여긴다고 하나, 몇 차례에 걸친 실수들을 참고 넘겨줄 만큼 마누스의 재능은 대단했다. 또한 그 실력 역시 상당한 것으로써, 정령화를 이룬 상태의 마누스는 충분히 마스터의 이목도 속일 수 있다고 믿었다.

'그런데도 마누스가 실패를 했다라……'

들어보니, 아예 그의 감각권 안으로는 파고들 생각도 못했다는 것 같았다.

'두려움을 느꼈다는 뜻이겠지.'

여러모로 의문이 느껴지는 부분이었다. 그리고 이러한 의문들이 하나의 '정보'가 되는 것이다.

'마스터들 중에서도 손에 꼽힌다고 하더니, 헛소문은 아닌 모양이군.'

고개를 끄덕인 그가 재차 질문을 던졌다.

"팔라얀 상단주가 루마니언으로 갔을 거라고 추측하는 이유는 뭐지? 그 인근의 다른 지방에도 팔라얀 상단의 지점들이 있을 텐데도, 굳이 그런 예측을 한 건, 그만한 이유가 있어서겠지?"

"각 영지의 지점장들을 조사하던 중에 밝혀진 사실이온데, 루마니언 지방의 로사테인 자작령의 지점장이 카모룬 할람이라고 합니다."

"호오…… 카모룬이란 말이지."

한 때, 팔라얀 상단주의 최측근이라 불리던 이로써, 어느 순간 좌천되어 중앙에서 제외 되었다며 사라진 뒤, 세월의 흐름 속에 이제는 잊혀져가는 사내였다.

"네 생각은 상단주가 그를 만나러 갔다? 옛적에 좌천된 놈을?"

"그…… 그저 제 추측일 뿐입니다."

"추측이라?"

"그게…… 그의 좌천이 너무 갑작스러웠고, 명분도 불확실한 것이라서, 혹여 다른 이유가 있지 않을까 하는 추측을 해 봤습니다."

"호오?"

헤룬이 눈을 빛내며 마누스를 바라봤다.

'이런 점 때문에 버릴 수가 없단 말이지.'

재능도 재능이지만, 간간히 보여주는 날카로운 눈썰미가 그를 감탄하게 만들었다. 이러니 자꾸만 곁에 두고 싶어지는 것이다.

"그래. 확실히 그의 좌천이 약간 이상하기는 했지."

고개를 끄덕이던 헤룬이 팔라얀 상단주의 얼굴을 머릿속에 그려봤다.

아름다웠다.

'하지만, 그녀보다는 못하지.'

황제!

그야말로 모든 미의 집대성이라 할 수 있는 게 바로 황제였다.

'뭐, 조금 부족하지만…… 첩 정도는 시켜줄 수 있겠지.'

특히, 팔라얀 상단주가 가진 상권이 너무도 매력적이었다.

'그것만 지닐 수 있다면.'

대륙 제일 상단은 그의 것이나 다름없었다. 전 대륙의 자금줄을 한 손에 쥐는 것이다. 그야말로 또 다른 황제의 탄생이라 할 수 있었다.

'밤의 황제가 되는 것이지.'

그리고 바라던 만남을 성사시킬 것이다.

'황제와 황제의 결합!'

완벽했다.

'팔라얀 상단주.'

여러 가지 의미에서 필히 품어야만 하는 여인이었다.

'특히!'

그녀라면 알 것 같았다.

'그의 위치.'

브라만 대공.

한 차례 제국에 모습을 드러냈으나, 여전히 잠적한 상태나 다름없는 그를 찾아야 했다.

'황제…… 그녀의 온전한 자유를 위해서라도.'

반드시 제거하고야 말 것이다.

"루마니언 지방의 로사테인 자작령과 카모룬 할람이라."

다시금 팔라얀 상단주로 생각을 돌린 헤룬이, 그 말과 함께 마누스를 바라봤다.

"카모룬 할람. 그 녀석에게도 사람을 붙여 놔."

"예!"

"애들에게 조심하라고 전해. 카모룬 할람은 반쪽이라고
는 해도 드워프의 핏줄이니까."

이종족의 피를 지닌 이들 대부분이 정령 친화력이 높았
다. 말인 즉, 정령술을 사용할 수도 있다는 소리였다.

〈들키지 않게 조심해라.〉

헤룬의 말은 대충 이런 의미를 담고 있었다.

"팔라얀 상단주의 동선은 계속 추적하고 있겠지?"

"예. 우선 루마니언 지방 쪽으로 7조원 전체를 투입한
상태입니다."

"겨우 그걸로 되겠어?"

"7조는 대부분 정령화에 적응을 한 상태입니다."

그 말에 헤룬이 고개를 끄덕였다. 마누스가 인정할 정도
라면 걱정 없기 때문이었다.

"루마니언 지방이 아니거나, 그곳에서 다른 곳으로 빠
진 경우도 있을지 모르니까. 주변 지방까지 함께 조사하도
록 해."

"세 개 조를 더 투입 하겠습니다."

"그래. 그렇다고 훈련하는 녀석들까지 끌어다 쓰지는
말고."

"예."

거기까지 이야기를 마친 헤룬이 손을 휘휘 저었다. 그만 가보라는 의미였다. 그러자 마누스의 신형이 짧게 떨리는가 싶더니, 이내 급속도로 작아지더니 작은 나비의 형태가 되었다.

정령화를 마친 마누스가 격한 날갯짓을 하자, 뒤이어 허공이 뒤틀렸다.

나비가 너풀너풀 날갯짓을 하며, 그 안으로 몸을 던져 넣었고, 이내 나비가 된 마누스는 방 안에서 사라져버렸다.

헤룬이 그 모습을 잠시 바라보며 나직이 중얼거렸다.

"그래. 그렇게 열심히 정령술을 익혀둬라."

이름 없는 정령을 받아들인 수하들이 온전하게 정령과 한 몸이 되었을 때.

"내 피와 살로써, 영광을 누리게 해 줄 테니까."

그 말과 함께 입꼬리를 말아 올리는 헤룬의 등 뒤로, 거대한 어둠이 일렁이고 있었다.

◈

진실을 알렸다.

그렇지만 전부를 전한 건 아니다. 하지만 분명 그가 숨겨왔던 본모습을 내보였다.

'생각보다 나쁘지는 않네.'

제튼은 고향에 와서 처음으로 자신을 밝혔다. 헌데, 그 사실이 생각했던 것보다 부담스럽지 않다는 걸 알았다.

게다가 이번에 알린 건, 아들에 관한 사실을 밝히던 것과 달랐다. 때문에 더욱 특별하기도 했다.

"남은 건…… 누나의 반응인가."

여러 가지 의미로 복잡한 감정들을 품던 그녀의 얼굴이 떠올랐다.

그 중 가장 크게 드러났던 감정이 유독 기억에 남았다.

슬픔!

그녀의 실망감을 절실하게 느낄 수 있었다. 하지만 동시에 그를 용서하고, 또 이해하려던 모습 역시 존재했다.

때문에 고마웠다. 또한 그로 인해서 그녀를 향한 마음이 한층 깊고 짙어지는 걸 느꼈다.

그 때문일까?

이전과는 달리, 그녀를 찾아 웰븐가로 향하는 횟수가 많아지고 있었다.

다행스러운 부분은 제튼의 이런 노력을 알아주는 것인지. 그녀 역시 이전의 슬픔을 털어내려 노력해 준다는 것이다.

그렇게 그녀의 집을 향해 걸어가고 있을 때였다.

'음?'

문득 저 멀리 소란스러운 모습이 눈에 들어왔다. 얼핏 방향을 추측해 보니, 셸린의 집 근처인 듯싶었다.

혹시나 싶어 닫아놓았던 감각을 살짝 열었다.

'누나?'

셸린이 보였다. 그 앞으로 웬 사내가 언성을 높이는 모습 역시 잡혔다. 저절로 귀가 기울여졌다.

"내 딸을 내가 데려가겠다는데, 왜 막아?"

헌데, 사내의 외침 안에 상당히 거슬리는 단어가 담겨 있었다.

'딸?'

설마 하는 마음에 걸음 속도를 높이면서, 더욱 그들의 내용에 집중했다.

"누가 당신 딸이라는 거죠?"

셸린의 물음이 귀에 들어왔다.

"날 속일 생각 마! 제니. 그 아이가 내 딸이라는 사실을 다 알고 있다고."

이로써 확정이었다.

전 남편!

셸린의 과거가 찾아온 것이다. 제튼의 두 눈에 불이 번쩍였다.

갑작스레 전 남편이 찾아왔다. 그리고는 뜬금없게도 제니를 언급한다. 덕분일까? 셀린은 지금 이 상황을 도저히 이성적으로 받아들이기가 어려웠다.

그도 그럴게 전 남편 '드레일 바헨'으로 인해 아픈 경험을 했고, 그로 인해 남자를 제대로 믿지 못하는 성격마저 얻어버렸다.

제튼을 만나 그러한 부분을 많이 회복했다고는 하나, 이전까지만 해도 마을의 남자들과는 말 한마디 섞으려 하질 않았었다.

그나마 과거에 조금이나마 인연이 있는 이들이나, 겨우 조금씩 말을 나누는 정도였다.

"제니는 제 딸이에요. 당신 같은 사람과는 전혀 상관없는 제 딸이라구요."

평상시의 그녀답지 않게 조금은 이성적이지 못한, 대답과 외침만을 반복하는 건, 그로 인해 새겨진 가슴의 멍울이 여전하기 때문이리라.

"이거 왜 이래? 다 알고 왔는데. 설마, 전에 제니를 모른 척 했다고 그러는 거야? 오해야. 알고 있었어. 단지⋯⋯ 너도 알잖아. 내게는 새 가정이 있었다고."

새 가정.

바로 그것 때문에 그녀가 보냈던 서러움의 세월이 떠올랐다.

"가세요. 당신 같은 사람과 다시는 말을 섞고 싶지가 않으니까."

다행히 지금은 제니가 할머니와 함께 있는 시간대였다. 하지만 언제 집으로 돌아올지 모르기에, 한시라도 빨리 드레일을 보내야만 했다.

게다가 지금 이 상황을 지켜보는 눈들이 너무 많았다. 결국 제니의 귀에 들어가게 될지도 모른다는 소리였다.

'언젠가는 제니도 진실을 알게 될 날이 오겠지만⋯⋯.'

지금 이 상황으로 인해, 그 시기가 앞당겨질지도 모른다는 생각이 그녀를 더욱 두렵게 했다.

"좋아. 그러면, 제니의 얼굴이라도 좀 보게 해 줘. 그래도 내 딸인데, 얼굴 정도는 볼 수 있잖아. 제니도 아빠가 누군지는 알아야 할 것 아니야. 아이를 위해서라도 그게 옳다고 생각 안 해?"

순간적으로 셀린도 말문이 막혀 버렸다. 확실히 그녀 자신의 감정과 달리, 제니의 마음이 어떨지에 대한 확신이 안 선 것이다.

"대답이 없는 걸 보니까. 너도 내 말에 동의하는 모양이네. 그렇지?"

"그렇기는 개뿔."

돌연 끼어든 음성에 셀린의 정신이 번쩍 깨어났다.

'제튼!'

그가 온 것이다.

'하필이면······.'

가장 보여주기 싫은 장면을 그에게 들켜버렸다. 그녀도
모르게 붉어지는 얼굴이 속마음을 짐작케 했다.

"넌 뭐야?"

드레일이 안색을 굳히며 물었다. 이에 제튼이 셀린의 곁
으로 다가가 손을 잡으며 답했다.

"이 여자 남편."

"······뭐?"

벙찐 표정의 드레일을 향해 제튼이 결정타를 던졌다.

"그리고 제니 아빠."

동시에 기세를 살짝 흘려보냈다.

"그러니까 헛소리 말고, 꺼져!"

아주 조금의 기운이었으나, 일반인이라 할 수 있는 드레
일이 이를 버티는 건 무리였다.

"으······ 으으으······."

하지만 제튼이 예상하지 못한 부분이 있었으니.

털썩.

다리가 풀린 듯, 드레일이 그대로 제자리에 주저앉아 버
리는 게 아닌가.

걸음아 나 살려라 내달릴 것이라 여겼건만, 이리 되면
오히려 더욱 난감해지는 상황이었다.

하지만 다행스럽게도 드레일은 혼자 온 것이 아니었다.

"거기까지만 하시지요."

건장한 체구의 중년사내가 제튼과 드레일 사이로 끼어들었다.

'기사.'

제튼은 구경하던 행인들 사이에 실력자가 있다는 걸 알았는데, 그게 바로 눈앞의 중년인이었다.

'일행이었나.'

설마, 드레일과 함께 왔을 거라는 건 생각하지 못했다. 상황의 급박함에 그런 걸 일일이 파악하고 있을 틈이 없었다.

그 답지 않게 머리보다 몸이 나가게 만드는 것.

셀린의 존재가 그러했다.

"저놈 호위야?"

평상시라면 나오지 않을 거친 말투도 그 때문이리라. 중년사내가 답했다.

"그렇습니다."

정중한 어투와 절제된 동작에서 전형적인 기사라는 걸 느낄 수 있었다.

'호위는 제대로 구했네.'

실력 역시도 익스퍼트 초급은 넘어선 듯, 정갈한 오러의 흐름이 인상적이었다.

"그럼, 데리고 꺼져!"

하지만 제튼은 고운 표현을 하고 싶지 않았다. 드레일을 마주하던 셀린의 표정에서, 너무도 짙은 두려움을 읽어버린 까닭이었다.

"저…… 저놈이 감히! 레암, 당장 저 자식을 무릎 꿇려서 내 앞에 데려와!"

그 순간 정신을 차린 듯, 드레일이 끼어들며 외쳤다. 그러자 호위기사 레암의 표정이 살짝 굳어졌는데, 그 모습은 마치 드레일의 명을 따르기 싫은 듯 보여졌다.

하지만 어쩔 수 없다는 듯, 한숨을 내쉰 그가 제튼을 향해 다가들었다.

❖

철판위로 떠오른 영상에 두 사내가 마주한 것이 보였다. 그들 중 조금 더 체격이 큰 중년사내에게로 자꾸만 시선이 갔다.

'주인님!'

로렌스는 약간 더 큰 체구의 중년 사내, 제튼의 표정변화를 하나하나 눈에 담으며, 철판 위의 영상을 즐겼다.

당장이라도 두 사내가 맞부딪칠 것 같은 박진감 넘치는 상황 사이로, 하나의 음성이 끼어들며 집중력을 흩어 놨다.

"괜찮…… 으시겠습니까?"

눈살을 찌푸린 그녀가 바로 옆으로 시선을 보냈다. 바싹 붙어서 함께 철판을 감상하고 있는 카모룬이 보였다.

"감상 중에 말 걸지 말라니까."

그녀의 짜증 섞인 어투에 물러날 법도 싶었으나, 카모룬은 대담하게도 더욱 음성을 높이며 말을 받았다.

"브라만 대공의 성격을 아시잖습니까? 아무리 상단주님이라 해도 이번 일은 용서할 리가 없습니다."

그의 외침에 로렌스가 의아한 듯 돌아보며 물었다.

"이번 일?"

너무도 순진무구한 그 눈빛은 정말로 아무것도 모른다는 얼굴이었다.

'으…… 으으! 젠장!'

너무도 완벽했다. 저 얼굴과 눈빛 표정을 어찌 거짓이라 여길 수 있겠는가. 진실을 아는 카모룬이기에 저것이 거짓이라는 걸 알 수 있는 것이다.

"드레일 바헨. 그자를 움직인 것 말입니다."

"그게 왜? 전 남편이 딸 좀 만나겠다는데, 그게 문제가 되나?"

"후……."

이마를 짚은 카모룬이 철판위로 시선을 던졌다. 제튼과 레암의 모습이 중앙에 떠 있었는데, 카모룬이 집중한 건 그들이 아닌 철판 구석의 드레일이었다.

그런 카모룬의 시선을 눈치 챈 것인지, 로렌스가 고개를 저으며 말했다.

"왜? 난 거짓을 알리지는 않았어."

드레일의 현 부인이 바람을 피고 있다는 정보를 살짝 흘렸다.

"젊은 부인을 얻었으면, 그 정도 각오는 하고 있어야지."

그녀의 이야기에 카모룬이 한숨을 푸욱 내쉬었다. 로렌스가 벌인 일이 저것만이 아님을 알기 때문이었다.

"드레일에게 전 부인을 떠올리게 만들고, 딸아이의 소식까지 전하지 않았습니까."

"난 그냥 상기시킨 것뿐이야. 바헨가에서는 드레일의 전 부인이 임신을 했고, 딸을 가졌다는 것까지. 이미 다 알고 있었다고."

확실히 틀린 말은 아니었다.

단지, 그 내용을 상기시킨 타이밍이 절묘했다. 현 부인과의 관계를 악화시킨 뒤, 전 부인에 대한 좋을 추억을 떠올리게 만든 것이다.

'게다가 쓸데없는 것까지 알려서는…… 쯧!'

드레일로 하여금 아루낙 마을까지 발길을 하게 만든 결정적 정보는 따로 있었다.

〈현재 부인에게서 낳은 아이가 친자식이 아닐지도 모른다!〉

결정타였다.

그렇지 않아도 젊은 부인의 외도를 못마땅하게 여기는 드레일이었다. 헌데, 아이에 관한 문제까지 붉어지니, 새삼 전부인의 얼굴이 떠오를 수밖에 없었다.

그리고 바로 이 부분이 카모룬의 골을 아프게 하는 것이다.

"그 정보가 사실입니까?"

앞서, 호기심을 못 참고 드레일의 자식에 관한 내용을 물었을 때, 그녀가 한 대답이 가관이었다.

"글쎄, 내가 알 수야 없지."

말인 즉, 드레일의 아들에 관한 정보가 거짓이라는 의미였다.

"왜? 친자식이 아닐지도 '모른다!' 라고 했잖아. 드레일 그자가 그 소식을 듣고 멋대로 움직인 거잖아"

"으음……."

"게다가 진실이면 어떻고 거짓이면 어때?"

진실!

"거짓도 진실로 만드는 거. 많이 해 봤잖아."

그 말 그대로였다.

무려 대륙을 무대로 활동하는 대 상단이었다. 이 위치에

오르기 위해, 얼마나 많은 거짓들을 진실로 조작해 왔던
가.

하지만 그녀의 이야기를 토대로 결론을 내리자면,

'결국……'

제튼과 셀린을 머리 아프게 하는 저 상황은, 그 시작부
터 끝까지 로렌스의 의도로 연출된 것이었다.

'만약, 브라만 대공이 사실을 알게 된다면……'

상상만으로도 끔찍했다.

대륙을 휘어잡는 대상단 팔라얀?

전쟁영웅 앞에서는 그저 언제든지 눌러 죽일 수 있는,
한 마리 개미와도 같은 존재일 뿐이었다.

두려움에 떠는 카모룬에게서 시선을 거둔 로렌스는 다
시금 영상으로 시선을 돌렸다.

제튼과의 만남 이후, 스테일 남작령과 아루낙 마을에 세
워지고 있는 마법등을 약간 손봤다.

그녀 특유의 개조 마법등을 설치한 것이다. 단번에 여러
개를 설치하는 건 무리가 있기 때문에, 주요 지점에만 설
치를 했는데, 그 중 한곳이 바로 셀린의 집 앞이었다.

'드레일 바헨.'

정말 마음에 드는 미끼였다. 그의 존재를 불러들여서 작
은 균열을 만들었다. 그 작은 불씨는 이내 커다란 겁화가
될 것이다.

'제니.'

아이를 떠올리는 로렌스의 입꼬리가 살짝 올라가고 있었다.

'과연…… 누굴 선택할까?'

친아빠? 새아빠?

'그렇게 생긴 틈이야말로, 내가 비집고 들어갈 공간이 되는 거지.'

상상만으로도 즐거웠다.

"대체 왜 그러시는 겁니까?"

그 때에 들려온 음성이 재차 그녀의 상념을 흐트러트렸다. 시선을 돌리니 울상이 된 카모룬의 표정이 보였다.

"왜 갑자기 그분에게 집착하시는 거냔 말입니다."

과거, 항시 브라만 대공의 곁에는 많은 여인들이 함께 했었다.

'전에는 그 모든 걸 용납하시더니. 왜, 갑자기?'

이해할 수 없는 일이었다.

"왜냐고?"

로렌스가 청순한 얼굴 한편으로 요사스러운 미소를 자아내며 웃었다.

"그분이 달라졌으니까."

때문에 그녀도 바뀌려는 것이었다.

최대한 빨리 끝내고 싶어서일까?

드레일의 명으로 제튼과 대치한 레암은 시작과 함께 오러를 한껏 끌어올렸다.

이미 한 차례 제튼의 오러를 엿본 덕분인지, 주저할 필요성을 느끼지 못한 이유도 있었다.

"조심하십시오."

그저 이렇게 주의를 주는 게, 그가 할 수 있는 배려의 전부였다. 이에 제튼이 실소하며 입을 열었다.

"나야말로 충고를 하지. 저 멀리 어딘가의 나라에는 하룻강아지 범 무서운 줄 모른다는 이야기가 있어. 우리식으로 하자면 고블린이 오우거 무서운지 모른다는 말로 이해하면 돼."

레암의 눈가에 짧은 경련이 일어났다. 그 의미를 파악한 까닭이었다.

'나를 얕보는 것인가?'

이를 아는지 모르는지 제튼이 손을 들어 앞뒤로 까딱이며 말했다.

"전력을 다해. 괜히 나중에 변명하지 말고."

그 말에 자존심이 상한 것일까? 정갈하단 느낌이 풍기던 레암의 오러가 점차적으로 거칠어지기 시작했다.

"오만하시군요."

제튼이 고개를 절레절레 흔들었다.

"보이는 게 전부가 아니지."

그러면서 살짝 힘을 풀었다.

화아아악…….

순간, 사방으로 오러의 파동이 퍼져나갔다. 레암은 등 뒤로 짙은 전율이 스치는 걸 느꼈다.

"우왓!"

"뭐…… 뭐야?"

마치 보이지 않는 벽에 밀리기라도 한 듯, 구경을 하던 주변인들이 주춤주춤 물러나는 게 눈에 담겼다.

경악하는 레암을 바라보며 제튼이 재차 말했다.

"명심해. 보이는 게 전부가 아니야."

레암의 팔뚝위로 오돌토돌 닭살이 올라오고 있었다.

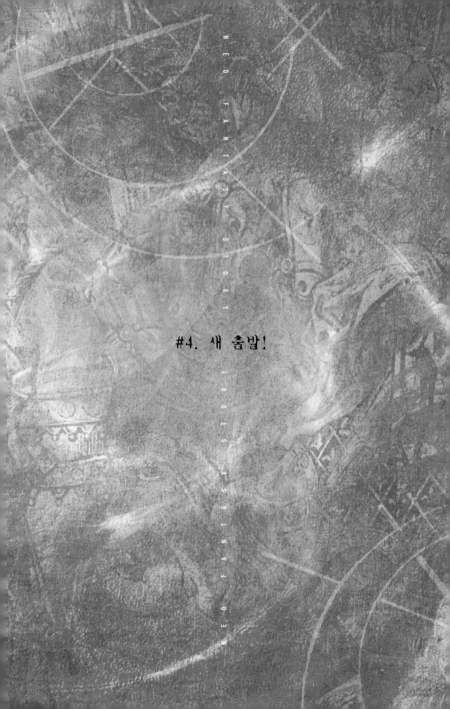

#4. 새 출발!

#4. 새 출발!

자꾸만 허리춤으로 시선이 갔다. 휑한 옆구리를 보고 있
자니, 검을 괜히 놓고 온 것은 아닌가 싶어 후회도 됐다.

'어떻게든 들고 왔어야 하는 것인데.'

아랫입술을 질끈 깨문 레암이 자꾸만 주먹을 쥐었다 피
며, 그 안의 허전함을 달랬다. 계약주의 뜻에 따라서 검을
놓고 온 게 실수였다.

〈딸아이와 첫 대면인데, 칼처럼 같은 살벌한 걸 들고 갈
수는 없잖아.〉

그 역시 부모된 입장에서, 어느 정도 공감을 해 버렸달
까? 그래서 일부러 계약주와 약간의 거리를 둔 채, 행인을
위장하고 있던 것이기도 했다.

이는 호위의 위치를 놓고 보자면, 크나큰 실책이었다.
어떤 상황이 되었건 결코 검을 놓아서는 안 되는 것이다.

'기사직을 버렸다고 마음도 놓은 것이냐.'

스스로를 질책하며 반성의 시간을 가지고 싶었으나, 지
금 중요한 건 그게 아니었다. 눈앞의 상대.

'강자!'

예상을 훌쩍 넘어서는 자였다. 처음 그의 계약주를 압박
하던 기세를 읽었을 때, 제법 실력이 된다고 여겼다.

하지만 지금, 이 순간 그의 참된 모습을 정면으로 마주
하자, 그 모든 생각들을 수정할 수밖에 없었다.

'저게…… 진정 제 모습이 맞기나 할까?'

어쩌면 지금 비치는 기세 역시도 전체가 아닌 일부가 아
닐까? 하는 의심마저 들었다.

그도 그렇게, 그를 집중적으로 압박하면서도, 주변을 적
절하게 밀어내는 이 제어력을 보라. 일말의 여유가 느껴지
는 것 같지 않은가.

"뭘 그렇게 재. 그냥 덤벼!"

상대의 도발에도 불구하고 선뜻 발이 떨어지질 않았다.
그는 지금 호위해야 할 대상이 있기 때문이다. 맘에 안 드
는 계약주라고 하나, 어쨌든 계약은 계약이었다.

"안 와? 그럼 내가 가지."

그 순간 상대편이 먼저 움직였다.

훌쩍.

마치 나들이라도 나온 듯, 산보를 걷듯, 그런 가벼운 한 걸음에 그들 사이의 거리가 확 줄어들었다.

파파팡!

그와 동시에 이뤄진 짧은 공방이 그들 사이를 오갔다.

'어라?'

제튼이 눈을 빛내며 레암을 바라봤다. 원래라면 한 번에 제압을 할 생각이었건만, 이를 막아낸 것이다. 그가 생각 했던 것 보다 반수 정도는 앞선 실력을 지니고 있었다.

'육체와 오러가 조화를 이룬 건가.'

잘 정돈된 기운에서 보통이 아닐 것이라고 여기기는 했으나, 이 정도면 익스퍼트 초급을 겨우 넘는 게 아니라, 충분히 중급이라 해도 부족하지 않을 것 같았다.

단지, 오러의 양이 부족한 탓에, 외적으로는 실력보다 처지는 기세를 비치고 있었다.

'좋군!'

하지만 생각과 달리 손은 한층 빠르게 전방으로 뻗어지고 있었다.

빡!

그리고 빙글 돌아가는 레암의 신형이 보였다. 얼핏 보이는 동공이 새하얀 것으로 봐서, 이미 정신은 날아간 것 같았다.

쿠당탕탕…….

레암의 신형이 저 한쪽으로 요란스레 나뒹굴며 끝을 고했다.

"으…… 으으으……."

이 황당한 상황에 드레일의 안색이 새하얗게 변해 버렸다.

'말도 안 돼!'

레암이 누구던가. 그가 지내는 바르센 남작령에서도 손에 꼽히는 실력자로써, 바르센 남작 역시도 탐을 냈을 정도였다.

'레암이 한 방에?'

믿기지가 않는 상황에 저절로 턱이 떨어지고 있었다. 이런 그에게 제튼이 싸늘한 눈초리를 보내며 말했다.

"꺼져!"

똑같은 실수를 할 수는 없기에, 앞서와 달리 아무런 기세도 보내지 않았다.

그 덕분인지, 드레일도 이번에는 그 자리에 주저앉는 만행을 벌이지는 않았다.

"으아악!"

비명성을 내지르며 후다닥 달려가는 그의 뒷모습에, 제튼이 고개를 내저었다. 레암을 놓고 도망가는 까닭이었다.

한 차례 쓰러진 레암을 바라본 뒤, 셸린에게로 시선을

돌렸다. 갑작스런 드레일의 등장 때문인지, 크게 흔들리는 그녀의 동공이 보였다. 그 안에 담긴 불안함이 읽혀졌다.

"누나."

다가가서 그녀를 불렀다. 그러자 한층 흔들리는 눈빛으로 제튼을 바라보는 것이 아닌가.

보이고 싶지 않은 모습을 보였고, 그에게 피해까지 끼쳤다. 물론 제튼은 그리 생각하지 않는다고 하나, 셀린의 입장에서는 그게 또 달랐다.

'……미안.'

차마 입에 담을 용기도 나지 않는 듯, 그녀답지 않게 입술만 달싹거릴 뿐이었다. 저도 모르게 움츠러든 그녀의 어깨가 제튼의 가슴 한편을 두드렸다.

그래서 결심을 했다.

"이젠 정말 어쩔 수 없겠네요."

갑작스런 이해 못할 소리에 그녀의 시선이 쫓아왔다. 제튼이 그 시선을 마주하며 빙긋 웃었다.

"이렇게 많은 사람들 앞에서 공개선언을 해 버렸잖아요."

무엇을?

"누나는 이제 무조건 저하고 같이 살아야겠네요."

문득, 조금 전 상황이 머릿속에 그려졌다.

〈이 여자 남편.〉

제튼이 등장과 함께 했던 이야기가 떠올랐다. 제튼이 웃는 얼굴 그대로 다가와 그녀에게 물었다.

"최대한 빨리 하는 게 좋겠죠?"

눈시울이 붉어졌다.

"제니도 매번 언제 같이 살 거냐고 묻던데. 역시 빠른 게 좋겠네요."

왈칵!

결국, 눈물이 나와 버렸다. 이를 바라보던 제튼이 조용히 그녀를 품에 안았다. 그러며 귓가에 속삭이듯 말했다.

"웃어 봐요. 빵끗!"

그 말에 눈물샘이 자극이라도 받은 듯, 이제는 펑펑 쏟아지고 있었다. 제튼이 쓰게 웃으며 그녀의 등을 쓰다듬었다.

◈

졌다.

그것도 아주 깔끔한 패배를 해버렸다.

황당하다고 해야 할까?

'경지를 넘었는데도…… 이런 차이라고?'

존재하지 않는 왕국의 왕.

용병들의 정점.

대륙의 별.

온갖 미사여구를 갖다 붙이며 찬양한다 해도, 결국 그는 패배자일 뿐이었다.

'브라만 대공!'

진정 넘을 수 없는 벽이란 말인가.

절망감으로 인해 온 몸 가득 무기력증이 밀려왔다. 어깨를 추욱 늘어트린 채, 방구석에 처박혀 그저 숨만 쉬었다.

간혹, 바알슨의 성화에 못 이겨 바깥으로 바람을 쐬러 나가기는 했으나, 별달리 한 일들은 없었다. 방구석보다 바깥 공기가 숨쉬기는 좋구나.

뭐, 그 정도 차이만 느낄 뿐이었다.

그렇게 가을을 보내고, 겨울을 맞이했다. 서늘한 찬기운이 슬금슬금 몸 안으로 밀어닥치고 있었다.

하지만 더위나 추위 같은 계절의 압박을 느끼던 시기는 이미 오래전에 지났다. 때문에 그저 조용히 구석을 지켰다.

그렇게 계속 숨만 쉬며 지냈다.

장기간 이어지는 이 초라한 모습이 결국 바알슨의 성질을 건드려 버렸다.

"빌어먹을! 대체 지금 뭐 하는 겁니까?"

시선도 주지 않은 채 주먹을 뻗었다.

빠악!

호쾌한 타격음과 함께 바알슨이 방문을 박살내며 튕겨 져 나가는 소리가 들렸다.

"으아악! 내 코. 쒸펄! 내 코!"

아마 코뼈가 부러졌을 터였다. 그 정도 세기로 쳤기 때 문이다. 이 정도는 해야 감히 덤빌 생각을 못 할 거라 여긴 이유도 있었다.

"젠장! 그래. 때려라 때려. 죽인다고 해도 할 말은 해야 겠다. 이 쌍 놈아!"

전에 없는 과감한 도발에 크라이온의 시선이 슬쩍 그에 게로 향했다.

예상했던 것처럼 제대로 뭉개진 듯, 주저앉은 콧대 사이 로 피를 줄줄 흘리는 바알슨이 보였다.

"언제까지 그렇게 찌질하게 굴 건데? 우리가 정점으로 인정한 왕이잖아! 우리들의 절대자가 그런 모습을 보인다 니. 정말 쪽팔려서 어디 말도 못 하겠네."

크라이온의 미간에 살짝 주름이 잡혔다. 동시에 뼛소리 를 내며 쥐어지는 주먹이 살벌한 미래를 예고하고 있었다.

그 모습과 소리에 바알슨이 잠시 주춤하는 듯싶었으나, 이내 각오를 다진 듯, 두 눈 가득 열기를 더하며 외쳤다.

"지더라도 당당하게, 패기 넘치고 호쾌한 모습을 보여. 아니면 더욱 성질을 부리면서 이를 갈던가. 적어도 왕이라 면 왕답게 굴어!"

고개를 끄덕인 크라이온이 자리에서 일어났다.

"유언은 그걸로 끝?"

그러며 묻는다.

"아니요."

바알슨의 태도가 급속도로 정중해졌다.

"남은 게 있으면 더 지껄여 보던가."

침을 꼴깍 삼킨 바알슨이 말했다.

"살려주세요!"

그 말에 크라이온이 빙긋 웃었다.

"살아보렴."

구타 및 가혹행위의 시간이 찾아왔다.

결과를 놓고 이야기하자면, 바알슨은 살아남았다.

단지, 말 그대로 살아만 있다는 게 문제이기는 했으나, 그래도 어쨌든 목숨 줄은 이어가고 있었다.

'개······ 개 쌍노무······.'

생각을 채 잊지 못한 채 정신줄을 놓는 그의 모습은, 말 그대로 잘 다져놓은 육고기와 같았다.

피범벅이 된 외형이 특히 닮아있었다. 다행히 뼈마디가 뒤틀린 곳은 없었다. 거기에 사지육신 중 떨어져나간 부분이 없는 것으로 봐서, 고위 신관의 치료를 잘 받는다면, 단기간에 현장복귀도 가능할 것 같았다.

"후……."

오랜만에 제대로 몸을 풀어서 그런 것인지, 크라이온은 살짝 숨이 가쁘다는 걸 느꼈다. 동시에 왠지 모를 상쾌함도 받을 수 있었다.

"시원하게 주먹질을 해서 그런가?"

잠시 고개를 갸웃거린 그가 넝마가 되어 꿈틀거리는 바알슨을 바라봤다.

"건방진 놈!"

하지만 그의 도발적인 발언 덕분에 조금 정신이 돌아왔다.

'그래. 그렇지.'

스스로의 위치를 자각했다.

왕!

"확실히 그동안은 나답지가 않았지."

패배가 뭐 어떤가.

과거에는 지금보다 더 많은 패배를 경험했었다.

'이제 와서 패배가 한 번쯤 더해져도…….'

달라질 건 없었다.

단지, 그 패배가 브라만 대공이며, 그 과정이 압도적이라는 게 문제가 되어 그를 괴롭혔을 뿐이다.

'경지를 넘고 자만했다!'

그런 그에게 이번 경험은 따끔한 일침이 되어주었다. 새롭게 시작한다는 마음으로, 다시 도전자의 자세를 취할 것이다.

'그 전에……'

아직 약간의 미련이 남아 있었다. 그의 시선이 저 한쪽 구석에 세워진 거대한 대검으로 향했다. 그의 전력을 위해 약간의 개조가 더해진 대검이었다.

'확실히 해야겠지.'

이번 패배는 순수하게 몸으로 낸 결과였다. 하지만 그의 주 무기는 저곳에 걸린 저 거대한 대검이었다.

거기에 더해서 하나 더,

염왕십팔도!

아직 그의 진정한 전부를 보여주진 않았다.

구석으로 간 그가 대검을 등 뒤로 묶었다. 동시에 따로 빼 놓은 그의 전용 방어구들을 하나씩 채웠다.

팔과 다리 무릎 그리고 가슴까지, 갑옷까지는 아니지만, 구석구석 부분적으로 주요한 부위들을 방어할 수 있는 형태였다.

'오랜만이군.'

이처럼 완전무장을 한 것은, 제국전쟁이 한창이던 당시 이후로는 처음이었다. 상대가 상대인 만큼 이 정도는 해줘야 했다.

"가 볼까."

나직한 중얼거림과 함께, 창밖으로 훌쩍 신형을 내던졌다.

그리고,

"으...... ㅇㅇㅇㅇ......."

홀로 남은 바알슨의 외로운 생존이 시작되었다.

◈

어느새 시간이 이렇게 되었을까?

눈을 떴을 때, 날이 어둑어둑해 깜짝 놀라야만 했다. 그리고 뒤이어 왼쪽 광대에서 느껴지는 아찔한 통증에 두 번 놀랐고, 자신이 골목길 한 구석에 너부러져 있었다는 사실에 세 번 놀랄 수밖에 없었다.

'엉망이군.'

레암은 먼지투성이인 자신의 몰골을 바라보며, 고개를 절레절레 흔들었다.

"누굴까?"

그를 단 일격에 쓰러트릴 정도로 대단한 실력자라니. 이곳 루마니언 지방에 그런 자가 있을 거라고는 생각지도 못했다.

"누군지 궁금해?"

그 순간 들려온 의문성에 레암의 시선이 휙 하니 돌아갔다.

'저자는?'

그를 쓰러트렸던 사내였다. 골목길로 들어서는 입구에서 그를 바라보고 있었다.

"요 근래에 이곳 루마니언 지방으로 내 소문이 제법 자자한 것 같던데, 어때? 한 번 추측해 보는 건."

물론, 아직까지는 제법 이름이 있는 고위층에게나 소문이 퍼진 것이었지만, 은연중에 밑으로 흘러내리는 이야기들이 있을 터였다.

"제튼…… 반트?"

의문성 섞인 그 물음에 사내, 제튼이 빙긋 웃으며 고개를 끄덕였다.

"확실히 퍼질 만큼은 퍼진 모양이네."

아스트 교장이 막는다고 막았으나, 결국 시간문제였다. 언젠가는 다 알게 될 일이었다.

'이…… 정도였나?'

그도 얼핏 들은 내용이라서 정확하지는 않았으나, 제법 뛰어난 기사가 있다는 것 정도는 알고 있었다. 하지만 그 실력의 수준이 이렇게까지 압도적일 줄은 몰랐다.

'그런데 이자가 왜?'

그를 찾아온 이유가 뭐란 말인가. 애초에 외진 골목길에 그가 누워있는 상황 자체도 미스터리 했으나, 이런 그를 찾아낸 부분은 더욱 의문이었다.

그 때에 제튼이 입을 열었다.

"날도 추운데, 골목길에 내버려 둔 건 조금 너무했다 싶어서, 잘 있나 확인하려고 왔지. 혹시 입이라도 돌아가면 솔직히 좀 그렇잖아."

지금 이 상황을 이해시키는 발언이 나와 버렸다.

'끄응……'

애초에 골목길을 선택한 것 자체가 문제라고 말해주고픈 순간이었다.

정신을 차린 레암은 골목길을 나서는 순간, 그곳이 어디인지 알 수 있었다.

건너편으로 셀린의 집을 본 까닭이었다. 정말로 대충 던져났다는 걸 새삼 깨닫는 순간이기도 했다.

"드레일님은 어떻게 되셨습니까?"

그의 물음에 옆에서 지켜보던 제튼이 실소하며 대답했다.

"멀쩡해."

왠지 그럴 것 같다고 생각했다. 어찌 되었건 셀린의 전 남편이 아니던가.

〈이 여자 남편.〉

그가 나서며 했던 이야기가 떠올랐다. 정말 그러한지는 아직 알 수 없으나, 어쨌든 현재의 남편이거나, 혹은 연인

또는 그와 비슷한 관계로 보이는 제튼이었다.

'연인 앞에서 피를 볼 수는 없겠지.'

전 남편인 드레일을 어찌하지는 않았을 터였다. 당장 레암의 목숨이 붙어있는 것 역시, 그러한 이유 때문일 것으로 추측됐다.

"가려고?"

걸음을 옮기려는 찰나, 제튼의 물음이 날아들었다.

"드레일님을 지키는 것이 제 임무입니다."

그러니 그의 곁으로 가겠다는 의미였다.

"너를 버리고 도망갔는데?"

레암이 쓰게 웃으며 말했다.

"그래도 어쩔 수 없습니다."

그 표정과 대답에서 제튼은 대략적인 상황을 읽어냈다.

'뭔가 덜미가 잡혔네.'

"그럼, 저는 이만."

정중히 예를 취한 뒤 발길을 돌리는 레암이 보였다. 그런 그의 뒷모습을 향해 제튼이 물었다.

"계약파기 안 할래?"

뜬금없는 이야기에 레암의 걸음이 멈춰 섰다. 그리고는 무슨 말이냐는 듯, 돌아보는 그의 표정이 의문으로 가득했다.

"그런 녀석 밑에 있기에는 아까워서 말이지."

드레일이 비록 셸린의 전 남편이라고는 하나, 대우해 줄 생각은 손톱만큼도 없었다.

"내 밑에서 일해 보는 건 어때?"

황당한 얼굴로 바라보던 레암이 쓴웃음과 함께 고개를 저어보였다.

"고마운 제안이지만, 죄송합니다. 받아들일 수가 없군요."

"딱 보니까, 다른 문제가 있는 것 같은데. 그것 때문에 그 놈 호위를 하는 거지? 어때, 한 번 이야기라도 해봐. 내가 해결해 줄 수 있을지 또 알아?"

너무도 자신만만한 그 물음 때문일까? 레암의 입술이 저도 모르게 달싹거리고 있었다. 하지만 이내 꾸욱 다물며, 나오려던 이야기를 속으로 삼켰다.

"가족 문제이려나?"

불쑥 튀어나온 제튼의 한마디에 레암의 표정이 굳어졌다.

"정답인가 보네. 하긴, 너 정도 되는 실력자를 부리려면 그 정도 사정은 있어야겠지. 누구이려나? 부모님? 동생? 부인? 아들? 딸?"

마지막에 나온 '딸'의 언급에 한층 어두워지는 레암의 안색에, 제튼이 고개를 절레절레 흔들며 말했다.

"너는 평생 도박장은 가면 안 되겠다."

아마 모르긴 몰라도 지니고 패는 죄다 읽혀서, 주머니란 주머니는 죄다 탈탈 털릴 것 같았다.

"건강문제? 그래 건강인가."

혼자 묻고 혼자 답하는 제튼이었으나, 그렇다고 해서 레암이 아무것도 안 하는 건 아니었다. 그는 오로지 표정변화 만으로 모든 답을 내어주고 있었다.

'편리하네.'

이런 생각마저 들 만큼, 레암의 얼굴은 읽기가 쉬웠다. 그렇다고 해서 표정이 변화무쌍한 그런 건 아니었다. 오히려 무표정에 가까웠다. 단지, 진실에 근접할수록 어두워지는 그 안색의 농도로 인해, 진실을 알아내기가 편할 뿐이었다.

"어때? 아는 신관이 있는데. 소개시켜줘?"

오늘도 언제나처럼, 아카데미 내에서 차를 호로록 거리고 있을 누군가를 떠올렸다.

이런 제튼의 제안에 레암이 고개를 절레절레 흔들며 말했다.

"보통 신관들로는 어렵습니다."

제튼이 눈을 빛냈다.

"보통? 교황급 신관이라면?"

그 말에 레암의 동공이 흔들렸다.

"그 정도는 돼야 가능성이 있다는 건가. 마침 잘 됐네.

내가 아는 신관이 딱 그 정도인데."

두 눈을 부릅뜬 레암이 제튼을 바라보며 외쳤다.

"말도 안 돼!"

이런 외진 지방에 교황급의 신관이라니. 믿기지 않는 소리였다.

일반적인 신관들의 치료라도 주기적으로 받기 위하여, 드레일과 계약을 한 것이 아니던가.

준귀족이라고는 하나, 그의 집안이 지닌 자금력은 무시 못 할 수준이기 때문이다.

게다가 그렇게 치료를 하는 틈틈이 돈을 모아, 대신관을 찾아갈 계획이었다.

단지, 그 여정이 쉽지 않아, 신관을 한명 장기적으로 고용해야 하는 까닭에, 생각보다 많은 돈이 필요했다. 때문에 더러운 꼴을 보면서도 꾸욱 참아가며 일을 했던 것이다.

헌데, 지금 여기서 충격적인 이야기를 들어버렸다.

'대신관이…… 있다고?'

제국 중심의 대영지들에나 가야 볼 수 있는 대신관이 있다고 한다.

'아니지. 이곳에 있다는 말은 안 했으니까.'

고개를 흔들며 조금 전 이야기를 새삼 되짚어봤다. 소개를 시켜준다고 했지, 대신관이 이곳에 있다고는 안 했다.

"어…… 어느 지방, 어디에 계시는 분입니까?"

거절할 생각은 없었다. 대신관이 맡은바 지역을 벗어난 다는 건, 상당히 어려운 일이기 때문이다. 그런 사정을 알고 있는 까닭에, 흔쾌히 소개를 받고 싶었다.

단지, 이처럼 묻는 이유는 생각보다 먼 거리를 오는 것이라면, 나름대로 성의를 보여야 할 것이라 여긴 까닭이었다.

이런 그의 표정을 읽었음일까? 제튼의 눈가에 살짝 주름이 잡혔다.

'확실히 성국도 썩을 만큼 썩은 모양이네.'

이런 그의 생각을 모르는 레암으로써는, 자신이 실수를 해서 그가 인상을 찌푸린다 생각한 듯, 급히 고개를 숙이고 있었다.

"제…… 제가 실수를 하였다면 용서하십시오."

조금 전까지의 그 딱딱하던 모습은 어디로 내다버린 것인지, 너무도 저자세인 그의 태도에 제튼은 왠지 가슴이 먹먹해졌다.

기사의 정신이니 본인의 자존심이니 하는 문제를 떠나, 오로지 아이만을 생각하는 부모의 일념을 느낀 까닭이었다.

"오해는 무슨…… 쓸데없는 생각하지 말고, 계약 파기하고 이 동네로 이사나 와."

"……예?"

그게 무슨 소리냐는 듯 쳐다보는 레암에게 제튼이 어깨를 으쓱이며 말했다.

"이쪽에 살거든. 대신관이."

사실, 여러모로 거짓이 섞인 이야기이긴 했다.

대신관?

일반 신관도 못되는 평사제의 위치에 있었다.

'그래도 성력만큼은 교황급이지.'

이런 제튼의 생각을 아는지 모르는지, 레암의 턱은 이미 바닥을 향해 떨어지고 있었다.

'이곳에 산다고?'

대신관급의 신관이 이런 지방에 있었단 말인가? 허면, 어찌하여 여태껏 알려지지 않은 것일까?

"명성에 연연하는 분이 아니거든."

제튼이 살짝 첨부를 더해줬다.

'진정……'

저 말이 진실일까? 레암이 굳은 얼굴로 제튼을 바라보는데, 돌연 제튼이 발길을 휙 하니 돌려버리는 게 아닌가.

"생각 있으면 언제든지 찾아오라고."

대충 할 이야기는 끝났다고 여겼기에, 그만 떠나려는 것이었다. 뭔가 이대로 보내기에는 아쉽다 여겼을까? 레암이 외쳐 물었다.

"헌데, 왜 자꾸 반말을 하는 겁니까?"

슬쩍 고개만 돌려 그를 쳐다본 제튼이 실소하며 답했다.

"누가 봐도 내가 형이야."

뱉어놓고 보니 좀 이상했다. 늙어 보인다는 말을 스스로
한 게 아닌가. 쓴웃음을 살짝 머금으며 다시금 걸음을 옮
겼다.

그가 거리 저편으로 사라질 때까지, 레암은 그 뒷모습만
을 뚫어져라 응시할 뿐이었다.

끈질기게 쫓아오는 레암의 시선을 느낀 까닭에, 더욱 태
연한 모습으로 느긋하게 걸음을 옮겼다.

'레암.'

그러면서 상대의 이름을 머릿속으로 떠올렸다. 그를 골
목길에 던져 넣을 때가 생각났다.

'올곧아 보이는 그 성격이, 제법 마음에 든단 말이지.'

게다가 내외부의 조화를 잘 이뤄, 보이는 것 이상의 실
력을 보여주던 모습도 만족스러웠다.

때문에 골목길에 밀어 넣으며, 살짝 그의 내부를 치료해
줬다. 단 일격이었으나, 그 한방에 제법 오러가 흔들렸을
것이라 여긴 까닭이었다.

그리고 알게 되었다.

'초급검술!'

그의 내부에 쌓인 기운은 분명 그것이었다.

제튼과 다른 방식으로 발전되었다고는 하나, 분명 레암은 초급검술을 통해 경지에 이른 자였다.

익스퍼트 초급에 걸친 오러량은 초급검술 특유의 미약한 연공능력 때문이었다.

이런 부분들을 보충하려고 했던 듯, 레암의 내부에서는 다양한 초급검술들의 흔적이 비치고 있었다.

'너무 다양해서 한 번에 알아보질 못했지.'

초급검술의 부족한 연공량과 달리, 특유의 안정성으로 이질적 기운들을 잘 제어한 것이다. 또한 초급검술로 쌓인 순정적인 오러들은, 나름대로 그들 간의 조화도 이루고 있었다.

'그것도 결국, 다 그 녀석의 능력이겠지.'

레암의 노력으로 내외부의 조화를 이루며, 기운들의 마찰 역시 완화시킨 것일 터였다.

'뛰어난 재능이 있는 건 아니야.'

대신 그 이상으로 단단한 의지와 열정 그리고 노력이 존재했다.

그를 닮아있는 초급검술과 올곧은 정신, 그리고 순수한 집념들에 마음이 갔다.

'곁에 두고 조금만 가르치면 쓸 만하겠어.'

혹여 있을 사태를 대비해, 그의 주변을 지키는데 가장

적절한 전력이 될 것 같았다.

그래서 레암이 깨어날 시간에 맞춰 셀린의 집을 나온 것이다.

"그나저나…… 문제는 이게 아니지."

레암에 대한 생각을 접은 제튼이, 시선을 들어 저 멀리 창공으로 시선을 던졌다.

'이놈이 무슨 생각이야?'

눈에 닿지도 않는 저 먼 곳에서, 마치 도전적으로 날아오는 뜨거운 기세가 눈살을 찌푸리게 만들었다.

'크라이온!'

왠지 지난번의 만남에서 타작이 부족한 듯싶었는데, 착각이 아니었던 모양이었다.

'제대로 해 보자 이거겠지.'

고개를 흔든 그가 훌쩍 신형을 내던졌고, 이내 그의 모습이 아루낙 마을에서 사라졌다.

◆

의도적으로 한적한 장소를 골랐다.

'경지를 넘은 이들의 대결이니까.'

그가 아무리 막나가는 용병왕이라고 하나, 피를 즐기는 건 아니었다. 때문에 너른 평야를 무대로 잡은 것이다.

'브라만 대공!'

그가 산다는 아루낙 마을까지는 상당한 거리가 있었다. 그럼에도 불구하고 기세를 피어냈다.

그랜드 마스터!

전설과도 같은 경지에 이른 자라면, 충분히 이 기세를 읽어낼 터였다. 어마어마한 거리?

'상관없지.'

특히, 경지를 넘어선 그마저도 아래로 두고 있는 자라면, 이 정도 거리는 의미가 없다고 봐도 무방했다.

아루낙 마을이 있는 방향으로 시선을 고정하던 크라이온이 돌연 표정을 굳혔다. 저 멀리 하늘로 하나의 점이 다가드는 걸 본 까닭이었다.

'왔구나!'

그가 온 것이다. 과거 브라만 대공이라 불리던 전쟁영웅이 허공을 쏘아져 오고 있었다.

'역시……'

감탄사가 나올 뻔 봤다. 그도 그렇게 시야에 닿기 전에는 그의 접근을 느끼지도 못 했기 때문이다.

'확실히 나보다 윗줄이군.'

새삼 오만했던 자신을 반성하게 된다. 동시에 새로운 열정이 불타오르는 걸 느꼈다.

'아직도 위가 있단 말이지!'

도전자의 마음가짐을 새롭게 다지며 그를 기다렸다. 채 한 호흡이 이어지기도 전에, 그가 내려섰다.

"매가 부족했냐?"

도착과 동시에 날아드는 도발에 발끈하는 심정이었으나, 애써 화를 삼키며 말을 받았다.

"지난번에는 제대로 보여준 게 없는 것 같아서, 미련이 남았지."

제튼이 실소하며 물었다.

"말이 짧다?"

"대우받고 싶으면 실력으로 증명해 봐."

"자신감 넘치는데?"

"아니. 쫄린다."

"그런데 뭔 배짱이래?"

"미친 거지."

"알긴 아네."

연신 마른침을 삼키는 모습에서, 크라이온의 긴장감이 전해져 왔다. 하지만 그럼에도 이처럼 도발을 한다는 건, 제튼의 본 실력을 가감 없이 보고 싶다는 의미이리라.

'오랜만에 보네.'

완전무장을 한 크라이온의 모습에서 그의 의지가 느껴졌다.

고개를 끄덕거린 제튼이 주먹을 말아 쥐며 말했다.

"그래. 한 번 죽어봐!"

이에 크라이온이 대검을 뽑아들며 외쳤다.

"죽여봐!"

거대한 투기가 평야를 뒤덮었다.

염왕십팔도!

그 이름값이 아깝지 않다고 해야 할까?

마치 지옥의 겁화가 타오르는 듯, 거대한 대검 위로 넘실거리는 불길이 아찔한 열기를 뿜어내고 있었다.

과연 경지를 넘어선 것인지, 그 열기는 제튼도 쉬이 볼 수 없을 수준이었다. 하지만 그렇다고 해서 두려워 할 정도는 아니었다.

'제법이기는 하지만.'

두 주먹을 불끈 쥐며 다가오는 열기를 향해 뻗었다. 동시에 살짝 비틀어주니 생성된 와류에, 밀려들던 염왕의 불꽃들이 일제히 말려들었다.

두려워 할 수준은 아니었으나, 그렇다고 무시할 수준도 아니기에 이처럼 대처한 것이다.

저 불꽃 하나하나에 의지가 담겨 있기 때문이었다.

그가 뻗어낸 권격은 아직 끝난 게 아니었다. 강한 회전력을 품은 채 주변의 불길을 잡아먹으며, 쭈욱 크라이온을 향해 뻗어가고 있었다.

푸화아악!

그 순간 크라이온의 전방으로 거대한 불의 장벽이 피어올랐다. 이를 본 제튼이 눈을 반짝였다.

'염라마벽(閻羅魔壁)!'

염왕십팔도의 방어식이 펼쳐진 것이다.

콰아앙!

마치 대마법이 시전된 듯, 제튼의 권격과 염라마벽이 마주치며 거대한 폭음이 일어났다.

'크으윽!'

대검을 타고 전달되는 짜릿한 충격에, 크라이온이 이를 악물었다. 생각 이상으로 큰 힘이 담겨있는 권격에 당혹스러울 정도였다.

'빌어먹을!'

새삼 실력차가 느껴지는 것 같아서 이가 갈렸다. 그 분한 마음을 검에 담았다. 그리고는 쭈욱 내질렀다. 거대한 화마가 사납게 쏘아져나갔다.

'후웁!'

제튼이 숨을 고르며 다가드는 불길에 대비했다.

'폭룡출화(暴龍出火)!'

염왕십팔도에서 가장 저돌적인 일격이 바로 지금의 불길이었다. 그런 만큼 긴장감이 필요한 순간이었다.

팡!

짧게 끊어치기 한 번.

파팡!

그리고 두 번,

파파파팡!

그렇게 이어지는 연타.

마치 거대한 벽이 형성되기라도 한 듯, 제튼의 전방으로 보이지 않는 진공의 공간이 형성되었다.

제튼의 연격이 만들어낸 결과물이었다. 그리고 이내, 그 앞으로 폭룡이 다가들었다.

파츠츠츳!

이내 거짓말처럼 흩어지는 불길이 보였다. 하지만 아직도 밀려드는 불길의 양은 상당했고, 제튼 역시 주먹질을 멈출 수가 없었다.

파파파파파파파파…….

마치 파도가 치듯, 물결이 흔들리듯, 그의 전방으로 아스라한 불길의 일렁임이 쉴 새 없이 일어났다.

하지만 결코 그에게로 다가드는 불길은 없었다. 제튼이 만들어낸 공간 속에 빨려들 듯, 허무하게 사그라질 뿐이었다.

그 순간 이를 악다문 크라이온이 뛰어들었다. 그렇게 내려치는 일검이 마치 태산이라도 쪼갤 듯, 무시무시한 거력을 담고 있었다.

오러 스피릿!

의지로써 이루어진 경지 너머의 힘이, 저 검신 위로 넘실거리며 다가들고 있었다. 모든 것을 태워버릴 듯 뜨거운 의지의 불길이었다.

'피할까?'

생각과 동시에 결론이 나왔다.

'맞선다!'

크라이온을 온전히 꺾으려면, 피하는 걸로는 부족했기 때문이다. 정면으로 박살을 내야 했다.

그가 비록 주먹이 아닌 검을 사용한다고 하나, 육체적으로는 권격을 극한 그 너머까지 경험한 상태였다.

하려고 하질 않아서 그렇지, 충분히 일권일격에 한계 너머의 힘을 담는 게 가능했다.

'후우웁!'

호흡을 골랐다. 자세를 취했다. 마음을 다졌다.

그리고 마주했다.

꽈르르르릉……

천둥성이 울리고 평야가 뒤집어졌다. 대마법사가 마법 실험이라도 한 듯, 사방으로 튀어나가는 불똥이 곳곳을 불태웠다.

"크허어억!"

크라이온이 신음성을 내지르며 튕겨나가는데, 그 거리만도 족히 백여미르는 훌쩍 넘기고 있었다.

가까스로 신형을 세우며 바닥에 내려서는데, 불현 듯 들이닥친 돌풍이 턱 밑을 강타했다.

빠악!

두 발이 땅에 닿기가 무섭게 다시 떠올랐다. 덜컥 올라간 턱이 하늘 끝까지 치솟았다. 유령처럼 접근한 제튼의 발차기가 턱을 걷어버린 것이다.

갑작스런 충격에 뒷목이 뻐근했다. 하지만 이런 모든 충격들을 일일이 느낀다는 건, 아직 정신이 멀쩡하다는 증거였다.

푸화아악!

사그라들었던 불길을 다시 피어 올리며, 전신으로 가득 둘렀다. 마치 오러 실드처럼 뜨거운 불길이 그를 보호했다.

오러 스피릿을 극한까지 일으켜 만든 불길이기에, 급속도로 피로감이 밀려왔으나, 이 정도는 해야 연격을 피할 수 있다는 걸 알았다.

"의지가 느껴지네."

순간 들려온 말소리에 귀가 기울어지며, 상대편의 위치를 파악하게 만들어줬다.

'등 뒤! 어느 틈에?'

제튼의 이야기가 이어졌다.

"맞기 싫다는 강렬한 의지가 느껴져."

고개가 휙 하니 돌아가며 대검도 함께 뒤를 향해 뻗어지는데, 제튼의 권격이 더 빨랐다.

빠악!

"컥!"

진한 통증과 함께 등허리가 거의 직각으로 꺾였다.

"하지만 어쩌니. 난 오늘 정말로 미친 듯이 널 팰 건데."

그리고 이어지는 무차별 연격.

빠바바바바바박…….

"크헉! 컥! 꺼억!"

연신 이어지는 괴성 속에서, 크라이온의 머릿속을 지배하는 건 하나의 단어였다.

'어떻게?'

경지를 넘어서 얻은 절대적인 기운으로 전신을 보호한 상태가 아니던가. 헌데, 그런 절대의 불길을 뚫고 이처럼 가차 없는 주먹질이라니, 이 무슨 말도 안 되는 이야기란 말인가.

'이럴 리가…… 없는데.'

금강불괴에 가까운 육신 덕분에 지독한 고통 속에서도 이 같은 생각의 자유를 얻었다. 그러나 딱 거기까지였다. 이 상황을 벗어날 만한 육체적 자유까지는 아직 도달하지 못한 모양이었다.

'빌어먹을!'

그와 자신의 격차에 재차 욕짓거리가 치밀었다.

파팍!

그 순간, 밀쳐지는 느낌과 함께 그의 신형이 쭈욱 뒤로 밀려났다. 동시에 찾아드는 육체적 해방감이 의문성을 자아내게 했다.

"음?"

저 앞에서 이죽거리며 웃는 제튼이 보였다. 가볍게 밀려난 듯싶었건만, 그와의 거리가 족히 십여미르 이상은 나 보였다.

'뭐지?'

의아해서 쳐다보고 있으니, 제튼이 어깨를 으쓱이며 말을 건네 왔다.

"이대로 끝내기에는 너무 허무하잖아."

그러더니 대뜸 자세를 잡는다.

"최선을 다해서. 덤벼 봐!"

한 번 더, 마지막 기회를 주겠다는 의미였다. 발끈하는 심정이 들었으나, 확실히 이렇게 끝을 보기에는 아쉬움이 컸다.

"각오해야 할 거다!"

그 말에 제튼이 실소하며 말했다.

"여전히 말이 짧네. 나중에 어쩌려고 그러니? 그러다 정말 크게 후회한다."

분명 이후가 두렵기는 했다.

'그건 그거고!'

지금은 마지막으로 주어진 이 기회에 집중할 때였다.

파츠츠츳…….

문득 주변으로 넘실대던 불길이 사그라지기 시작했다.
이 모습에 제튼이 눈을 빛내며 크라이온을 바라봤다.

'사라져? 아니. 모이는 건가.'

주변 가득 흩뿌려진 불길의 잔재까지 전부, 한 곳으로
응축시키고 있는 것이다. 그 중심지가 어디인지는 한 눈에
알아볼 수 있었다.

치이이익…….

당장이라도 폭발할 듯, 시뻘겋게 달아오른 대검이 유난
스레 눈에 비쳤다.

'조금…… 재미없으려나?'

두근두근 했다. 조금 전 크라이온의 구타를 괜히 멈췄나
싶은 생각도 들었으나, 이내 화끈거리는 양 손이 떠올랐
다.

크라이온의 불길이 생각보다 거셌던 것이다. 이 이상의
주먹질을 허락하지 않을 만큼, 그가 둘렀던 불의 장막은
뜨거웠다.

물론, 조금 무리를 해서 계속 주먹을 휘둘러도 상관은
없었겠으나, 앞서 이야기한 것처럼 그대로 끝을 내는 건

허무함이 컸다. 그래서야 크라이온도 감정의 찌꺼기가 남을 터였다.

때문에 기회를 줬다.

'쬐끔, 후회되네.'

이제 와 이런 생각을 하기에는 늦은 감이 있었다.

치이이이이이……

어느새 크라이온 주변의 불길이 전부 사라진 것이 보였다. 그런 만큼 뜨겁게 타오르는 대검의 모습에 절로 시선이 갔다.

'긴장되는데.'

자꾸만 두근두근한 심정이 되었다. 그도 그렇게 크라이온의 검이 어떤 검이던가.

진짜배기 중에서도 진짜였다.

미스릴을 통짜로 사용한데다가, 그 유명한 드워프들의 솜씨가 더해진 명검이었다.

그런 명검이 당장이라도 폭발할 것 마냥 들끓고 있었다. 크라이온이 통제를 하고 있을 터인데도 저런 모양새인 것이다.

"……각오 ……하는 게 ……좋을 거다!"

기운의 응축이 쉽지가 않은 것인지, 말을 내뱉는 크라이온의 얼굴이 좋아 보이지는 않았다.

"적당히 지껄이고, 그만 좀 덤벼라. 기다려주는 것도 지친다.”

“으득!”

제튼의 이야기에 이를 악 문 크라이온이 대검을 높게 들어올렸다. 그러며 하체를 한껏 낮추는데, 전방으로 뛰어나가기 위한 준비자세인 듯싶었다.

“……부탁 ……하지.”

당장이라도 돌격할 것 같던 크라이온이 문득 말문을 열며 진격을 늦췄다.

“진심을…….”

그 말에 막 자세를 잡고 있던 제튼이 실소를 하며 주먹을 풀었다. 그러더니 대뜸 크라이온을 향해 묻는다.

“그러다 정말 죽는다.”

이에 힘겨운 와중에도 미소를 지어낸 크라이온이 말했다.

“죽여…… 봐…….”

그 말과 동시에 육중한 체구가 날아올랐다. 바람처럼 날아드는 그의 모습에 제튼이 짧게 중얼거렸다.

“진심이라.”

그가 다시금 자세를 갖췄다. 헌데, 조금 전과 바뀌어 있는 손의 모양이 보였다.

지금까지처럼 주먹이 아니었다. 검지와 중지 손가락을 붙여 세우고 나머지는 접은 기묘한 형태였는데, 이 생경한 모습에 크라이온의 머릿속에 짧은 의문이 떠올랐다.

'뭐지?'

하지만 대검의 기운에 집중하기에도 바빴기에, 의문은 금세 뒤로 밀렸다.

'일격필살인가.'

제튼은 대지를 쪼갤 듯 내리꽂히는 대검의 모습을 바라보며, 검지와 중지를 세운 손을 앞으로 뻗었다.

꽈르르르르릉······.

재차 평야 위로 천둥이 울려 퍼졌고, 거대한 불의 기둥이 하늘위로 솟아올랐다.

그리고,

전투가 끝났다.

❖

제국전쟁의 여파로 인해, 대륙에서 자취를 감춘 왕국들의 수는 어마어마했는데, 그건 굳이 인간들의 이야기만이 아니었다.

'오크 로드!'

사내는 자신의 앞에 앉아있는 이종족의 위치를 떠올리며 새삼 긴장했다. 전쟁으로 터전을 잃은 이종족 왕국의 중심인물 중 한명이 눈앞에 있었다. 절로 긴장감이 들 수밖에 없었다.

게다가 주변에서 느껴지는 은은한 압박감 역시 긴장감을 한몫 더했다.

"그러니까. 우리와 거래를 하고 싶다?"

오크 로드의 물음에 사내가 조심스레 말문을 열었다.

"거래라기보다는 동맹입니다."

"무엇을 위해?"

여기가 중요한 부분이었다.

"복수입니다. 그리고 옛 터전의 복구이지요."

"쿵. 복수."

그 단어가 상당히 자극적이었던 것일까? 오크 로드를 비롯하여 그의 주변을 호위하던 다른 오크 대전사들의 기세가 사납게 변하는 것이 아닌가. 그들이 일제히 한 존재를 입에 올렸다.

"브라만 대공!"

그 순간 피어나는 오크 로드의 살벌한 안광을 정면으로 마주해버렸다. 실로 등골이 오싹해지는 눈빛이었다.

'과연…… 대륙의 별에게도 밀리지 않는다고 했던가.'

마스터라 불리는 게 바로 대륙의 별들이었다. 그런 이들에게도 굽히지 않을 정도의 실력자가 바로 저 거대한 집단의 지도자 오크 로드였다.

'게다가, 저들의 실력도 만만치가 않군.'

오크 대전사들 중에서도 가장 상위의 대전사들만이 지

금 이 자리에 함께하고 있었다. 복수라는 단어와 브라만 대공이라는 이름에 반응하는 기세를 보니, 저들 역시 상당한 실력자들인 것 같았다.

"복수. 좋다. 하지만 그걸로는 부족하다. 우리가 얻을 수 있는 건?"

오크 로드의 물음에 준비했던 내용을 하나 둘 풀어놨다.

"기존 영역의 복구에 더불어서, 저희와 뜻을 함께하는 국가들과의 정식 동맹이 체결될 것입니다. 또한 상호간의 거래를 통해, 각자간의 부족한 부분들을 채울 것인데, 특히 로드께서 원하시는 각종 병장기들이 그 목록의 가장 최우선이 될……."

하나하나가 마음에 들 목록들로 만든 것이다. 이들 오크족의 도움은 특히 중요하기 때문이었다.

'전쟁에서 중요한 머릿수를 채우기에는 오크들 만한 종족이 없지.'

전심전력으로 준비한 내용들이었다. 이런 사내의 정성과 노력이 통한 것일까? 점차 오크 로드를 비롯한 대족장들의 표정이 풀어지는 게 보였다.

"너. 마음에 든다."

오크 로드의 결정적 한마디에 결국 사내는 인정을 받게 되었다.

"넌 이제 친구다. 우리 종족은 널 받아들인다."

'한 건 해결인가.'

속으로 회심의 미소가 그려지는 찰나, 오크 로드의 난감한 질문이 날아들었다.

"그런데 너. 가면. 왜 안 벗나?"

다른 대전사장들도 끼어들었다.

"친구 얼굴, 알아야 한다."

"우리의 새 동포."

"얼굴 보여 달라."

하나 같이 원하는 건 같았다. 이에 사내가 자신의 얼굴을 잠시 매만졌다. 나무의 결이 느껴졌다.

목재 가면을 찬찬히 쓸어내던 그가 조심스레 고개를 숙이며 말을 건넸다.

"죄송합니다. 이건 제 스스로와의 약조로 인한 징표입니다. 언제고 바라던 날이 오기 전까지는…… 벗을 수가 없습니다. 죄송합니다."

연신 이어지는 정중한 사과에, 오크 로드가 눈살을 찌푸리는 것 같더니, 이내 고개를 끄덕이며 말했다.

"조금, 실망이다."

아무래도 이 한 번의 거절로 약간의 거리감이 생겨버린 모양이었다.

'상관없지.'

오크족과의 협력 체계를 갖추는 것 외에 저들에게 바라는 건 없었다. 그러니 저들과의 거리감에 대해 신경 쓰고 싶지는 않았다.

잠시 후, 준비해왔던 서류를 건네는 것으로써 상황을 일단락 지으며 오크 로드의 거처를 나올 수 있었다.

외부로 나오기가 무섭게 밀어닥치는 차가운 공기가 절로 어깨를 움츠러들게 만들었다.

'역시, 북 대륙인가.'

저들 오크 일족이 제국전쟁으로 인해 대륙의 북쪽까지 밀려나버린 까닭에, 어쩔 수 없이 이 추운 곳까지 와야만 했다. 옷을 두툼하게 입었다고는 하나, 목재 가면의 사내는 기본적으로 따뜻한 지역 출생이었다.

그렇다보니 아무래도 이 시리도록 차가운 기후와 맞지 않을 수밖에 없었다.

'빨리 벗어나고 싶군.'

하지만 아직 이곳에서 만나야 할 이종족들이 남아 있었다.

이종족.

'새 출발을 위해서라도, 필히 끌어들여야 할 이들이지.'

과거에는 항시 날을 세우던 이들이었을지 모르나, 지금은 어깨를 나란히 하며 함께 달려가야 할 존재들이었다.

브라만 대공.

그를 떠올리는 가면 사내의 두 눈 위로, 시퍼런 안광이 피어나고 있었다.

◈

겨울이 시작된지도 벌써 여러 날이 지났건만, 사방으로
후끈거리는 이곳 평야만은 여전히 여름을 기억하게 만들
었다.

"푸후……."

가볍게 숨을 내 쉰 제튼은 엉망이 되어버린 주변을 돌아
보다, 엉덩이에서 느껴지는 떨림에 슬쩍 아래의 장판을 내
려다봤다.

용병왕 크라이온.

엉덩이에 깔고 있던 널찍한 장판의 정체였다. 마치 크라
이온이 출발하기 전 바알슨에게 했던 것 마냥, 제튼 역시
비슷한 형식으로 타작질을 해 줬다.

덕분에 피떡이 된 상태였는데, 지금처럼 주기적으로 꿈
틀대며 자신이 살아있다는 걸 알려오고 있었다.

"가만있어."

그 말과 함께 크라이온의 뒤통수를 두들기니, '빡' 하는
묵직한 소리와 함께 크라이온의 꿈틀거림이 멈췄다. 마치
숨이 멈춘 것 같은 느낌도 들었으나, 희미한 심장의 울림
이 여전히 그가 살아있음을 알려왔다.

그런 그를 한 차례 더 내려다보던 제튼이 이내 자신의
손으로 시선을 돌렸다.

"오랜만이라고 해야 하려나."

그 말과 함께 검지와 중지를 세우고 나머지 손가락을 접
었다. 크라이온의 마지막 일격을 상대할 때 비쳤던 모양새
였다.

검결지(劍訣指).

빈손으로 검의 형상을 이루는 것으로써, 이를 통해 가상
의 검을 마음에 세우는데 도움을 얻을 수 있었다.

크라이온의 '진심'이라는 부탁에 응해주며 펼친 게 바
로 이 검결지였다.

'정말, 오랜만에 검을 세웠네.'

마음에 검을 그렸다.

오르카와 싸우던 당시에도 권격만 뻗었다. 수도에 찾아
가 한 개 마을을 통째로 뒤집던 당시에도 마찬가지였다.
그나마 검을 사용하는 아카데미의 수업이 있었으나, 본격
적으로 검을 드는 건 아니었다.

그런 만큼 이번 결전에 뽑아 든 검은 진정 오랜만의 검
격이었다. 비록 정식으로 검을 뽑은 건 아니라고 하나, 그
의 수준이라면 마음에 검을 든 것만으로도 충분히 뽑은 것
이나 다름없었다.

"귀찮게. 진심으로 상대하게 만들어. 쯧!"

그러면서 재차 크라이온의 뒤통수를 두드리는 제튼의
손길에 자비 같은 건 없었다.

"그나저나…… 이걸 어쩐다."

아무리 인적이 드문 장소라고는 하나, 그래도 간혹 사람
들의 발길이 오가는 장소였다. 지난 번 오르카와 전투를
하던 곳보다는 마을에서 가까운 곳이기도 했다.

워낙 광대한 영역에 걸쳐서 전투의 흔적이 남아버려서
뭔가 조치가 필요할 듯싶었다.

"어쩔 수 없나."

제튼이 자리에서 일어나 크라이온을 어깨에 짊어졌다.
그리고는 발을 크게 굴렀다.

쿠웅!

마치 거대한 북을 두드린 듯, 묵직한 울림과 함께 무거
운 진동이 평야 가득 퍼져나갔다. 동시에 일렁이기 시작하
는 대지의 흔들림이 보였다.

드드드드…….

뒤이어 평야를 한꺼번에 뒤엎는 지진이 발생했다. 순식
간에 땅이 일어나고 흙더미가 비산했다.

그것은 제튼이 서있던 자리 역시 마찬가지여서, 그대로
훌쩍 몸을 띄워야만 했다. 어깨에는 여전히 크라이온을 짊
어진 상태였다.

제튼은 그렇게 공중에 뜬 상태로 너른 평야의 몸살을 지

켜봤다. 그가 만들어낸 인위적인 지진으로써, 전투의 흔적
이 사라지는 건 그리 오래 걸리지 않았다.

'대충 정리는 됐네.'

겉보기에 문제는 없어 보였다. 이제 남은 건 은은히 피
어나는 열기였는데, 이를 해결하기 위해서 한 차례 더 힘
을 써야만 했다.

크게 숨을 들이키는가 싶더니, 길게 호흡을 내지른다.

"후우우우⋯⋯."

그와 동시에 밀려나오는 숨결이 시리도록 차가웠다. 언
뜻언뜻 평야위로 내리는 서리가 이 한 호흡의 결과를 말해
주고 있었다.

크라이온이 심어놓은 열기들이 가신 것이다. 이제 어
느 누가 와도 이 평야의 이상점을 발견하지는 못할 터였
다.

'뭐⋯⋯ 지형 변화는 어쩔 수 없지만.'

거기까지는 제튼도 해결불가였다.

제법 힘을 쓴 까닭일까? 이마위로 살짝 땀방울이 맺혀
있었다.

"슬슬 가 볼까나."

조금 기운이 난 모양인지, 어깨에 짊어진 크라이온이 꿈
틀거리는 게 느껴졌다. 재차 뒤통수를 두드린 뒤, 훌쩍 신
형을 쏘아 보냈다.

방향은 아루낙 마을이었다.

◈

의외라고 해야 할까?

칼렌에게 브라만 대공의 이미지는 이야기속의 마왕이나 마신과 같았다. 헌데, 그의 일상은 너무도 평범했다.

그래서 너무 크게 놀랐다.

'진짜…… 브라만 대공?'

그의 정체에 대해서 의심마저 들 정도로 그는 일반적인 삶을 살고 있었다.

'뭐지?'

전쟁 중에 보여주던 모습이 가짜인걸까? 아니면 지금 고향에서 비쳐지는 태도가 거짓인걸까?

'이도 저도 아니면 모든 게 진짜?'

평범한 모습이나 악귀 같은 모습, 둘 모두 한 몸에 담고 있는 것이라면?

'이중인격?'

별별 생각들이 머릿속을 치고 지나갔고, 덕분에 매일매일이 혼란의 연속이었다. 그나마 다행이라면 브라만 대공에게 집중하는 것 외에도, 따로 신경을 써야 할 부분이 있다는 점이었다.

'에리스.'

그의 아이를 임신하고 있는 새 삶의 동반자가 떠올랐다. 그녀에게도 신경을 써야 한다는 부분 때문에, 그나마 브라만 대공으로 인해 복잡한 머리를 환기시킬 수 있었다.

임신한 부인으로 머리가 더 아픈 경우가 있다는데, 칼렌의 경우에는 그 반대라고 할 수 있었다.

"여보?"

문득 들려온 음성에 고개가 뒤로 돌아갔다. 어느새 나온 것인지 에리스가 문 앞에 서서 그를 지켜보고 있는 게 아닌가.

아무래도 그가 일을 끝내고 귀가하는 시간에 맞춰 기다리고 있던 모양이었다.

칼렌이 급히 그녀에게 다가갔다.

"몸도 안 좋으면서 왜 나왔어?"

"배 좀 불렀다고 못 걸어 다닐 정도는 아니에요."

그렇게 말하면서 자신의 배를 쓰다듬는데, 전보다 눈에 띄게 부푼 배의 모습에서 새 생명의 탄생이 머지않았다는 걸 느낄 수 있었다.

'얼마 안 남았나.'

곧 있으면 자신의 아이를 볼 수 있다는 생각 때문일까? 절로 가슴이 찡해왔다. 표정에서 느껴지는 온기 역시도 그런 이유 때문일 터였다.

이런 그의 미묘한 변화를 감지한 듯, 에리스 역시 부드
러운 미소를 입가에 그리며 그를 바라봤다.

'다행이야.'

갑작스레 만난 용병왕과 의문의 사내 제튼으로 인해, 뜻
밖의 장소에 터를 잡아버리기는 했으나, 덕분에 한층 여유
로운 생활을 할 수 있었다.

〈믿어도 돼!〉

이곳 아루낙 마을에 자리를 잡던 날, 그가 자신에게 했
던 이야기가 떠올랐다.

〈그의 곁은 안전할 거야.〉

확신하는 남편의 모습에 그녀 역시 마음을 놓아버렸다.
그로 인해서 정신적인 부분의 압박감이 일부 해방되었고,
덕분에 건강적인 면에서도 많은 변화가 있었다.

물론 좋은 쪽의 변화였다. 게다가 도주하며 못 먹던 것
과 달리, 잘 먹어서 생긴 변화도 한몫 더했을 터였다.

덕분에 마치 산달이 된 것 마냥 한껏 올라온 배가 눈에
띄었다. 만삭처럼 부풀어 있었으나, 아직도 기간이 두어달
남짓 남았다는 걸 생각한다면, 더 부풀 가능성도 있었다.

물론, 상황에 따라서 두달이 다 차기도 전에 나올 수도
있는 까닭에, 언제든 긴장해야 할 시기라는 건 분명했다.

"우리 아이는 정말 장군감이라도 되나 봐요. 벌써 이렇
게 배가 부른 걸 보면요."

"훗."

그녀의 이야기에 가볍게 실소하는 그의 모습이 좋았다. 특히, 그를 향해서 '남편' 혹은 '여보'라고 말할 수 있는 지금의 삶이 너무도 행복했다.

"여보."

그녀의 부름에 그가 바라본다. 당연하다는 듯 그 호칭을 받아들이는 그의 모습에 절로 미소가 지어졌다.

"항상, 몸 조심히 일해요."

"일 끝내고 들어오는 길이야. 그런 말은 나갈 때만 해도 충분해. 게다가 나보다는 당신이 더 걱정이지."

그의 자연스러운 호칭 역시 마음에 들었다. 마을에 터전을 잡은 건 오래되지 않았으나, 그 짧은 시간동안 그들은 진정 하나가 된 것이다.

아픈 과거가 있다. 잊기에는 너무 아프고 쓰린 상처였다. 하지만 그럼에도 불구하고 새로운 삶을 살아갈 희망을 얻었다.

저절로 배를 쓰다듬는 그녀의 손길이 더 없이 신중했다.

"다녀왔어."

그 말과 함께 칼렌 역시 그녀의 배를 한 차례 쓰다듬는데, 그 역시 신중한 손길로 배를 어루만지고 있었다. 이런 그의 모습을 바라보던 에리스가 슬쩍 그의 뒤편으로 시선을 보냈다.

일을 나갈 때 짊어지고 갔던 농기구가 보였는데, 이를 보고 있자니 절로 미소가 그려졌다. 익숙하지 않은 농사일에 고생하는 그의 모습을 상상한 까닭이었다.

"고생하셨어요."

그렇게 말하며 배를 만지는 그의 손 위에 손을 포갰다.

진정 신혼의 소소한 행복이 느껴지는 풍경이었다.

"웃차."

그 행복한 풍격에 돌연 의문의 그림자가 끼어들었다.

"누구……?"

깜짝 놀라서 뒤를 돌아보던 칼렌이 그림자의 정체를 확인하고는 경계심을 풀었다.

"제튼…… 형님?"

아직은 어색한 호칭이었으나, 그래도 조금씩 입에 붙기 시작한 덕분에 가까스로 상대를 부를 수 있었다.

"여어. 일 다녀오는 거야?"

제튼이 부름에 응하듯 손을 흔들어줬다. 그러더니 칼렌의 뒤편에 있는 에리스를 향해 말했다.

"제수씨도 잘 계셨죠?"

"……예."

어색하니 대답하는 그녀의 시선이 자꾸만 제튼의 어깨 위로 향했다. 그도 그럴게 피칠갑을 한 거구의 사내가 그의 어깨에 메어져 있기 때문이었다.

"용병…… 왕?"

깜짝 놀란 칼렌의 음성에 제튼이 씨익 웃으며 크라이온을 내던졌다.

마당을 나뒹구는 그 모습에 절로 눈살이 찌푸려졌다. 바로 곁에 임산부인 에리스가 있는 까닭이었다. 당연히 안좋은 광경은 보이기 싫을 수밖에 없었다.

"미안해요. 제수씨. 마땅히 갈 만한 곳이 없더라구요."

그렇다고 바알슨이 있는 곳까지 가자니, 생각보다 시간이 걸릴 것 같았다. 어쨌든 이곳 루마니언 지방 바깥에 있질 않던가.

그래서 가까운 곳에 지내는 칼렌을 찾아왔다.

"이 녀석. 하룻밤만 재워주시면 안 될까요? 저기 옆에 창고방이면 충분한데."

제튼의 정중한 물음에 칼렌과 에리스의 시선이 크라이온에게 향했다.

꿈틀…… 꿈틀…….

시체나 다름없는 사람을 한 집에 재운다? 그것도 신혼집에? 절로 불길한 기분이었다. 이런 그들의 심정을 아는 것인지, 제튼이 먼저 선수를 쳤다.

"제수씨, 신혼에 이런 부탁을 해서 미안해요. 하지만 걱정 마세요. 저 녀석이 지금은 저래 보여도 원체 튼튼한 놈이라서, 내일 아침이면 멀쩡히 일어날 테니까."

'정말?'

두 사람의 머릿속에 동시에 든 의문이었다.

'당장 죽어도 이상할 게 없어 보이는데?'

칼렌은 그 생각을 하며 에리스를 바라봤다. 조금 놀란 듯 보이기는 했으나, 그래도 조직의 생활을 했던 경험 덕분일까? 두려워하거나 공포감에 떠는 기색은 없었다.

"알겠습니다."

덕분에 이리 대답할 수 있었다. 애초에 이곳에서 새 삶을 시작할 수 있던 것 역시 제튼의 도움 덕분이었다. 그런 만큼 그의 부탁을 거절할 수 있는 입장이 되질 못했다.

'이 정도 부탁쯤이야.'

단지, 저 시체 같은 사내가 용병왕이라는 게 걸렸으나, 바로 인근에 제튼의 집이 있으니, 문제가 생길일은 없다고 믿었다.

브라만 대공.

제튼이라고 각인하기 이전에, 이미 전쟁영웅이자 마왕이며 마신이고 검은 사신으로 유명한 존재. 그런 과거의 그를 떠올리며 신뢰할 뿐이었다.

"잘 부탁할게."

제튼이 그 말을 남기며 발길을 돌렸다. 밤이 늦어버려서 바삐 돌아가려는 것이다.

고개를 숙여 보이는 칼렌의 귓전으로 흐릿하니 한마디가 더 날아들었다.

"……자주 보게 될 거니까."

이해할 수 없는 내용에 급히 고개를 들어 제튼의 뒷모습을 쫓았으나, 이미 그는 저 멀리 자신의 집으로 들어가고 있었다.

고개를 갸웃거리는 찰나, 힘겨운 신음성이 들려왔다.

"끄흐…… 흐으으음……."

크라이온이 자신의 생존을 알려오고 있었다.

"당신은 먼저 들어가."

태교를 생각해서라도 이 이상은 보여주지 않는 게 좋을 것 같아 에리스를 먼저 들여보냈다. 그녀를 들여보낸 뒤, 칼렌 역시 크라이온을 어깨에 짊어지고 뒷마당의 창고로 향했다.

제튼의 말처럼 굳이 그를 집안에 들이고 싶은 마음은 없었다.

'창고방이면 충분하겠지.'

솔직히 창고방도 내어주기 싫었으나, 제튼의 부탁을 거절할 수 없기에 이 정도라도 허락하는 것이었다.

혹여 크라이온이 자신을 창고에 던져놨다고 성을 낼지도 몰랐으나, 이 부분은 제튼의 이름에 숨어 비껴갈 생각이었다.

'그러기 위해서 그의 곁으로 온 것이니까.'

이용할 수 있는 건 최대한 이용할 터였다. 물론, 지금 상황은 제튼이 부탁한 것이니까, 더더욱 그의 이름값을 빌려 쓰는데 주저할 이유가 없었다.

그렇게 밤이 지났다.

날이 밝고, 정말로 크라이온은 멀쩡한 모습으로 깨어났다.

눈을 뜬 뒤, 자신이 있는 위치가 창고라는 걸 알고는 분노하려는데, 시기적절하게 찾아온 제튼이 그의 화를 억눌러 버렸다.

"까불기는."

단번에 제압당한 크라이온이었으나, 성을 내기보다는 고개를 먼저 숙여보였다. 패배를 인정한다는 의미였다.

그 모습에 만족스레 고개를 끄덕인 제튼이 밝은 모습으로 정신이 날아갈 만한 소리를 내뱉었다.

"넌 앞으로 이 집 '베이비시터' 다. 알았지?"

순간 잘 못 들은 것 같아 고개를 갸웃거리고 있자, 제튼이 빙긋 웃으며 말했다.

"말했잖아. 후회할 거라고. 새 출발 한다고 생각하고, 과거는 잊으렴."

눈을 뜬지 5분이 채 지나기도 전에, 크라이온은 새로운 충격으로 몸져누워야만 했다.

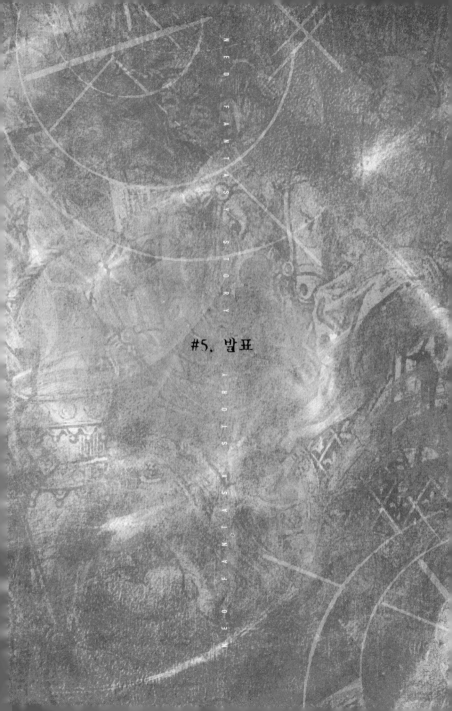

NEO FANTASY STORY

#5. 발표

#5. 발표

겨울이 깊어 가면서, 외투가 점차 두터워져, 하나 같이 부푼 모양새가 되었을 즈음, 또 다른 시작을 알리는 듯 새로운 해가 밝았다.

그리고 이 날에 맞춰, 제튼은 가족들을 한 자리에 불러 모으더니 깜짝 발표를 했다.

"저 결혼합니다."

물론 상대는 셀린이었다.

새해 첫 날 아침부터 반트가에 모였던 가족들이 하나 같이 놀란 얼굴로 제튼을 바라봤다.

어느 정도 제튼과 셀린의 관계를 알고 있었고, 또 인정하고 있던 까닭인지, 충격으로 인한 정적은 길지 않았다.

"축하해. 형!"

먼저 정신을 차린 건, 그를 대신해서 장남 역할을 해 왔던 남동생 켄트였다. 뒤이어 장녀 프릴과 펠다가 축하해주며 말을 건네 왔다.

"축하해, 오빠."

"드디어 셀린 언니가 가족이 되는구나. 잘 했어, 오빠! 그런데…… 설마 언니한테 애가 들어선 거야?"

뜬금없는 발표에 펠다의 엉뚱한 질문도 살짝 더해지긴 했으나, 한마디로 해결을 봐 줬다.

"아니다."

이제 조금 친해진 막내 포나도 조심스레 축하를 해 줬다.

아이들의 축하는 없었는데, 그도 그렇게 꼬마들은 바깥에서 아침부터 펄펄 내리는 눈 구경에 정신이 없었기 때문이다.

켄트와 프릴을 따라 반트가에 방문한 세 꼬마들 역시 그 안에 포함되어 있었다.

언뜻 보니 가장 나이가 많은 케빈의 진두지휘 아래 눈사람을 만들고 있었다.

본격적인 회복이 시작 되었다고는 하나, 여전히 걷는 건 시간이 필요한 메리를 생각해서, 눈싸움이 아닌 눈사람을 만드는 것 같았다.

"식은 어떻게 할 거냐?"

문득 들려온 모친의 물음에 제튼이 뒷머리를 긁적이며 답했다.

"가볍게 할 생각이에요."

이는 전적으로 셀린의 의견을 따른 것으로써, 이미 한 차례 경험이 있는 까닭인지, 괜히 소란을 피우고 싶지 않다고 했다.

'뭐…… 그 점은 동의하니까.'

사실, 제튼의 경우에는 정식으로 식을 올리는 게 이번이 처음이었다. 하지만 그렇다고 해서 굳이 요란을 떨고 싶은 생각은 없었다.

'식만 안 올렸지, 할 건 다 해봤으니까.'

당연하게도 간접경험이 대부분이지만, 어쨌든 아쉬운 마음이 들진 않았다.

"시기는?"

재차 이어진 모친의 물음에 제튼이 창밖으로 시선을 던졌다. 시원스레 내려오는 눈발이 시야에 들어왔다.

"날이 좀 풀리면 바로 하려고요."

대지가 기지개를 피며, 산천으로 꽃향기가 퍼질 무렵이 될 것 같았다.

"봄이냐?"

"아마도…… 그렇겠죠."

따악!

그 순간 모친의 주먹이 머리를 치고갔다.

"사내놈이 아마도가 뭐냐? 아마도가? 확신이 없어."

'끄응…….'

절로 앓는 소리가 나올 것 같았다. 하지만 동생들이 킥킥대는 모습에 결국 그도 실소를 흘려버렸다. 왠지 어릴 적 풍경이 떠오른 까닭이었다.

"웃어?"

모친이 재차 주먹을 드는 모습을 보곤 다급히 입가의 미소를 지워야만 했다. 이런 장남의 모습에 동생들이 재차 웃음을 터트렸다. 그 안에는 포나 역시 끼어있었는데, 모친의 살벌한 눈길이 한 번씩 훑고 지나가니, 하나같이 합죽이가 될 수밖에 없었다.

'역시!'

철권정치라는 말이 떠올랐다. 하지만 숨겨진 뒷배가 부친이라는 생각에, 재차 실소가 나올 뻔 했다.

'웃기는 집이라니까.'

그 집안의 일원이라는 생각은 못하는 제튼이었다.

잠시, 가족들의 모습을 돌아보던 제튼이 재차 말문을 열었다.

"저기, 아직 발표할 게 아직 남았는데요."

조심스런 그 모습에 슬쩍 엉덩이를 뗐던 동생들이 다시

자리에 앉았다.

"케빈과 메리를…… 정식으로 제 호적에 올리려고요."

이번에도 역시 충격적인 내용에 놀란 듯 침묵이 이어졌다. 앞전보다 길게 이어지는 정적에서 그 충격의 깊이가 짐작됐다.

"이야기는?"

워낙 깜짝 놀랄 소식인 까닭일까? 오랜만에 부친의 무거운 입이 열렸다.

짧은 한 마디였으나, 가족 모두가 오랜 눈치 덕분인지 숨겨진 속 내용들을 짐작할 수 있었다.

〈셀린과 이야기는 된 거냐?〉

케빈 남매를 생각할 수도 있으나, 미묘한 어투나 분위기가 그들 남매가 아닌, 셀린을 떠올리게 한 것이다.

제튼이 작게 고개를 끄덕이며 답했다.

"예. 누나도 그렇게 하자고 하더라고요."

오히려 이번 결정은 셀린의 의지가 컸다. 케빈과 메리 남매의 사정을 들은 그녀가 먼저 앞장서서 아이들을 품자는 제안을 했다.

어차피 한 집에서 함께 사는 아이들이 아니던가. 제튼을 따라 반트가에 들어온 남매들이다. 그런 제튼에게 새 가족이 생긴다면, 그들 남매의 위치가 붕 떠버릴 수도 있었다.

이런 부분을 염려한 듯, 셀린이 먼저 아이들을 받아들이기로 한 것이다.

여러 차례 반트가를 오가며 케빈과 메리를 자주 만나고, 그렇게 정이 깊어진 게 결정을 내리는데 큰 도움이 되었다.

"그래…… 그렇다면 됐다."

부친이 인정을 했다면 끝난 것이다. 아니나 다를까 모친 역시 고개를 끄덕이고 있는 게 아닌가.

'역시!'

실질적인 권력자의 발언권은 과연 대단했다.

"아이들과 이야기는 된 거야?"

동생 켄트의 질문에 제튼이 고개를 흔들었다.

"이제부터 말 해야지."

가족의 허락을 맡는다고 해서 모든 것이 끝나는 게 아니었다.

"언제 이야기 할 건데?"

펠다의 물음에 제튼이 잠시 생각하는 듯싶더니, 어깨를 으쓱이며 답했다.

"곧?"

어정쩡한 그 대답에 재차 모친의 주먹이 날았다.

빡!

한층 강도가 높아진 그 일격에 제튼이 이마를 부여잡았고, 동생들은 또 다시 숨죽여 웃어야만 했다.

"대답이 왜 또 그따위야?"

모친이 그리 외치며 재차 주먹을 날려 오니, 제튼의 표정은 절로 울상이 될 수밖에 없었다. 게다가 이번에는 연타였다.

"그리고 마지막으로 발표 하나 더!"

아무래도 모친의 주먹을 막을 길은 하나밖에 생각이 나질 않았던지, 제튼이 빠르게 세 번째 이야기를 내뱉었다.

아니나 다를까. 모친의 주먹이 허공중에 정지한 것이 보였다. 안도의 한숨을 내쉬면서 이야기를 이어갔다.

"이건, 말로 하기보다는…… 엄마. 아빠. 여기 받으세요."

제튼이 품 안에서 서류처럼 보이는 무언가를 꺼내 건넸다.

글을 못 읽을 거라는 걱정은 없었다. 부친 홀든의 경우에는 젊을 적부터 두뇌파였던 까닭에, 이미 글을 깨우친지 오래였다. 모친 케나는 그런 부친에게 시집을 가려고 육체파답지 않게 열성적으로 공부를 해, 글자만큼은 모두 익힌 상태였다.

덕분에 반트가의 아이들은 기본적으로 글자에 관해서는 잘 알고 있었다. 유일하게 덜 배웠던 게 제튼이었다. 워낙 노는 걸 좋아했기 때문이었는데, 천마 덕분에 그나마도 모두 해결이 된 상태였다.

오히려 지식 면에서는 가득 차다 못 해, 넘칠 지경이었다.

"이건……."

서류를 다 읽은 것일까? 부친의 입이 또 다시 열리는 게 보였다. 제튼이 웃으며 말문을 열었다.

"예. 비록 좋은 땅은 아니지만, 그래도 이제 저희도 땅 생긴 거예요. 하핫!"

스테일 남작에게서 사들인 회색들판의 소유문서였다.

"그동안에 벌어놓은 게 많지는 않아도, 회색들판이 워낙 엉망이라서 싼 값에 많이 사들일 수 있었습니다."

그러며 재차 웃어 보이는데, 모친이 뜻밖의 주먹질을 휘두르는 게 아닌가.

빠악!

지금까지 중에서 가장 강렬한 일격이었다. 이 갑작스런 날벼락에 제튼이 이해 할 수 없다는 표정으로 모친을 바라보는데, 모친의 입에서 나온 단어가 또 뜬금없었다.

"장한 놈!"

칭찬이었다.

"잘 했다! 잘 했어! 아이고 요 이쁜 놈!"

머리는 아픈데 귀는 즐겁다.

'웃어? 울어?'

아리송한 상황 속에 동생들의 물음이 이어졌다.

"회색들판이면 모양 잡는데 한 해는 보내야 하는 거 아니야?"

"이미 기본은 끝내 났다."

"얼마나 사 들여서 많다고 한 거야?"

"먹고 살 만큼은 된다."

"사기 치는 거 아니지? 약 팔다가 걸리면 혼나!"

"끄응…… 오냐."

펠다의 거슬리는 이야기도 있었으나, 어쨌든 일일이 다 대답을 해주며 동생들의 궁금증을 풀어줬다.

"고생했다!"

문득 그의 어깨를 두드리는 온기에 깜짝 놀랐다. 부친이 평소보다 말을 많이 한 것도 놀라운데, 이처럼 적극적인 행동까지 보이다니. 이는 정말 드문 상황이기 때문이었다. 동생들 역시 제법 놀란 얼굴로 부친을 바라보고 있었다.

"고생했어!"

재차 이어지는 부친의 칭찬.

이는 갑작스레 생긴 땅문서에 놀랍고 기쁜 이유도 있겠으나, 그보다는 이 정도의 땅을 구입하고자 보낸 아들의 20년 세월, 그리고 홀로 틈틈이 땅을 정리했을 노력에, 부모의 마음으로 칭찬을 하는 것이었다.

그 손길에는 기특한 마음 한편으로 안쓰러운 마음도 담겨 있었다.

이런 감정을 읽은 것일까?

"아…… 아니요. 뭐, 이 정도 가지고."

제튼이 어색하니 뒷머리를 긁으며 답했다. 조금 민망했던 것이다.

"영주님께는 따로 말씀을 드렸으니까. 다음달부터는 굳이 일을 나가지 않으셔도 될 거예요."

그렇게 말을 건네며 마치 도망치듯 자리를 피해버렸다. 여전히 이어지는 민망함에 슬슬 얼굴이 달아오른 까닭이었다.

그 모습에 동생들이 재차 웃음을 터트렸다.

◈

새해가 밝은지도 어느새 한 달여, 겨울이 막바지에 이르기 시작할 무렵, 아루낙 마을로 뜻밖의 방문자가 찾아왔다.

드레일 바헨.

셀린의 전 남편이자, 제니의 친부로써, 이미 작년 말 이곳을 찾았다가 호되게 당하고는 쫓겨나간 적이 있었다.

당시 제튼에게 당했던 기운의 압박 때문일까? 본능적으로 이곳을 다시 찾기가 어려워진 상황이었는데, 그럼에도 불구하고 힘겨운 걸음을 한 것이다.

"제니……."

나직이 중얼거린 한마디로 인해, 그의 목적을 짐작할 수 있었다.

이런 그의 곁에는 언제나처럼 호위인 레암이 따르고 있었다. 제튼에게 패배했다고는 하나, 여전히 그의 실력이 바르센 남작령에서도 손에 꼽히는 까닭에, 전과 다름없이 그를 호위로 두고 있는 것이었다.

'……제튼 반트.'

레암의 머릿속으로 그를 패배시킨 사내의 이름이 떠올랐다. 동시에 딸아이의 얼굴 역시 그려졌다.

지난 번, 제튼과 이야기를 나눈 뒤, 이미 드레일에게 일을 그만두겠다고 전한 상황이었다.

대신관.

믿기 어렵기는 했으나, 그러한 존재가 가까운데 있다는 데 어찌 거부하겠는가. 솔직히 쉬이 선택하기가 어려웠으나, 나날이 허약해지는 딸아이의 모습을 떠올리며 결단을 내린 것이다.

게다가 제튼 정도 되는 인물이 허튼 소리를 뱉을 거라는 생각도 들지 않았다. 그를 믿기로 한 것이다.

결국, 이번 여정이 실질적인 그의 마지막 호위 임무였다.

'원래는…… 이 일도 맡지 않을 생각이었지만.'

의외라고 해야 할까?

드레일에게서 미묘한 공감대를 받아버린 것이다.

〈그러고 보니, 너도 딸이 있었지?〉

셀린과 제튼으로 인해, 제니를 보지 못하고 돌아와 버린 까닭일까? 이후, 틈만 나면 그에게 딸에 대한 물음을 던지는 게 아닌가.

덕분에 이런저런 이야기가 오갔고, 덕분에 조금이나마 그를 위하는 마음이 생겨버렸다.

'생각해보면, 그도…… 행복하기만 한 사람은 아니지.'

관심이 없던 전이라면 모를까, 조금이나마 마음이 가기 시작한 지금은 알 수 있었다.

드레일 바헨.

준 귀족이라고는 하나, 저 바르센 남작령의 새로운 세력가로 떠오르고 있는 바헨가의 가주를 맡고 있는 자로서, 그 발언권이 제법 남다른 인물이었다.

게다가 그가 가주위에 오른 뒤, 바헨가의 부흥이 시작된 까닭일까? 가문 내에서 그가 지닌 위치는 더욱 압도적일 수밖에 없었다.

바헨가.

과거에는 별 볼일 없는 가문이었건만, 어쩌다 이렇게 큰 것일까?

자세히 알려진 건 아니었으나, 과거 제국전쟁이 중반을 넘어가면서, 브라만 대공이 은연중에 시작한 지방영지 부흥 사업의 혜택을 받았다는 소문도 있었다.

'소문의 진실까지는 모르겠지만, 그 덕분에 삶이 엉망이라는 건 알겠으니까.'

갑작스런 가문의 부흥, 그로 인해 밀려드는 기대감, 동시에 그를 향해 찾아드는 다양한 사람들까지.

약간은 비틀린 듯 보이는 성격도, 어쩌면 그런 삶의 변수 때문이 아니었을까?

약간의 친분 덕분인지, 그에 대해 조금은 좋게 생각해버린 경향이 생긴 모양이었다.

고개를 절레절레 흔든 레암이 마차 뒤편으로 시선을 던졌다.

그가 타고 있는 마차의 바로 후미를 따라오는 아담한 마차가 한 대 보였는데, 그의 딸과 부인이 타고 있는 마차였다.

놀랍다고 해야 할까?

저 마차는 드레일의 지시로 준비된 마차였다.

〈에이미를 치료하려면 아루낙 마을로 가야 한다며?〉

어떻게 알게 된 것인지, 딸아이를 언급하며 먼저 그런 이야기를 건네 오더니, 대뜸 마차를 준비시켜 주는 게 아닌가.

놀라운 건, 신관까지 대동시켜 준 것이다. 바헨가와 친

분이 있는 신관을 통해, 말단이라고는 하나 작게나마 성력
의 도움을 가능한 신관이 함께하고 있었다.

그 때문에 드레일을 보는 시선이 더욱 고와진 것일지도
몰랐다.

'아니, 사람이 조금 변하기도 했지.'

아마도 그 시작점은 현 부인과의 불화가 한층 거세지면
서였던 것 같았다.

'어찌 보면…… 그도 불쌍한 사람이지.'

"뭘, 그렇게 봐?"

기묘한 시선을 눈치 챈 것인지, 드레일이 레암을 보며
눈살을 찌푸리고 있었다.

"아닙니다."

그렇게 짧은 대답과 함께 다시금 마치 뒤편으로 시선을
보냈다. 딸아이가 무사히 잘 버텨주길 바라는 마음에서일
까? 걱정스런 눈빛이 후미의 마차로 향해갔다.

이런 레암의 눈빛을 읽은 드레일 역시 후미의 마차로 시
선을 보냈다.

왠지 그 눈가로 씁쓸한 빛이 깃들어 있었다.

◈

고향으로 돌아왔다는 반가움 때문일까? 아니면 평범한

일상에 온전히 녹아들고픈 바람 때문일까?

제튼은 항상 '감각의 차단'을 펼치고 있었다. 예리하게 날이 선 경지 너머의 감각은 마을 전체를 아우르며, 그 안에서 발생하는 모든 사건사고를 파악하기 때문에, 의도적으로 이를 제어하는 것이었다.

그런 그가 감각의 일부를 개방했다.

'로렌스⋯⋯.'

검작공 오르카와는 다른 의미로써 위험한 여인이었다. 특히, 천마에 대한 집착이 아주 강렬하기에, 만약의 사태를 대비하기 위해서라도 최소한의 감각은 열어두려는 것이었다.

'차라리 오르카가 상대하기는 더 쉬우려나.'

쓰게 웃으며 고개를 흔들던 그가 문득 자리에서 일어났다. 그리고는 시선을 저 멀리 창공으로 보내는데, 그 눈빛이 왠지 굳어있었다.

'이건⋯⋯.'

그의 신형이 겨울 바람 속으로 사라졌다.

✦

제니는 새해가 밝기 전, 이상한 소문을 하나 들었다.

'친⋯⋯ 아빠가 찾아와?'

바로 드레일에 관한 이야기였다. 어린 아이 특유의 분방한 성격으로 흘려들을 수도 있었으나, 셀린과 제튼이 언급된 까닭일까? 그러기도 쉽지가 않았다.

'드레일 바헨.'

왠지 귀에 익는 이름이었다.

간혹 제니의 할머니와 할아버지가 입에 올린 까닭이었는데, 그나마도 제니가 곁에 다가가면 거짓말처럼 사라져 버리는 이름이었다. 덕분에 아이 특유의 분방함으로 잊어버린 것이다.

익숙함을 느낀 건, 이 같은 상황이 적어도 두어 차례는 있었다는 증거였다.

'아빠 이름……'

그리고 지금 이 순간, 제니는 확실하게 친아빠의 이름을 기억에 새기고 있었다. 언제고 셀린을 통해 듣게 될 이름이었건만, 뜻밖의 상황을 통해 일찌감치 알게 된 것이다.

아무래도 몰랐다면 모를까, 그 존재를 알게 되어버린다면?

역시 궁금해 질 수밖에 없었다.

'어떻게 생겼을까?'

스스로도 모르게 제튼의 얼굴을 먼저 떠올려 버리는 건, 실질적으로 현재 아빠라고 부르는 인물이기 때문이었다.

그렇게 이런저런 얼굴들을 대입하며 시간을 보낼 때였다.

스윽……

그늘이 머리위로 드리웠다.

왠지 모르게 주변이 어두워졌다는 느낌에 시선을 위로 올려보니, 처음 보는 사내가 곁에 다가와 있는 것이 아닌가.

자연스레 시선이 옆으로 돌아갔다. 바로 옆으로 집이 보였다. 그곳을 확인하고 나자 일순간 들었던 불안감이 사라졌다.

"누구…… 세요?"

사내와 시선이 마주쳤다고 느꼈기에 이리 물은 것이다.

이런 아이의 물음에 일순 사내의 표정위로 당혹감이 머무는 게 보였다. 그 때문인지 대답이 조금 늦게 나왔다.

"네가…… 제니니?"

역으로 되묻는 사내의 물음에 잠시 눈살을 찌푸리던 제니가 이내 고개를 끄덕이며 대답했다.

"예."

동시에 그 눈빛에 비친 경계심이 한층 짙어진 게 보였다. 생전 처음 보는 사내가 아는 척을 해 오는 것도 모자라, 이름까지 알고 있는 까닭이었다.

'엄마가 모르는 사람들을 조심하랬는데.'

자꾸만 집 쪽으로 시선이 갔다. 멀지 않은 거리를 재차 확인한 뒤, 주변을 돌아봤다. 제법 사람들이 돌아다니는 게 보였다.

여차하면 크게 소리를 지르면 될 것 같았다.

"아저씨는 누구세요?"

그러며 사내에게 앞서의 질문을 다시 던졌다. 이에 사내가 무릎을 꿇어 눈높이를 맞추며 답했다.

"나는, 아저씨는 드레일이라고 한단다."

순간적으로 가명을 댈까도 생각했으나, 왠지 본명이 나와버렸다. 사내, 드레일은 자신의 이름을 밝히면서, 동시에 묘한 기대감 섞인 눈빛을 제니에게 보냈다.

흔들리는 제니의 눈동자, 굳어버린 표정, 경직된 몸동작이 보였다.

'알고 있구나!'

혹시나 싶었는데 역시나였다. 제니는 그의 존재를 알고 있었다. 가명이 아닌 본명을 밝힌 건 그걸 확인하기 위함이었다. 어쩐지 입안이 말라왔다.

"아…… 안녕하세요."

당혹감이 여실히 묻어나는 아이의 인사에서, 드레일은 왠지 모를 착잡함을 느꼈다. 묘한 거리감을 받은 까닭이었다.

'그럴 만도 하지.'

지금껏 나몰라라 내버려둔 아이가 아니던가.

'이제 와서 아빠 행세를 하는 것도 웃기는 일이지.'

입맛이 썼다.

"아빠 맞죠?"

순간 뜻밖의 단어가 들려왔다. 눈이 번쩍 뜨였다.

"아빠…… 라고 했니?"

제니가 고개를 끄덕이며 재차 물었다.

"아빠에요?"

"어…… 어어…… 어…… 그래."

바르르 떨리는 입술 때문에, 그 한마디의 대답을 하느게 쉽지가 않았다.

와락.

그 순간 품안으로 뛰어든 따뜻한 온기가 재차 정신을 날려버렸다. 제니가 안겨든 것이다.

'아…….'

넋을 놓아버린 듯, 멍청한 표정으로 아이의 정수리만 바라보던 드레일이, 이내 품 안의 제니를 꼬옥 껴안았다.

'아아아아…….'

어째선지 모르겠으나, 눈가가 흐릿해지며 뜨거운 무언가가 넘쳐흐르고 있었다.

사실,

아이는 생각보다 많은 걸 알고 있었다. 한번 시작된 소문이 있는 내용, 없는 내용 죄다 입 밖에 끄집어내게 만든 까닭이었다.

드레일 바헨.

그 이름이 특별한 게 아니었다.

셀린 웰브.

그녀의 존재가 남다른 것이다.

다른 장소에서라면 모르겠으나, 이곳 아루낙 마을에서만큼은 특히 그랬다.

어릴 때부터 그 총명함과 귀여움으로 마을 주민들의 관심을 한 몸에 받았고, 나이를 먹고는 한층 더 눈부셔진 미모와 지혜로움으로 마을의 자랑거리였던 까닭일까?

세월이 한참 흘러, 마흔을 넘긴 아줌마가 다 되었음에도 불구하고, 왠지 셀린과 관련된 내용들은 생각보다 많은 관심을 받고는 했다.

이런 관심 덕분에 아이는 가만히 귀만 기울여도 많은 이야기를 들을 수 있었다.

대부분 안 좋은 이야기들뿐이었다. 그 중에는 어린 아이가 상처받을 만한 내용들도 있었다.

어른들 역시 아이의 존재를 확인했다면 결코 입 밖에 내지 않았을 그런 이야기들이 수시로 오갔다. 결코 나서지 않고, 구석에 숨어서 훔쳐 들었기에 알 수 있던 것이다.

그 덕분에 상반된 마음들이 어린 아이의 가슴에 깃들었다.

보고 싶다.

보기 싫다.

아빠라는 존재를 향한 그리움은 여전했다. 그 위로 '미움'이라는 단어가 끼어든 것뿐이었다.

그런 와중에 갑작스레 찾아든 '드레일 바헨'의 존재.

'아빠?'

먼저, 반가운 마음이 튀어나왔다. 동시에 어른들이 했던 '이야기'가 떠오르며 '미움'이 뒤를 따랐다.

그래서 화를 내려던 순간, 봐 버렸다.

눈물.

정확히는 촉촉해진 눈가와 울상이 되어버린 표정이었다.

마치, 길 잃은 강아지를 보는 것 같았달까?

게다가 저 얼굴, 왠지 모르게 너무도 익숙했다.

'제튼 아빠?'

닮아있었다. 왠지 심한 표현을 하기가 어려워졌다. 그래서일까? 뜻밖의 물음을 건네 버렸다.

"아빠 맞죠?"

그 단어에 흔들리는 표정이 또 다시 아이를 흔들었다.

대답을 하는 순간에 더욱 울상이 되어버린 얼굴이 가슴을 파고들었다. 정확히 세부적인 감정을 표현하기에는 아이의 인지력이 부족했다.

단지, '미움'이라는 감정이 상당부분 희석된 듯, 선뜻 다가가는 용기가 났다.

와락!

그리고 안겨들었다.

왠지 그렇게 해 줘야 할 것 같았다. 특히, 그 엉망이 되어버린 표정을 생각하자면, 이렇게 해야 좀 표정이 풀릴 것 같았다.

"흐으으윽……."

그 순간 들려온 흐느끼는 음성에 아이의 눈살이 찌푸려졌다.

'울려버렸네.'

바라던 바가 아니었다.

'치! 웃는 얼굴이 보고 싶었는데.'

자꾸만 정수리로 떨어지는 뜨뜻한 물방울 때문일까? 아이의 눈시울도 살짝 붉어지고 있었다.

◈

'뜻밖…… 이라고 해야 하려나.'

제튼은 쓰게 웃으며 드레일과 제니의 모습을 바라봤다.

흔쾌히 친아빠를 받아들이는 아이의 태도가 조금 의외인 듯도 싶었으나, 그렇다고 해서 기분이 나쁘다거나 그런 느낌은 아니었다.

찰나 간에 벌어졌던 아이의 감정변화를 세심히 살핀 까닭이었다.

'이 정도로 기분이 상할 거면, 애초에 만나게 하질 않았지.'

드레일이 마을로 들어오던 그 순간부터, 이미 그의 움직임을 감각권에 놓고 있었다.

처음에는 당장 쫓아내려고 움직였다. 하지만 이내 마차로 비치는 드레일의 얼굴을 봐버렸고, 열어 놓은 감각으로 밀려드는 그의 감정을 느껴버렸다.

동시에 레암이 그를 대하는 태도변화 역시 알게 되었다. 이런저런 상황을 고려한 결과, 지켜보자는 결론이 나왔다.

막무가내로 제니를 데려간다며 소동을 피운다?

작년 말에 봤던 드레일이라면 충분히 그런 상황을 만들어 냈을 것이다. 하지만 오늘은 그럴 것 같지가 않았다.

'뭐…… 어느 정도는 예상대로이려나.'

제니를 배려하려는 태도가 특히 마음에 들었다.

"그나저나……."

제튼의 시선이 드레일과 제니를 떠나, 저 한편에 세워진 마차들로 향했다.

드레일이 타고 온 바헨가의 마차들이 보였는데, 그 중 유난히 아담한 크기의 마차로 시선이 갔다.

"뭐야, 저건?"

마차 안에는 1남 2녀가 타고 있었는데, 그 중 제튼의 신경을 건드리는 건 남자 측이었다.

'신관인 것 같은데.'

희미하게 느껴지는 성력이 분명 성직자를 떠올리게 만들었다. 신관이라 말하기 애매한 수준이었으나, 분명 성력을 품고 있었다.

'성력은 이해하겠단 말이지.'

헌데, 그 이면에 비치는 저것은 무엇이란 말인가.

"마기?"

제튼의 미간에 작은 주름이 일어났다.

◆

한참을 뒤지고 또 뒤졌다. 하지만 그럼에도 불구하고 원하던 건 나오지 않았다.

"여기도 아닌가."

결론을 내리는데 걸린 시간만도 족히 일주일이나 걸렸다.

덕분에 수하들의 불만이 만만치가 않았다.

"왜 이런 식으로 수색을 하는 겁니까?"

"효율적이질 않습니다."

"시간만 잡아먹는 것 아닙니까?"

해줄 수 있는 대답은 하나였다.

"옹병왕이 근처에 있다."

이어진 불만 역시 정해져 있었다.

"여기는 루마니언 지방입니다. 용병왕이 있는 곳이 아니란 말입니다."

했던 이야기 또 하는 것 같았으나, 이번에도 해 줄 수 있는 대답은 하나였다.

"용병왕이다."

섣불리 능력을 활성화시켜서 그의 이목을 집중시키고 싶지 않았다.

물론, 거리상으로는 안전하다고 여기고 있으나, 만에 하나 용병왕이 이곳 지방으로 움직이는 일이 벌어진다면?

그리고 그 때에 그들의 능력과 용병왕의 감각이 맞닿는 결과가 나온다면?

'상상도 하기 싫군.'

아직 완전하지 못한 수하들은 분명 용병왕의 이목에 걸릴 터였다.

'지금은 몸을 사려야 할 때지.'

몸서리를 치는 그에게 수하들이 질문을 던져왔다.

"마누스님. 그래도 이런 방식의 수색은 너무 비효율적인 것 같습니다. 저희 7조만으로 한 개 지방을 수색하는 건…… 아무래도 무리가 있습니다."

그 말에 마누스가 고개를 흔들며 말했다.

"그러게 정령화에만 신경 쓸 게 아니라, 좀 더 기본적인 것들도 신경을 썼어야지. 기본에만 충실했어도 이렇게까지 어려울 일은 없었잖아. 기왕 이렇게 된 거, 실전 경험이다 생각하고 이번 임무를 수행하는 거야."

기본이라는 것이 대부분 암살 및 침투에 특화된 기술들이라는 게 변수였으나, 어쨌든 정령을 부리지 않고 순수 육체만으로 발휘하는 것이기에, 우선은 '기본'으로 분류를 해 놓은 것이었다.

'게다가……'

수하들에게서 시선을 뗀 마누스가 주변으로 시선을 돌렸다. 어디서나 볼 수 있는 흔한 영지의 모습이었다.

하지만 그가 보는 건 거리의 풍경이 아니었다.

'느낌이 안 좋아.'

솔직한 이야기로 용병왕이 있는 곳은 '타 지방'이 아니던가. 그 특출난 감각권을 경험했다고는 하나, 그게 한 지방을 아우를 정도라고는 생각되질 않았다.

'애초에 한 개 지방을 아우르는 감각이라니. 말도 안 되지.'

그런 감각은 사람의 것이 아닐 터였다. 전설 속의 대정령사라 할지라도 그건 어려울 것 같았다.

그럼에도 불구하고 이곳 루마니언 지방에서도 몸을 사리는 이유는 별 것 아니었다.

'느낌이 좋질 않아.'

말로 표현할 수 없는 미묘한 무언가가 있었다. 감각으로 표현하자면, 오감 그 너머의 여섯 번째 감각이 경고를 보내오는 것이다.

"이런 식으로 하다가, 언제 팔라얀 상단주를 찾겠습니까. 어쩌면 이미 다른 지방으로 넘어간 것 아닐까요?"

수하 중 한명이 건네 오는 물음에, 마누스가 상념을 접으며 그에 대한 답을 해줬다.

"타 지방에도 이미 다른 조가 움직이고 있다. 게다가 우리 외에도 '기본'에 충실한 조직들도 발바닥에 땀이 나도록 뛰고 있으니까, 우리는 지금 이곳에만 집중하면 된다."

이렇게까지 이야기를 하는데, 더 따지기도 어려웠다. 게다가 단호한 표정까지 앞세우니, 어쩔 도리가 없었다.

허술한 느낌이 있다고는 하나, 마누스는 분명 그들의 머리였다.

이 정도로 자기주장을 펼치는 게 가능한 건, 마누스가 나름대로 편하게 대해 준 덕분이기는 하나, 그래도 단체의 리더라는 사실을 상기해야 했다. 그런 만큼 분명히 넘어서는 안 될 선이 있는 것이다.

"쓸데없는 생각들 말고, 다음 수색지로 출발할 준비나 해라."

"예에~."

"알겠습니다."

물론, 평상시에 좀 풀어지게 대한 덕분인지, 하나 같이 성의가 없는 목소리로 답하고 있었다.

'끄응……'

마누스는 앓는 소리를 삼키는 한편, 다음 수색지에 대한 정보를 떠올렸다.

'아루낙 마을.'

왠지 안 좋은 느낌이 드는 이름이었다. 하지만 가지 않을 수는 없었다.

가족.

트라베스 공작에게 커다란 약점을 잡힌 상태가 아니던가. 그의 눈 밖에 나지 않으려면, 명령을 충실히 이행하는 게 최선이었다.

"움직인다."

그 말과 함께 마누스가 먼저 움직였고, 그 뒤로 수하들

이 따랐다. 정령화가 아닌 '기본'에 충실한 육체적 이동이
었다.

◈

어쩌다 보니 부녀가 함께 울음을 터트려 버렸으니, 자연
스레 사람들의 시선이 모이게 되었다. 그렇다 보니 웰븐가
의 집 안에서도 이 소란이 눈에 띌 수밖에 없었다.

'드레일!'

창밖으로 확인하던 셀린은 깜짝 놀라서 그대로 뛰쳐나
가려 했는데, 돌연 들려온 속삭임에 발목이 잡혀버렸다.

[괜찮아요.]

익숙한 음성이었다.

'제튼?'

그녀의 시선이 주변을 살폈다. 하지만 그 어디에도 목소
리의 주인은 보이질 않았다.

'뭐지?'

잘 못 들은 것인가 싶어 고개를 갸웃거릴 때였다.

[에르만 아주머니댁 옥상이에요.]

재차 들려온 음성으로 환청이 아님을 알 수 있었다. 동
시에 깜짝 놀라야만 했다.

'에르만 아주머니?'

이 주변이 아니었다. 무려 세 블럭이나 너머에 위치한 곳이 아니던가.

'대체······.'

적잖게 놀라운 마음이 들었으나, 이내 지난번의 경험을 떠올리며 지금 상황에 대해 수긍을 했다.

'보통 사람이 아니었지.'

그녀는 제튼이 마치 마법사처럼 신비로운 능력을 지닌 사람이라는 걸 알고 있었다.

"괜찮······ 다는 게 무슨 의미야?"

혹시나 하는 마음에 입 밖으로 소리를 내어 물었다.

[드레일 바헨. 그는 달라졌어요.]

설마 했건만, 정말로 그녀의 음성을 들은 모양이었다. 새삼 신기하다는 생각을 하며 그녀가 입을 열었다.

"달라졌다고?"

[예. 음······ 이건 아무래도 말로 하는 것 보다는 직접 확인하는 게 좋겠네요.]

"그게······."

무슨 말이냐고 물으려는 찰나, 새로운 음성이 귓가로 파고드는 게 아닌가.

"······그래서 제튼 아빠하고 엄마가······."

"······그래. 그렇구나."

또 다시 깜짝 놀라야만 했다.

'제니…하고 드레일?'

그들의 대화가 생생하게 들려오고 있었다.

'이게, 어떻게?'

여전히 이해할 수 없는 것 투성이인 제튼의 능력이었다. 놀란 마음을 추스르며 제니와 드레일의 대화에 집중했다.

기본적으로 제니의 입에서 나오는 이야기들의 중심에는 '제튼' 이라는 존재가 끼어있었다.

"……그래서 제튼 아빠가 맛있는 걸 사주는데, 엄마 표정이……."

덕분에 드레일은 왠지 모를 씁쓸함을 재차 느껴야만 했다.

'제튼…… 반트.'

솔직히 질투가 안 난다면 거짓말일 것이다. 그럼에도 불구하고 최대한 웃는 얼굴을 유지하며 아이의 이야기를 찬찬히 들어주고 있었다.

"제튼 아빠는 말이지."

"제튼 아빠가 어땠냐면."

"제튼 아빠와 자주 남작령에……."

절절히 느껴졌다.

'정말로 그를 좋아하는구나.'

자신의 자리가 없다는 걸 깨닫게 되었다. 그럼에도 미소를 잃지 않으려 노력했다.

사실, 이곳 아루낙 마을로 올 때까지만 해도, 제니를 데리고 가야겠다는 생각이 제법 있었다.

작년처럼 자기주장만 내세우는 건 잘못 되었다 여기고 있었으나, 그래도 여전히 제니를 그가 키워야겠다는 생각이 남아있던 것이다.

하지만 지금 이렇게 제니와 마주하고, 제튼에 대한 이야기를 연달아 들으며, 아이의 감정을 직면하고 나니, 그런 생각들이 거짓말처럼 날아가 버렸다.

씁쓸했다.

'그래도…… 다행인가.'

제니의 이야기를 들어 보자면, 제튼이라는 사내는 생각보다 좋은 아빠가 되어줄 것 같았다.

"아빠? 왜 그래?"

문득 들려온 제니의 물음에 드레일이 자신의 실수를 깨달았다. 어느새 입꼬리가 내려가고 있던 것이다. 급히 미소를 지어내며 빙긋 웃어보였다.

"아무것도 아니야. 그보다 제니는 제튼 아빠가 좋아?"

"응."

예상했던 대답이지만 역시나 속이 쓰린 건 어쩔 수가 없었다.

"다행이네. 제니가 좋다니까 아빠도 제튼 아빠하고 친하게 지내야겠다."

"헤헷!"

드레일의 대답에 제니의 미소가 한층 밝아졌다.

언뜻 별 것 아닌 대화 같았으나, 이 모든 이야기를 듣고 있던 셀린에게는 상당히 놀라운 내용들일 수밖에 없었다.

'저건⋯⋯'

마치 초반에 연애를 하던 당시, 그녀를 쫓아다니던 무렵의 드레일을 떠올리게 만들었다.

결혼 후, 어느 순간을 기점으로 거칠고 제멋대로인 경향이 강해졌었건만, 그러한 지난 시간을 벗어던진 것 같은 모습이었다.

'드레일.'

오랜만에 보는 옛 사랑의 태도가 아련하니 감성을 자극했다.

'스펜 상단을 만나고 부터였나.'

바헨가를 부흥시키게 된 결정적 계기가 바로 스펜 상단이었다. 그들을 만나고 이후 그들의 도움에 힘입어 바헨가를 성장시키면서, 그 때부터 성격이 바뀌어 버렸다.

'어울리지 않는 위치였으니까.'

그가 갑작스런 가문의 성장에 당황하고 있다는 걸 알았다. 생각지도 못한 위치변화에 두려움도 느꼈다고 여겼다.

때문에 그의 곁을 꿋꿋이 지켰던 것이다. 부부이기에 그를 지키는 건 그녀의 역할이라 믿었다.

'온 힘을 다해서 믿었지…….'

아이 문제로 매번 압력을 주는 집안 어른들의 태도는 버틸 수 있었다. 그녀가 그의 마지막 버팀목이라 여겼기 때문이다.

하지만 결국, 남편의 외도와 그 상대의 임신사실이 드러나면서, 그녀의 믿음은 깨져버렸다.

또한, 그 당시에 보여줬던 남편의 냉랭한 태도 역시 그녀의 의지를 무너트렸다.

어쩌면 당시 보여줬던 남편의 태도가 고향으로 돌아오게 된 결정적 계기였을 것이다.

그 마지막 모습을 기억하고 있는 셀린에게, 지금 보여지는 드레일의 태도는 옛 사랑을 새로이 떠올리게 만들어 주는 것이었다.

물론, 그렇다고 해서 옛 사랑에게 돌아갈 마음이 있는 건 아니었다. 덕분에 과거의 망령에서 조금이나마 더 벗어나는 힘을 얻게 된 것이다.

동시에 현재의 사랑에게 한층 더 깊은 애정이 솟아나는 순간이기도 했다.

'제튼!'

그의 얼굴을 떠올리는 찰나였다. 따뜻한 온기가 어깨를

감싸 안는 게 아닌가. 동시에 들려오는 음성.

"제 생각했죠?"

깜짝 놀랐다. 그 말이 정답이기 때문이었다.

"어떻게……?"

그녀가 벙벙한 표정으로 자신의 곁에 선 제튼을 바라보는데, 그가 어색하니 웃으며 물어왔다.

"무단침입으로 신고하는 건 아니죠?"

그 우스갯소리에 결국 웃음을 터트리는 셀린을 향해 제튼이 재차 말했다.

"제 생각하고 있었죠?"

이에 얼굴을 붉히던 셀린이 조심스레 물었다.

"어떻게 알았어?"

제튼이 어깨를 으쓱이며 대답했다.

"감이죠."

사실, 셀린의 고개가 제니와 드레일을 떠나 그가 있는 방향으로 향하는 걸 봤다. 그녀가 있는 위치에서 보일 리가 없는데도, 무의식중에 움직이는 그 고갯짓을 떠올리며 반쯤 찍어 맞춘 것이다.

"고마워."

뜬금없는 그녀의 이야기에 제튼의 눈에 물음표가 떴다.

"뭐가요?"

"그냥. 지금 이렇게 곁에 있어줘서."

대답과 함께 품에 기대온다. 제튼이 씨익 웃으며 그녀를
억세게 끌어안았다.

◈

레암은 멀찍이서 드레일과 제니의 모습을 지켜보고 있
었다.

원래라면 호위답게 근접거리를 유지해야 하나, 드레일
의 부탁에 할 수 없이 거리를 벌린 것이다.

딸아이와의 첫 만남에 언뜻 행복해 보이는 드레일의 표
정을 보고 있자니, 괜스레 가슴이 쓰린 느낌이었다.

안타깝다고 해야 할까?

'아무래도…… 마음 기댈 곳이 없어서 그러겠지.'

그래서 더욱 제니를 찾아 왔던 것일지도 몰랐다.

특히, 이번에 이곳으로 향하기 전, 드레일이 받았던 충
격을 알고 있기에, 더욱 그가 안쓰럽게 보이는 것일지도
몰랐다.

현 부인 '바네사'의 외도.

거기까지는 드레일도 이해하고 넘어가려고 했다. 아들
'베로만'이 그의 혈육이 아닐지도 모른다는 정보 역시도,
그간 키운 정을 앞세우며 무시하려 들었다.

솔직히 베로만의 경우, 어느 모로 살펴도 드레일을 닮아

있었기 때문에, 잘못된 정보로 치부하려 했다.

그러나,

이어서 날아든 정보가 충격적이었다.

바네사의 외도 상대.

'프레말 비헨.'

레암은 그 이름을 떠올리며 몸서리를 쳤다. 소름이 끼쳤기 때문이다.

'사촌 동생이라는 사람이…… 어찌…….'

더욱 충격적인 건, 그 다음에 있었다.

〈결혼 이전부터 바네사는 프레말과 만남을 가져왔을지도 모른다.〉

이 부분에 이르러서 레암은 두려움마저 느꼈다.

그도 그렇게 프레말의 평소 모습은 그야말로 더할 나위 없는 착실한 사촌동생이기 때문이었다.

게다가 언뜻 보면 드레일과 닮아 있어서, 사촌관계라기보다 친동생이라고 해도 믿을 정도였다. 그런 까닭에 더욱 드레일이 받은 충격이 컸을 것이다.

이번 여정 중에 드레일의 어깨가 처져 있던 이유도 그런 심적 충격의 영향 때문이었다.

'그나저나…….'

드레일과 제니의 모습을 보고 있자니 그 역시 딸아이가 떠올랐다.

'에이미.'

아무리 한 지방에 있고, 제법 좋은 마차로 이동을 해 왔다고 하나, 그 거리가 만만치가 않았다. 그런 만큼 에이미도 상당히 지쳐있었다.

신관이 곁에서 성력으로 도움을 주고 있다는 게 그나마 작은 위안이었다.

'……곧 나을 수 있을 테니. 조금만 참거라.'

이곳에 있다는 대신관의 성력이라면, 분명 딸아이도 건강해질 수 있을 터였다.

반드시 그래야만 했다.

'반드시……'

그것만을 바라며 이 힘든 여정에 딸아이를 동참시킨 게 아니던가. 기존에 생각했던 장거리 여행에 비한다면, 짧은 거리지만 그래도 분명 쉬운 여정은 아니었다.

딸아이는 선천적으로 몸이 약한 체질이었다. 그런 체질 때문인지 자주 병에 걸리고는 했는데, 2년여 전 겨울에 감기로 고생을 하더니, 그만 폐 쪽에 큰 손상을 입어버린 것이다.

워낙 약한 체질인 까닭에 일반적인 신관들의 치료로는 일시적인 완화정도로 끝이었다. 때문에 대신관의 도움이 필요했다.

'제튼 반트.'

한시라도 빨리 그를 만나고 싶었다.

◆

로트넌 카단.

말단직이라고는 하나 신관직에 오른 성직자로써, 현재
에이미를 돌보고 있는 신관이 바로 그였다.

내키지 않는 여정이었으나, 신전에 많은 기부를 하는 바
헨가의 주인이 직접 부탁을 한 까닭에, 할 수 없이 따라온
여행이었다.

바헨가의 주인에게 잘 보이고자, 오는 내내 나름대로 최
선을 다해 아이를 보살폈다. 하지만 그러던 것도 이곳 아
루낙 마을에 들어서던 순간 까지였다.

'뭐야…… 이 오싹한 느낌은?'

알 수 없는 불쾌한 감각에 자꾸만 신경이 주변으로 흩어
졌다.

그 때문일까? 아이에게 쏟던 정성이 희미해져 있었다.

워낙 꺼림칙한 느낌이 들어서인지, 집중이 제대로 되
질 않았고 덕분에 성력 역시 한층 흐릿해질 수밖에 없었
다.

'대체…… 뭐야?'

무언가 경계해야 할 것이 있다는 걸 깨달았다.

이는 그의 본능이 알려오는 감각이 아닌, 또 다른 숨겨진 의지가 전해오는 경고였다.

'설마, 이곳에 내 정체를 아는 이라도 있단 말인가?'

거기까지 생각하던 로트넌이 고개를 저었다.

'그럴 리야 없겠지.'

아직은 정체라고까지 할 만큼 대단한 게 없기 때문이었다.

'아직까지는……'

그러나 분명 그에게는 비밀이 있었다.

성직자.

현재 그의 직업이었다. 하지만 여기에 바로 비밀이 존재했다.

주신 엘.

혹은 창조신이라 불리는 절대신을 향한 여정이 바로 성국의 신관이 걷는 길이었다.

하지만 로트넌은 이 절대신의 존재가 아닌 새로운 존재를 향해 길을 냈다.

잊혀진 고대의 신.

10여 년 전, 우연찮게 그곳으로 향하는 표지판을 보았고, 그 덕분에 새로운 힘이 몸 안에 싹트고 있었다.

하지만 아직 온전히 그 힘을 발휘하지는 못했다.

잊혀진 신이기 때문이다.

'하루 빨리 그분의 이름을 알아야 하건만.'

로트넌이 굳이 외진 지방의 영지들로만 파견을 가는 이유 중 하나였다. 외부로 돌아다니며 그가 믿는 신의 이름을 찾기 위함이었다.

그 이름을 온전히 부를 수 없기에, 몸 안에 싹튼 힘도 제대로 고개를 들지 못하는 것이다.

'성국 내에서 찾는 게 가장 좋지만.'

그러기에는 위험부담이 너무 컸다. 그곳의 음지에 존재하는 이단심판관에게 혹여 걸린다면?

'상상도 하기 싫군.'

몸서리를 친 그의 시선이 마차의 창밖으로 향했다.

'뭔가가 있다.'

그의 내부에 싹튼 미지의 힘이 알려주는 경고로써, 10여 년의 세월을 믿어온 존재가 보내는 결코 무시할 수 없는 울림이었다.

◈

셀린과 함께 드레일과 제니의 모습을 바라보던 제튼의 시선이 슬쩍 시야 바깥의 공간으로 향했다.

벽에 가리고, 건물에 가려 보이지 않는 저 너머에 존재하는 의문의 존재에게 자꾸만 신경이 갔다.

'신성력과 마기를 한 몸에 품고 있다라……'

그야말로 미스터리였다. 좀 더 자세히 관찰하고 싶은 마음에 시선뿐만 아니라 고개까지 돌아가 버렸다.

이에 셀린이 반응을 했다.

"뭘 보는 거니?"

아무것도 없는 벽을 바라보는 제튼의 모습이 의아했던지, 그녀가 물음을 던져왔다. 이에 제튼이 어깨를 으쓱이며 말했다.

"그냥. 잠깐, 벌레가 있는 것 같아서."

그 말에 고개를 끄덕이면서도 셀린의 표정 자체는 개운해지지 않았다. 뭔가 얼버무린다는 느낌을 받은 까닭이었다. 하지만 굳이 더 캐묻지 않았다.

그녀의 배려에 미소를 지은 제튼이 드레일과 제니 쪽으로 시선을 돌리며 말했다.

"이야기가 끝났나 보네."

드레일이 자리에서 일어나는 것이 보였다. 그가 하는 말역시 귀에 들어왔다.

〈엄마는 집에 있니?〉

그의 표정과 이야기의 흐름으로 봤을 때, 아무래도 셀린을 만나러 올 모양이었다. 셀린 역시 이러한 느낌을 받았는지, 제튼을 바라보고 있었다.

어찌되었건 전 남편이 아니던가. 현재의 연인인 만큼 그와의 만남이 꺼려질 수도 있을 것이라 여긴 까닭이었다.

하지만 제튼은 여전한 모습으로 미소를 짓고 있었다. 그리고는 가볍게 고개를 끄덕인다.

말 대신 행동으로 그녀에게 대답을 해 준 것이다.

〈만나 봐요.〉

드레일과의 대화를 통해, 과거의 악몽을 완전히 벗어나기를 바랐다.

"저는 아무래도 자리를 피해드리는 게 좋겠네요."

이에 셀린이 고개를 저으며 그를 붙잡으려는데, 제튼이 그 손길을 조심히 밀어내며 말했다.

"오늘만 날은 아니니까요."

드레일과는 따로 이야기를 나눌 시간이 있을 터였다.

'지금은…….'

따로 확인하고 싶은 게 있었다.

'성력과 마기라.'

어떻게 이를 한 몸에 지니는 게 가능한 것인지, 자세히 살펴보고 싶었다.

막 집을 나서려는 찰나였다.

"고마워."

그 말과 함께 등 뒤로 따뜻한 온기가 밀려들었다. 셀린이 안겨온 것이다.

그녀의 손을 살짝 맞잡아줬다. 그렇게 잠시간의 시간이

흘렀을 즈음, 문을 두드리는 소리가 들렸다.

드레일이 찾아 온 것이다.

"가 볼게요."

제튼이 그 말과 함께 슬쩍 몸을 뺐다. 그리고 이내 신기루처럼 사라져버린다.

이에 셀린이 깜짝 놀라서 그가 있던 자리를 바라보는데, 귓전으로 예의 그 방식으로 음성이 들려오는 게 아닌가.

[깜짝 놀랐죠?]

약간은 장난기가 섞인 그 음성에 셀린이 가볍게 실소한 뒤, 문 쪽으로 걸어갔다. 전남편과 만나 과거의 악연을 풀어야 할 시간이었다.

❖

마차 안에서 숨죽이고 있던 로트넌은 문득 오한이 이는 느낌을 받았다.

'뭐지?'

아루낙 마을에 들어오던 당시부터 감이 좋질 않았는데, 어쩌면 그 연장선상의 일이 벌어진 것이라는 생각이 들었다.

본능적으로 성력을 일으켰다. 마치 갑옷을 두르듯, 성력으로 그의 전신을 에워싸며 스스로의 비밀을 감춘 것이다.

[재밌네.]

그 순간 귓전에 들려온 속삭임에 전율했다.

'이거다!'

음성의 주인이 그를 불안하게 한 존재라는 걸 단번에 깨달았다.

[이제 보니… 죄다 가짜였구나.]

'무슨….'

이해할 수 없는 말에 고개를 갸웃거리는 찰나, 속삭임이 그를 불렀다.

[잠깐 대화 좀 했으면 하는데, 밖으로 나오는 게 어때?]

순간적인 갈등이 일어났다.

눈앞의 모녀들과 함께 있는 게 차라리 안전하지 않을까?

생각을 하기 무섭게 속삭임이 이를 방해했다.

[내가 갈까?]

'어떻게?'

모녀가 있는데 어찌 이곳으로 온단 말인가? 그냥 자리를 지켜볼까 하는 생각이 들었다.

[귀찮게 하네. 쯧!]

혀를 차는 소리가 들릴 즈음, 눈앞의 모녀들이 '픽' 하고 쓰러지는 게 아닌가.

"헉!"

241

깜짝 놀라서 눈을 동그랗게 뜨고 있는데, 재차 속삭임이 들려왔다.

"귀찮게 한 벌은 받아야겠지?"

헌데, 이번의 속삭임은 뭔가가 달랐다.

'설마……'

로트넌의 고개가 조심스레 옆으로 돌아갔다. 그리고 볼 수 있었다.

'어떻게?'

의문의 사내가 그의 오른편에 앉아있는 게 아닌가.

'문이 열린 기척도 없었는데.'

마치 전설 속의 순간이동 마법이 재현되기라도 한 것 마냥, 말도 안 되는 유령과도 같은 등장이었다.

'그러고 보니……'

어느새 어깨동무까지 하고 있는 게 아닌가. 하지만 두려운 마음에 어깨 위에 걸쳐진 팔을 쳐내지는 못했다. 그저 침만 꼴깍꼴깍 삼키고 있는데, 의문의 사내가 웃으며 물어왔다.

"아픈 거 좋아해?"

물론 싫어했다.

"대답이 없는 걸 보니, 좋아하는구나."

말할 틈도 없이 그렇게 중얼거리더니, 대뜸 그의 손목을 잡는 게 아닌가.

그리고 이어지는 아찔한 충격에 눈이 돌아갔다.

"끄아아아아악-!"

찢어지는 비명성이 마차를 가득 채웠다.

의문의 사내, 제튼은 로트넌의 비명성을 무시하며 그의
내부에만 집중했다.

'마기가 아니었을 줄이야.'

로크넌의 내부에 웅크리고 있는 검은 그림자가 사실은
성력의 덩어리인 것 같았다. 기존의 성력과는 분명한 차이
점이 느껴졌으나, 이 덩어리에서 새어나온 힘의 잔재만큼
은 온전한 성력으로 비쳐지고 있었다.

'재밌네.'

그러면서 더욱 힘을 쓰니, 로트넌의 비명성이 한층 커졌
다. 이미 돌아가 버린 동공위로 핏줄이 잔뜩 일어나 있었다.

제튼이 밀어 넣는 기운이 내부를 뒤집자, 이를 보호하려
는 듯 검은 덩어리가 힘을 뿜어냈다. 그리고 그 힘이 외부
로 발산되며 성력으로 변환되는데, 이 과정을 조목조목 살
피고자 제튼은 재차 기운을 밀어 넣었다.

"끄아아아아아-!"

목이 터져라 비명성을 내지르고 있었으나, 안타깝게도
그의 목소리는 바깥으로 새나가지 못했다.

제튼의 오러가 마차 주변에 막을 친 상태이기 때문이었
다. 또한 건너편에 잠든 모녀 역시 오러로 세심하게 감싸

고 있어서, 그녀들도 비명성은 들을 수가 없었다.

'마기와 성력을 한 몸에 지닌 건 줄 알았는데. 그게 아니란 말이지.'

처음 그를 발견했을 때, 두 가지 상반된 기운이 한 몸에 있다는 부분에서 호기심이 일어났다. 그도 그렇게 제튼이 알기로 그런 기운은 여태껏 하나밖에 없었기 때문이다.

천마신공!

물론, 시전자의 성품이나 익히는 방식에 따라, 선이 되고 마가 되기도 했으나, 기본적으로 두 기운을 아우르는 건 분명했다.

그런 탓에 로트넌에게 관심이 갔던 것이다.

하지만 이내 그가 생각하던 것이 아님을 알게 되었다. 거리를 좁히고 감각을 극대화 시키니, 순식간에 그 정체가 파악된 것이다.

그러나 온전히 파악하지는 못했다. 그저 일부를 엿본 정도였다. 좀 더 정확히 알고자 할 수 없이 모습을 드러내고, 이처럼 힘을 쓴 것이다.

'뭘까?'

마기처럼 비치지만 성력을 품고 있는 이 괴상한 기운은 또 다른 의미로써 호기심을 자극했다.

대략적인 관찰이 끝난 것인지, 제튼이 힘을 거둬들이며 물었다.

"너 정체가 뭐냐?"

당연히 대답은 없었다.

"크허억…… 헉…… 허억……."

정신을 차리는 것도 힘겨워 보였다.

'조금 심했나.'

초면에 너무 과했다는 생각도 들었으나, 크게 죄책감이 느껴지는 건 아니었다.

'마기와는 다르지만, 분명 마(魔)가 느껴지기는 했으니까.'

기본적으로 제튼은 마(魔)를 싫어했다. 자연스레 떠오르는 존재가 있는 까닭이었다.

천마!

때문에 손속이 과해지는 건 어쩔 수가 없었다.

'좋은 놈 같지도 않고.'

사람의 성품을 어찌 외형으로 판단하겠는가 싶으나, 기운과 기운으로써 직접 만남을 가져본 바, 로트넌의 기운은 분명 어둠에 닿아 있었다.

"뭘까?"

혼잣말처럼 중얼거리며 이것저것 떠올려봤다. 하지만 마땅히 생각나는 건 없었다.

"마르한 영감님께 물어봐?"

최근 들어 친분이 제법 쌓인 듯, 마르한을 부르는 호칭이 제법 편해져 있었다.

"어쨌든 방랑사제라고 불릴 정도니……."

그 순간 로트넌에게서 반응이 왔다. 아주 짧은 찰나 간에 벌어진 미묘한 감정의 변화였으나, 한껏 일깨워진 제튼의 감각은 이를 놓치지 않았다.

"정신 차렸구나?"

그러면서 숨을 헐떡이는 로트넌에게 다가가 어깨동무를 한다.

"너, 마르한 영감님과 아는 사이니?"

질문을 던지며 얼굴을 관찰하는데, 이렇다 할 표정변화는 없었다. 여전한 모습으로 숨만 헐떡이고 있을 뿐이었다. 하지만 그 동공의 흔들림이 제튼에게 들켜버렸다.

"그래. 그렇단 말이지."

로트넌의 반응에서 그가 마르한을 피하고자 한다는 걸 깨달았다.

"그렇다면 만나게 해 줘야겠네."

그 순간 급격히 흔들린 듯, 표정에도 변화를 일으키는 로트넌의 모습이 보였다. 제튼이 결정타를 던졌다.

"마침 이 근처에 계시거든."

'맙소사!'

경악스러운 이야기였다.

'어째서 그가…… 여기에?'

성국 내에서 피해야 할 대상 중 한명이 아니던가. 문득,

그의 감각이 경고하던 존재가 눈앞의 대상이 아닐지도 모른다는 생각이 들었다.

'방랑사제.'

어쩌면 그의 본질을 밝혀낼 수도 있는 위험인물이었다.

성국 내에서도 자체적인 정보차단을 하는 까닭에, 로트넌 정도의 위치에서는 그의 행적을 파악하기가 어려웠다.

때문에 이곳 스테일 남작령에 마르한이 있다는 것 역시 모르고 있었다. 그저 마르한을 자체적으로 따르는 성직자들 몇몇만이 이 정보를 공유하는 정도였다.

두려움에 떠는 로트넌을 향해 제튼이 웃으며 물었다.

"어때, 참 다행이지?"

고개를 젓고 싶은 순간이었다.

　　　　　　　　◈

소학원.

테룬 아카데미에서 벌이는 자체 사업으로써, 아카데미 입학 전, 기본적인 소양을 가르치기 위한 교육시설이 바로 이곳의 역할이었다.

스테일 남작과 몇몇 인사들이 도움을 준다고는 하나, 단번에 판을 크게 벌릴 수는 없었다. 때문에 세 군데 마을을 지목하여 그 새로운 출발을 끊기로 했다.

페루날과 스메딘 그리고 아루낙.

이렇게 세 마을이 소학원 사업의 시작지로 낙점되었다.

교육을 위해 다양한 준비들을 한 것뿐만이 아니라, 아이들의 안전을 위한 대책도 마련을 해 놓았는데, 그 중 하나가 바로 '치료사'의 존재였다.

작은 아카데미라는 뜻으로 소학원이라 지었듯, 그 형태는 최대한 아카데미와 닮아있게 하려고 한 것이다.

그리고 이런 치료사들의 관리자로써, 마르한이 움직였다.

미묘한 대립구도가 형성된 성직자와 치료사다. 헌데, 성직자가 치료사를 관리한다?

언뜻 이상하게 여겨질 수도 있었으나, 방랑사제라 불리는 마르한이라면 괜찮았다. 그는 치료술 역시 수준급에 이르기 때문이었다.

오랜 시간 고행의 길에 올랐던 까닭일까? 성력만으로는 해결이 어려운 상황들도 여럿 있었고, 이를 해결하고자 치료술 역시 정통으로 배운 이가 바로 마르한이었다.

아카데미 내의 전문 치료사들도 인정하는 치료술을 지니고 있었기에, 선뜻 소학원 치료사들의 관리자로 움직이는 게 가능했다.

물론, 교장과의 친분이 절반이상 먹혔다는 건, 숨겨진 뒷이야기였다.

"아루낙 마을……."

소학원을 돌아보던 마르한의 시선이 슬쩍 학원의 담장 너머로 향했다.

'메리.'

한 아이의 모습이 떠올랐다. 제튼을 통해서 주 1회씩만 만나던 아이였다.

'올 봄부터는 자주 볼 수 있겠구나.'

혹여 주변의 시선을 끌어들일까 우려해, 섣불리 아이를 찾아간 적은 없었다.

때문에 겨우 주 1회가 만남의 전부였다. 하지만 아이가 소학원에 입학하고, 그가 이곳의 치료실을 자주 왕래하게 된다면, 아이와의 만남은 더욱 늘어날 터였다.

'문제는… 제튼 그 녀석인데.'

아이의 입학이 확정적이지 않다는 부분이 걱정이었다.

만날 때마다 살살 꼬득이며, 제튼으로 하여금 아이들을 좀 더 소중히 여기도록 유도하고 있기는 했다. 하지만 워낙 쉽지 않은 상대인지라, 아직까지는 확답을 내리기가 어려웠다.

"뭘 그렇게 보고 계십니까?"

순간 등 뒤에서 들려온 음성에 깜짝 놀라야만 했다. 휙 하니 돌아보니, 조금 전까지 생각했던 사내, 제튼이 서 있는 게 아닌가.

'어느새?'

당혹스러웠으나, 이내 제튼의 실력을 떠올리며 표정을

풀어야만 했다.

'브라만 대공.'

살아있는 전설이 눈앞의 사내였다. 그도 나름대로 제법 실력자라고 하나, 제튼 앞에서는 아무래도 부족함이 있었다.

"어서 오게. 그런데…… 옆에 그 친구는 누군가? 보아하니 같은 업계 종사자 같은데."

"에…… 그러고 보니, 너 직업이 신관인 건 알겠는데, 이름은 뭐냐?"

상당히 늦은 감이 있는 질문이었으나, 그런 부분을 지적할 용기는 나지 않았다.

"로…… 로트넌 카단입니다."

정중한 그의 대답에, 마르한이 잠시 생각하는가 싶더니, 이내 고개를 끄덕이며 말문을 열었다.

"바르센 남작령에서 일하는 신관님이군요."

그보다 어린 로트넌 이었으나, 직위는 로트넌이 더 높기에 '님' 자를 붙이며 높여주는 것이다.

'내 정보를 알고 있어?'

로트넌은 적잖게 놀랐으나, 침착하게 숨을 고르며 마주 예의를 갖췄다.

"처음 뵙겠습니다. 방랑사제님의 명성은 익히 들어서……."

"쓸데없는 소리로 시간 끌지 마라."

제튼이 로트넌의 인사말을 끊으며 나섰다.

"마르한 영감님. 이놈 이거, 조사 좀 해주시죠."

"조사…… 라니? 뭘 말인가?"

의아한 얼굴로 쳐다보는 마르한을 향해 제튼이 말했다.

"보시면 알 겁니다."

그러더니 로트넌의 몸에 기운을 불어넣었다.

"끄아아악-!"

이어지는 비명성에 마르한이 깜짝 놀라서 말리려는데, 제튼이 고개를 흔들며 그를 막았다.

"안 느껴지십니까?"

제튼 수준의 감각을 지니지 못한 마르한을 위해, 일부러 기운을 움직여 로트넌의 내부를 움직인 것이다.

"무슨……."

당혹스러운 와중에도 제튼의 의도를 읽으려는 듯, 마르한이 로트넌 쪽으로 시선을 집중하는데, 문득 그의 감각에 잡히는 게 있었다.

"설마, 이건!"

두 눈을 부릅뜬 그가 다급히 로트넌에게 달려갔다. 이번에는 제튼도 접근을 제지하지 않았다.

"끄아아아아악-!"

로트넌의 비명성이 여전히 울려 퍼지고 있건만, 더 이상 마르한의 귀에는 담기지 않는 듯, 그는 로트넌의 내부를 살피기에 여념이 없었다.

"허어……."

그리고 잠시 후, 안색을 굳히며 로트넌에게서 물러나는 것이 아닌가.

그 모습에 제튼이 눈을 빛내며 물었다.

"뭔가 아시는 게 있습니까?"

마르한의 고개가 위아래로 끄덕여졌다. 이에 제튼이 답을 원하는 얼굴로 그를 바라봤다. 이에 잠시 고민을 하는 듯싶던 마르한이 제튼을 향해 말했다.

"우선, 그 손은 좀 놓는 게 어떤가."

"끄아아아아악!"

여전히 비명성은 이어지고 있었다.

"아차!"

제튼이 로트넌에게 넣던 기운을 회수했다. 이번에는 정말 심각했던 듯, 손을 놓기가 무섭게 눈을 까뒤집고 쓰러지는 로트넌이 보였다.

그런 그를 무시한 채, 제튼이 마르한을 바라봤다. 여전히 답을 원하는 눈빛이었다. 주저하는 기색이 역력했던 마르한이었으나, 이내 할 수 없다는 듯 입을 열었다.

"자네…… 악신이라고 혹시 아나?"

그리고 이어지는 짤막한 질문에 묘한 긴장감이 어려있었다.

#6. 잊혀진 존재

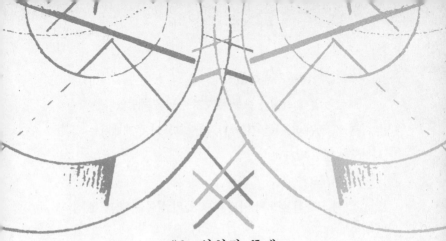

#6. 잊혀진 존재

마르한의 질문에 제튼이 고개를 갸웃거렸다.

"그건 뭡니까?"

한층 호기심이 짙어진 그의 표정에 마르한이 한숨을 내쉬며 재차 물었다.

"그럼. 혹시 고대의 신들에 대해서는 알고 있나?"

"아…… 그거라면 조금 들은 게 있네요."

아주 오래전, 세상에는 수많은 신들이 존재했다.

"지금처럼 유일신이 아니었다고 들었는데, 그거 진짜였습니까?"

"그렇지. 성국 내에서도 쉬쉬하며 입단속을 철저히 하는 내용이라, 외부에 알려질 일은 별로 없는데……."

'역시, 자네는 특별하군.'

새삼 눈앞의 사내가 보통 존재가 아님을 깨달았다.

"나도 자세히 아는 건 아니지만, 그들이 존재했다는 것
정도는 알고 있다네."

"어떻게요?"

"그저 고문서 정도가 아니라. 그들의 성물을 몇 개 본 적
이 있다네."

"성물입니까?"

"그렇다네. 역대 교황에게만 물려 내려오는 빛의 펜던
트 같은 성물이지. '고대'라고 불려 질 만큼 잊혀진지 오
래 된 신들이라서, 그 성력은 미미하지만, 분명 성물은 존
재한다네."

"설마…… 그거, 성국 지하에 있다는 비밀의 방에 존재
하는 건 아니죠?"

마르한의 눈이 일순간 크게 흔들렸다.

'과연, 브라만 대공.'

한 때, 세상의 모든 정보를 한 손에 쥐고 흔들던 사내였
다. 놀라운 한편 납득이 갔다.

"우연히 그곳에 들어갔던 적이 있다네."

젊을 적, 마치 신의 계시처럼 비밀통로라고 할 수 있는
장소에 들어갔다. 그리고 그 안을 헤매다 닿게 된 곳이 바
로 '비밀의 방'이었다.

그 비밀통로를 헤매며 보고 들었던 내용들은 상당했다. 덕분에 성국의 내면을 알게 되었고, 절망하다 고행의 길에 오른 것이 아니던가.

"지금 생각해보면, 그건…정말 신의 인도하심이 아니었을까 싶네."

혼잣말처럼 중얼거리는 그의 모습에, 제튼이 슬쩍 말문을 열어 재촉했다.

"그래서, 그 잊혀진 신이 어떻다는 겁니까?"

쓰게 웃은 마르한이 상념을 털어내며 이야기를 이었다.

"자네는 우리 성직자들이 입에 달고 사는 '엘 로우 힘'이라는 말의 뜻을 아는가?"

뜬금없는 화제전환에 제튼은 이상히 여기면서도 즉각 답을 했다.

"그냥, 주신 엘을 기리는 의미 아닙니까?"

"자네도 거기까지는 모르나 보군."

"끄응…… 제가 무슨 신처럼 전지전능한 줄 아십니까?"

"허헛!"

제튼의 투덜거림에 웃어 보인 마르한이 뜻풀이를 해 줬다.

"고대에서도 고대라 불리던 시절의 언어로써, '엘의 아들 힘'이시여. 라는 의미일세."

"……그건 좀 이상한데요?"

"그럴 걸세. 사람들이 아는 건, 유일신 '엘'을 향해 기도하고 있다고만 알 테니까."

헌데, 알고 보니 그 아들에게 기도를 올린다?

"고대에 존재하던 수많은 신들이, 이제는 인간세상에서 사라져버린 이유일세."

"그게 무슨 말입니까?"

"주신 엘께서 그 막내아들이신 힘에게 모든 권리를 이양하셨거든."

"아!"

그 순간 제튼의 눈에 불이 들어왔다.

"다른 신들이 그걸 반대한 것이군요."

"그렇다네. 그로 인해서 성전이 벌어졌지."

주신 엘의 뜻을 따르는 신들과 이를 반대하던 신들로 파벌이 나뉘었다.

"거 참. 신들의 세상에도 파벌이 존재한답니까?"

"나야 모르지. 난 일개 사제일 뿐이니까."

"끄응……."

고개를 절레절레 흔드는 제튼의 모습에 실소한 마르한이 재차 이야기를 이어나갔다.

"성국의 존재를 보면 알 수 있듯이, 주신의 뜻을 따르는 신들이 결국 승리를 했다네."

"딱 봐도 답이 나오는데, 어째 주신에게 반기를 들었을까요?"

"당시 최고의 무력을 지닌 신이 반대파벌에 있었기 때문이지."

"그게 누굽니까?"

"마신."

"…혹시, 마계의 그 마신을 말하는 겁니까?"

"그렇다네. 비록 주신에 의해 창조되었다고는 하나, 한 차원을 다스리는 신일세. 능히 주신과 비견될만한 존재였겠지."

"뭔가, 그쪽 세계도 복잡하네요."

"그런가? 허헛!"

확실히 그런 면이 없잖아 있었다고 느낀 것인지, 반문하던 마르한이 웃음을 터트리며 고개를 끄덕였다.

"이후, 주신의 아들 힘과 그분을 따르던 신들의 거대한 신전이 탄생되었지. 이게 바로 실질적인 성국의 시작일세."

"이상한 게 있는데, 그럼 힘을 따르던 다른 신들과 그들의 사제들은 어떻게 된 겁니까?"

"사라졌지."

"……사라져요?"

"그래. 사라졌어."

"말이 앞뒤가 안 맞는 것 아닙니까? 주신을 반대하던 신들을 고대의 신, 잊혀진 신이라 부르는 것 아닙니까?"

이 부분에서 마르한의 입가에 쓴웃음이 맺혔다.

"사라진 모든 신들을 '잊혀진 신'이라고 부른다네."

"······주신의 뜻을 따랐던 신들은 왜 잊혀진 겁니까?"

"타락해 버렸기 때문이네."

"신들이요?"

마르한이 고개를 저었다.

"아니. 사제가."

"신을 따르던 성직자들이요?"

"그렇지."

"그 책임을 신에게 물은 겁니까?"

"이야기가 잘 못 전달되고 있는 것 같군. 타락한 건, 주신의 아들이신 힘을 따르던 사제들일세."

"······예?"

이건 또 무슨 황당한 이야기인가.

"그런데 왜 다른 신들이 사라집니까?"

"말 했잖은가. 주신이 모든 권한을 물려준 신이 바로 '힘'이시라고."

그 말은 듣는 순간 이해가 됐다.

"가장 거대한 세력을 지닌 힘의 성직자들이, 다른 신들을 부정했군요."

"뭐······ 그 비슷하네."

부정하고 이단으로 몰았던 경우도 있었으나, 그래도 주

신의 허락을 맡은 신을 완전히 부정하기는 어려웠다.

한 때 그들의 신을 도왔다고 하나, 인간은 망각의 동물이었고, 동료의식도 세월이라는 흐름 앞에 빠르게 희석되어 버린 것이다.

그렇게 힘의 사제들은 절대신의 이름을 내세우며 다른 신의 사제들을 압박해, 그들의 신전들을 줄여나가고 믿음을 어지럽혔다.

"더러운 이야기지."

청년 마르한은 이 모든 것들을 알았고, 여전히 이어지는 타락의 흔적도 봐버렸다. 성국에서 도망치듯 떠나온 이유가 바로 이것이었다.

"그럼. 여기 이 녀석도 그런 잊혀진 신의 사제입니까?"

"그렇지. 하지만 주신에게 허락받은 신의 사제는 아닌 것 같네."

로트넌의 내부에 맴도는 성력은 처음 느껴보는 것이었다. 하지만 이와 비슷한 성물을 비밀의 방 한편에서 본 적이 있었다.

"잊혀진 신들은 두 부류로 나눌 수 있지."

주신의 뜻을 따랐던 신들과 그 반대편에 서서 마신과 함께했던 신들.

"주신과 그분의 아들 힘을 인정한 신들은 그저 잊혀진 신, 혹은 고대의 신이라고 부르면 되네."

하지만 마신을 따랐던 신은 전혀 달랐다.

"악신. 그들에게 부여된 이름일세."

동시에 또 다른 호칭도 있었다.

"이름 없는 신. 성전에서 패배하고 난 뒤, 주신께서 직접 그들의 이름을 거뒀기에, 그들의 이름은 세상에서 사라져 버렸다네."

유일하게 이름을 빼앗기지 않은 신이 있다면, 그게 바로 마신이었다.

하나의 차원을 다스리는 신이 되어버린 마신이기에, 주신도 최후의 형벌은 내리지 못한 것이다.

고개를 끄덕이며 듣던 제튼이, 문득 생각났다는 듯 마르한을 향해 물었다.

"그럼 영영 이름을 찾지 못하는 건가요?"

"……모르지."

"찾는 방법이 있는 모양이네요?"

그 물음에 마르한은 비밀의 방에서 봤던 악신의 성물을 떠올렸다. 감히 짐작키도 어려운 세월이 흘렀을 것이건만, 여전히 성물에는 힘이 남아 있었다.

그건 여타의 성물들도 마찬가지였으나, 악신의 성물이라는 걸 생각한다면, 조금은 달리 생각해봐야 했다.

'여전히 그들 신들이 존재하는 것일지도.'

그들 이름 없는 신들이 소멸이 아닌, 고대의 신들처럼

그저 잊혀진 것일 뿐이라면?

"어쩌면…… 이름을 찾는 방법이 있을 수도 있겠지."

그리고 만약 그런 일이 발생한다면?

'혼란…… 인가.'

성국은 상당히 큰 몸살을 앓게 될지도 몰랐다.

"어쨌든, 결국 이 녀석이 그 이름 없는 신인가 뭔가 하는 녀석이 사제라는 말이네요."

제튼이 로트넌을 가리키며 하는 이야기에, 마르한이 고개를 끄덕이며 말했다.

"아마도, 그런 것 같네."

물론 확답을 내리지는 않았다. 그 역시도 이름 없는 신에 대해서는 자세히 아는 게 아니기 때문이었다.

그저 비밀의 방에서 얻은 서적 몇 권의 내용이 전부였다. 거기에 그 스스로 조사한 내용들이 약간의 살을 더했다고는 하나, 조잡한 뼈대위로 살을 붙인 수준일 뿐이었다.

"대륙 구석구석을 돌아다니면서, 간혹 고대신들과 관련된 문헌을 읽게 되는 경우도 있어서, 그나마 좀 더 모양새가 갖춰진 것이지, 그 지식의 완성도는 여전히 낮다고 생각한다네. 어쨌든 아득한 과거의 이야기이지 않은가."

제튼이 고개를 저으며 말했다.

"그 정도라며 추측해내는 게 대단한 겁니다."

그러면서 기절한 로트넌을 어깨위로 짊어졌다.

"대충 궁금증도 풀렸겠다. 슬슬 가봐야겠네요."

그러며 발길을 돌리려는데, 마르한의 물음이 그를 붙잡
았다.

"그 아이들은 어찌 할 생각인가."

딱히 누구라고 꼬집어 이야기한 것은 아니었으나. 제튼
은 단번에 '그 아이들'이 케빈과 메리 남매라는 것을 알아
챘다.

마르한이 친 손주처럼 아끼는 것을 알기 때문이었다. 제
튼이 씨익 웃으며 대답했다.

"호적에 올리려고요."

그리고는 휙 하니 사라져 버린다. 로트넌의 마차로 누군
가 접근하는 것을 느낀 까닭이었다.

"……고맙네. 고마워!"

제튼이 사라진 자리를 향해 마르한이 진심어린 감사인
사를 보냈다.

❖

셸린과 대화를 마친 듯, 드레일이 그녀의 집에서 나오
자, 레암은 즉각 그의 곁으로 따라붙어 호위를 시작했
다.

이미 셸린의 집에서는 상당히 멀어진 뒤였다. 제니 역시 보이질 않는 위치에 온 것을 확인하고 모습을 드러낸 것이다.

이후, 드레일을 마차에 태운 뒤, 출발을 알리고자 딸아이가 타고 있는 마차로 걸어갔다. 내심 딸아이가 보고 싶은 마음도 있었다.

제니와 드레일을 본 까닭에, 딸아이를 향한 걱정이 한층 심해진 것이다.

마부와 간단히 인사를 나눈 뒤, 마차의 문을 열었다.

덜컹.

"오셨…… 습니까?"

아이의 치료를 맡아주고 있는 로트넌 신관이 그를 맞아주었다. 왠지 핼쑥해져 있는 그의 모습에 레암은 왠지 미안한 마음이 들었다.

딸아이의 몸 상태 때문에 수시로 성력을 발휘한 후유증으로 여긴 까닭이었다.

"고생이 많으십니다."

그리 말하며 딸아이와 부인을 바라보는데, 오랜 여정이 피곤했던 것일까? 졸고 있는 것이 아닌가.

홀로 깨어있는 로트넌에게 미안한 마음이 더욱 커졌다.

"이만 출발하려고 합니다."

드레일은 집안의 일 때문에 다시 바헨가로 돌아가야만 했다. 원래는 이곳에서 하루쯤 머물다 갈 예정이었으나, 드레일이 일정을 바꾸며 복귀하게 되었다.

괜히 더 이곳에 머물면, 제니를 향한 욕심이 커질까 우려한 것이다. 나쁘지 않은 만남을 가진 것으로 만족하려고 노력하는 중이었다.

"그럼…… 어찌 하시겠습니까?"

로트넌이 이리 묻는 건, 레암이 딸아이의 치료를 위해 에이미를 데리고 왔다 들었기 때문이었다.

조금 전까지는 뛰어난 치료사가 있어서라고 여겼는데, 마르한을 만나면서 생각이 바뀌어버렸다.

'그를 만나러 온 거겠지.'

아는 이들은 전부 인정하는 방랑사제의 신성력이라면, 에이미의 폐병뿐만이 아니라, 선천적인 체질마저도 고쳐줄 수 있을 터였다.

'교황도 인정할 정도니……'

물론, 이 부분은 성국내에서도 쉬쉬하는 내용이었다.

"에이미와 줄리아는 이곳에 남겨두고 갈 생각입니다."

줄리아는 부인의 이름이었다.

"여관을 알아보실 생각이십니까?"

재차 이어지는 로트넌의 물음에 레암이 고개를 끄덕이며 답했다.

"예. 우선은 그러려고 합니다."

여인들만 남겨놓고 가는 게 걱정이었으나, 어쩔 수가 없었다. 드레일 호위라는 마지막 임무를 완수하려면 필히 바헨가까지 다녀와야 하기 때문이었다.

그래도 최대한 빨리 다녀온다면, 내일 중으로 도착할 수 있다는 것이 그나마 위안거리였다.

'하루 정도라면…… 괜찮겠지.'

그리 생각을 하고 있는데, 로트넌이 뜬금없는 제안을 해왔다.

"제가 아는 분이 있어서 그러는데, 그분의 집에 머무는 건 어떻겠습니까."

"아는 분이요."

"예. 게다가 저도 마침 볼일 때문에 함께 지낼 생각이라서, 에이미에게도 괜찮을 거라고 생각되는데요."

"아! 정말이십니까?"

"예."

당장이라도 떠나고 싶은 로트넌이었으나, 안타깝게도 그럴 수가 없었다.

[그래. 잘 했어. 우리는 아직 해야 할 이야기가 많이 남아 있잖니.]

수시로 귓전을 때려대는 이 은밀한 음성을 생각한다면, 떠난다는 선택지를 고르는 건 불가능했다.

"감사합니다. 정말 감사합니다."

레암의 인사에 미소를 지어보이는 로트넌이었으나, 왠지 입 꼬리에 어색한 경련이 흐르고 있었다.

'울고 싶어라……'

이 순간에도 들려오는 속삭임은 그를 더욱 참담하게 만들었다.

[웃어. 활짝!]

정말 눈물샘을 자극하는 음성이었다.

멀찍이서 드레일이 탄 마차가 떠나는 걸 바라보던 제튼은 시선을 돌려, 남겨진 이들을 바라봤다.

레암의 부인 줄리아와 딸 에이미 그리고 로트넌.

세 사람이 마차가 떠난 자리에 서 있는 게 보였다. 외지에 대한 두려움일까?

에이미를 꼬옥 껴안고 있는 줄리아의 표정이 왠지 굳어 있었다. 바로 곁에 신관이 있다고는 하나, 그래도 그녀의 불안감은 변함이 없어 보였다.

'돈으로 성력을 사고파는 성직자들이 허다한 세상이니까.'

일반 백성들, 그 중에서도 밑바닥 측의 사람들은 그다지 성직자를 믿지 않는 이들도 많았다.

'확실히 성국도 엉망이지.'

마르한에게 들은 고대의 이야기를 제외하더라도, 그 내부의 모습은 상당히 썩어 있었다.

잠시간 이런저런 내용들이 떠오르려 했으나, 고개를 흔들며 이를 털어낸 뒤, 딛고 서 있던 옥상에서 뛰어내렸다.

로트넌이 움직이는 걸 본 까닭이었다. 현재, 그는 제튼의 지시 아래 마르한이 있는 소학원으로 향하고 있었다.

물론, 초행길인 로트넌이 길을 알 리가 없기에, 제튼이 뒤를 따르며 세세히 안내를 해 주려는 것이다.

조금은 느릿하게, 약간은 어색하게, 보이지 않는 안내음에 따라 로트넌 일행이 마을을 가로질러갔다.

◈

소학원에 있던 마르한은 뜬금없는 제튼의 재방문에 의아한 듯 그를 향해 물었다.

"뭐, 놓고 갔나?"

"뭐 좀 놓고 가려고요."

제튼의 이해 못 할 대답에 고개를 갸웃거릴 즈음, 소학원의 경비를 맡고 있는 '바문'이 찾아왔다. 정문으로 들어오지 않고 담을 넘은 까닭일까? 제튼은 몸을 숨기고 있었다.

"마르한 사제님. 손님이 오셨습니다."

의아해하는 그에게 제튼이 이야기했다.

[로트넌입니다.]

물론 입 밖으로 내어 말한 건 아니었다. 애초에 숨어있는 제튼이 대놓고 이야기하는 것도 이상한 일이었다.

마치 메시지 마법 같은 괴상한 속삭임에 눈을 반짝이던 마르한이 바문을 향해 물었다.

"신관님입니까?"

"알고 계셨군요."

"허헛!"

웃음으로 얼버무린 마르한이 그들을 데려오라 말하고는 바문을 보냈다. 그리고는 제튼을 향해 물었다.

"로트넌 그 사람을 내 곁에 두려는 생각인가?"

몸을 숨겼던 제튼이 마르한의 앞에 나타나며 말했다.

"예. 좀 부탁드리겠습니다. 그리고 저번에 말씀 드린 것 있잖습니까."

"저번?"

"그, 아는 사람의 딸아이가 몸이 안 좋다고 했잖아요."

"아! 그거 말인가. 그래. 그래서 치료해 주기로 했었지."

"지금 로트넌과 함께 오는 일행에 그 아이가 함께하고 있으니까. 그 아이도 같이 좀 부탁드릴게요."

"허헛! 그러지. 그렇게 하겠네."

이미 케빈과 메리를 받아주기로 한 일로 인해, 제튼의
행동 하나하나가 전부 좋게만 보이는 마르한이었다.

"오는 모양이네요."

그 말과 함께 제튼이 재차 몸을 숨겼다. 곧이어 바문이
로트넌 일행을 안내하며 들어섰다.

"기다리고 있었습니다. 로트넌 신관님."

사제보다 품이 높은 신관에게는 나이에 상관없이 '님'
자를 붙여주던 마르한이었다.

하지만 로트넌이 악신의 사제라는 걸 알자 그에게는 높
임말을 줄였었는데, 바문이나 에이미 줄리아처럼 일반인
이 함께하는 상황이기에, 다시금 높임말을 붙이며 로트넌
을 부르는 것이었다.

"오…… 오랜만에 뵙습니다. 마르한 사제님."

대략적인 분위기를 읽은 로트넌이 조심스레 예의를 갖
추며 마르한의 인사말을 받았다.

그들의 대화를 잠시 지켜보던 바문이 고개를 숙여 예를
비치며 밖으로 향했다.

"그럼, 저는 가보겠습니다."

"고생하시게."

바문을 배웅한 마르한이 줄리아를 바라보며 물었다.

"아이의 몸이 안 좋아 보이는데, 좀 살펴봐도 되겠습니
까?"

여전히 경계심이 비쳐 보이는 줄리아였으나, 거절을 하기는 어려웠다.

'저 나이 먹도록 사제의 품계를 지키고 있다니. 얼마나 신앙심이 부족하기에.'

로트넌의 인사말 중 '사제'라는 단어에 귀를 기울였던 줄리아였다. 때문에 마르한에 대한 불신은 클 수밖에 없었다.

하지만 그럼에도 허락을 하는 이유는 신관과 신전 그리고 성국의 권위 때문이었다.

특히, 마르한처럼 나이가 많으면서도 사제의 위치를 지키는 이들 중에는 괴팍한 성격을 지닌 이들도 여럿 있다고 들었기에, 더더욱 거절하기가 어려울 수밖에 없었다.

"나이가 어떻게 되니?"

마르한의 물음에 에이미가 모친의 눈치를 보는가 싶더니, 조심스레 말문을 열었다.

"……여덟살이요."

그 대답에 마르한이 눈을 빛냈다.

'메리와 같은 나이구나.'

덕분에 한층 더 에이미의 상태에 관심이 갔다.

"할아버지가 에이미를 좀 살펴보려고 하는데, 괜찮겠니?"

"……예."

"고맙구나."

아이의 머리를 쓰다듬은 마르한이 그 상태 그대로 성력을 발현했다.

"아!"

그 순간 줄리아의 눈이 크게 떠졌다. 그도 그렇게 신앙심이 부족하다 여겼던 늙은 사제에게서, 전에 본 적 없는 놀라운 빛의 광채가 발현된 까닭이었다.

마차를 타고 오는 내내 성력을 보여줬던 로트넌도 저 정도는 아니었다.

아니, 애초에 비교 자체가 불가했다.

마치 태양 앞의 반딧불을 연상케 한달까?

로트넌과 마르한 사이에는 그 정도의 어마어마한 차이가 존재했다.

'이럴 수가⋯⋯.'

많은 신관을 만나보지는 못했다. 하지만 딸아이 때문에 가까운 곳에 위치하는 신관들은 죄다 찾아다녀 봤다.

때문에 알 수 있었다.

'이분은⋯⋯ 진짜구나!'

뭘 모르는 그녀도 충분히 성스러움을 느낄 수 있을 정도로 거룩한 빛이었다.

'설마?'

남편이 이곳으로 향하기 전, 굳이 에이미를 데려가야 하는 이유를 설명했던 게 떠올랐다.

'이곳에 대신관급의 성직자께서 계시다고 했었지.'

어쩌면 그게 눈앞의 사제일지도 모른다는 생각이 들었다.

불신이 가득했던 그녀의 눈동자는 어느새 신뢰로 가득차 있었다.

아이의 몸을 살피던 마르한은 생각보다 상태가 나쁘다는 것을 알 수 있었다.

'선천적으로 몸이 안 좋은데다가 폐에도 병이 생겨서, 전체적인 생명력이 많이 약해졌구나.'

폐병이 생긴 게 특히 좋지 않았다. 말 그대로 생명력을 갉아먹고 있었다.

"후우우……."

아이의 상태 때문일까? 생각보다 힘겨웠던지, 마르한이 길게 숨을 몰아쉬며 성력을 거둬들였다.

"아이의 건강이 생각보다 나쁘군요."

이는 여러 가지 의미를 내포하고 있었는데, 그 중에는 겉으로 보는 것 이상으로 안 좋다는 뜻도 포함되어 있었다.

"어…… 어찌해야 할지요?"

줄리아의 조심스런 물음에 마르한이 잠시간 생각하는 듯하더니, 이내 줄리아를 향해 물었다.

"이곳에서 머물며 지내시는 건 어떻겠습니까?"

이에 깜짝 놀란 줄리아가 무어라 대답할 생각도 못한 채 입만 벙끗거리고 있자, 마르한이 재차 말문을 열며 제안했다.

"마침 이곳이 아이들을 가르치기 위해서 지어진 시설인데, 하필이면 아직 문을 열기 전이라서 아이들 얼굴을 보기가 어렵군요. 이곳에 지내면서 아이 웃음소리나 좀 채워주셨으면 좋겠습니다."

오히려 부탁해야 할 상황이었다. 줄리아가 황송하다는 얼굴로 대답했다.

"그래주시면 감사한데, 괜찮겠습니까?"

"예. 얼마든지요."

고개를 끄덕이며 웃어 보이는 마르한의 모습에, 줄리아가 잠시 머뭇거리다가 조심스레 물었다.

"저기…아이의 치료비는 어찌 되는지요?"

가장 중요한 문제였다. 레암과 그녀가 아이의 치료를 위해 열심히 돈을 모았다고는 하나, 아무래도 대신관급의 성력이란 만만찮은 가격을 요구하는 까닭이었다.

헌데, 마르한의 대답이 또 의외였다.

"말씀드렸듯이, 그저 아이의 웃음소리면 충분합니다."

"아……!"

그제야 깨달을 수 있었다.

'진정…… 진짜 성직자이셨구나.'

동시에 마르한이 왜 사제의 품계를 벗어나지 못하는지도 깨달았다.

'벗어나지 못하는 게 아니라, 애초에 품계에 연연하시는 분이 아니신거야.'

절로 고개가 숙여지는 순간이었다.

"감사합니다!"

진정 진심이 가득 담긴 인사였다.

한편에 숨어, 마르한과 줄리아가 하는 모습을 지켜보던 제튼이 고개를 끄덕이며 에이미를 바라봤다.

'확실히 상태가 좋아 보이지는 않네.'

여전히 감각을 깨워놓은 상태인지라, 에이미의 상태가 세세히 읽혀지고 있었다.

'오음절맥(五陰絕脈)인가.'

아이의 상태를 보고 내어놓은 결론이었다.

이 역시 천마세상의 지식으로써, 선천적으로 몸에 양기가 부족하고 음기가 가득한 체질로, 그렇게 솟구친 음한지기가 몸 안의 기운이 흐르는 핵심장소 다섯 군데를 막아버린 것, 그게 바로 오음절맥이었다.

'구음절맥은 나이 스물을 못 넘기고 죽는다고 했었지.'

아이는 다행스럽게도 가장 극악하다는 구음절맥은 아니었다. 하지만 오음절맥도 충분히 젊은 나이에 요절할 위험성이 있는 병이었다.

'병이라기보다는 체질이라고 해야 하려나?'

잠시 쓸데없는 생각이 지나갔다.

'쉽지 않겠어.'

로트닌의 문제를 떠나서, 레암과의 약속 때문에 이곳으로 인도한 것이기는 하나, 마르한 혼자만으로는 어려울 것이라는 생각이 들었다.

물론, 결국 치료가 될 것이라고는 여겼다.

'시간이 오래 걸리겠지만.'

잠시간의 고민이 지나고, 하나의 결정이 내려졌다.

'조금은 도와줘볼까.'

이야기를 듣던 중, 메리와 동갑이라는 부분에서 그 역시 좀 더 마음이 쓰인 상태였다.

'그나저나……'

그의 시선이 로트닌에게로 옮겨갔다.

'저 놈이 문제네.'

당장은 줄리아와 에이미 모녀 때문에 손을 쓰기가 어려웠다.

'뭐, 시간은 많으니까.'

하나하나 천천히 알아내면 될 터였다.

이런 그의 시선과 계획을 느낀 것일까? 멀뚱하니 서 있
던 로트넌이 몸을 부르르 떨며 주변을 살피는 게 보였다.

❖

어쩌다 이런 결과가 나온 것일까?

"하핫…… 하…… 아하하핫-!"

그저 웃음만 나온다고나 할까?

로렌스는 철판에 떠오른 영상을 바라보며 연신 웃음을
터트렸다. 이런 그녀의 모습을 뒤에서 지켜보던 카모룬의
얼굴에 근심이 가득했다.

"재밌네. 정말 상상도 못했어. 이런 결과가 나오다니."

지난 해, 드레일이 전 부인을 만났다는 소식을 현 부인
바네사에게 알렸다.

그로 인해 부부간의 불화가 한층 거세지는 걸 기다렸다
가, 이번에는 현 부인의 외도 상대를 드레일에게 전했다.

친동생처럼 아꼈던 사촌동생이 대상이라는 걸 알자, 더
욱더 분노하는 드레일의 모습은 확실히 예상대로였다.

거기에 결정타를 먹이고자 현부인의 외도시기를 알렸
다.

〈결혼 이전!〉

이 부분에 대해서는 그저 '예측' 이라는 형식의 불분명

한 정보로 전달했다. 실질적으로 로렌스도 정확히 아는 것이 아니기 때문이었다.

부부 사이의 불화가 한층 심화되도록 할 수만 있다면 상관없었다. 게다가 거짓도 진실로 만들 능력이 그녀에게는 있었다.

확실히 결정적인 정보였던지, 충격을 먹은 드레일이 몇 날 며칠을 고민하는가 싶더니, 결국 아루낙 마을로 향하는 걸 확인했다.

"거기까지는 좋았는데."

웃음을 그친 로렌스의 입가에는 어느새 쓰디쓴 미소가 한껏 머물러 있었다.

"더 뜨겁게 타오르길 원했는데."

안타깝게도 드레일은 너무 큰 충격에 잠시간 크게 타오르는가 싶더니, 이내 재만 남겨버렸다. 그리고 이야기는 로렌스가 원하는 결과에서 한참이나 벗어난 흐름으로 진행되었다.

"제니를 뺏어오던가, 그도 아니면 전 부인에게 달라붙어야 하는 거 아니야?"

그로 인해서 셀린과 제튼 사이에도 균열이 발생해야 하건만, 그럴 기미는 전혀 보이질 않았다.

"하…."

허탈한 웃음이 한 차례 튀어나왔다.

"재미없게 됐네."

무엇이 어디서부터 잘못 된 것일까? 고심을 해 봤으나 이렇다 할 결론은 나오지 않았다.

그리고 이런 그녀의 뒤편으로, 카모룬이 어두운 얼굴을 한 채 그녀를 바라보고 있었다.

'죄송합니다.'

사실, 카모룬은 어느 정도 이런 결과를 예상하고 있었다.

그도 그렇게 바헨가를 지원해서 드레일을 키운 인물이 바로 그가 아니던가.

비록 대리인을 세워서, 직접적으로 드레일과 만난 적은 없었으나, 숨어서 그를 지켜본 경우는 많았다.

그의 근본이 생각보다 글러먹지 않았다는 것 역시 잘 알고 있었다.

때문에 너무 몰아붙이면 오히려 역효과가 날수도 있다는 걸 예측하고 있기도 했다. 하지만 이러한 사실을 굳이 알리지는 않았다.

'그 분의 심기를 너무 건드리는 건…… 안 됩니다.'

브라만 대공.

지금이야 비록 숨죽이고 있다지만, 현 대륙 최악의 재앙이며 공포였다. 혹여, 나중에 그가 이 모든 사실을 알게 되었을 때를 대비해야 하는 것이다.

'상단주님, 죄송합니다!'

카모룬은 드레일의 본성을 알리지 않음으로써, 만약의 사태가 발생했을 시, 로렌스를 지키고 나아가서 팔라얀 상단도 생존할 수 있는 선택지를 고른 것이다.

'죄송합니다!'

좌절감에 처져 있는 로렌스의 뒷모습이 너무도 아파 보여서일까?

카모룬 역시 어깨가 추욱 늘어져 있었다.

❖

겨울이라는 계절도 어느새 중반을 넘어 막바지에 도달한 것일까? 시리도록 차갑기만 바람도 점차 그 기세를 잃어가고 있을 즈음.

"어째…… 많이 돌아온 기분이네요."

"하루면 도착할 거리를 일주일이나 걸리다니, 거참……."

마누스와 그의 수하들이 아루낙 마을에 도착했다. 수하들의 쉴 새 없는 투덜거림에, 마누스가 찔리는 게 있던지 멀거니 보이는 산중으로 시선을 날려 보내고 있었다.

상부에 보고를 한다는 명목으로 하루를 때우고, 이동간 주변 정찰을 철저히 한다는 이유로 시간을 지체했다.

게다가 인근 지방을 수색중인 다른 조원들과 정보 교류 및 지시를 한다며, 또 하루를 지체하는 등, 이런저런 방식으로 시간을 질질 끌었다.

이유는 간단했다.

'불길하단 말이야!'

그의 감이 자꾸만 아루낙 마을로 향하는 걸 막아섰다. 하지만 신임 트라베스 공작의 지시를 따라야 하는 까닭에, 결국은 이곳으로 향할 수밖에 없었다.

혹여 수하들이 불안해할까 우려해, 그의 불길한 느낌을 알리지는 않았다.

'와 버렸구나.'

그의 감이 옳았다는 걸 증명이라도 하듯, 이곳에 발을 들이는 순간부터 자꾸만 등허리로 오싹한 기운이 어리고 있었다.

정령을 풀어 이 불길함의 정체를 확인하고 싶은 마음이 가득했으나, 차마 그러지는 못했다.

'만약, 정말로 이 불길함의 정체가 이곳에 있다면……정령의 존재는 오히려 역효과만 낼 뿐이겠지.'

때문에 정령을 내보내지 않는 것이었다. 수하들 역시 정령의 사용을 금지시키고 있었다.

명목상으로는 '기본'에 충실하자는 이유를 대고 있었다.

"이 촌구석도 이제는 지긋지긋하네요."

"빨리 살펴보고 가죠."

수하들의 재촉에 마누스가 딱딱하니 굳은 얼굴로 입을 열었다.

"오는 내내 이야기했듯이, 작은 마을이라고 방심하는 마음을 버려라. 매 순간 전념으로 임한다는 각오로 움직여야 한다. 우리의 위치를 항상 자각하길 바란다."

위치.

공작의 숨겨진 비수라는 걸 언급하는 게 아니었다.

가족!

인질이 된 그들의 형제자매 그리고 부모님들을 이야기하는 거였다.

무거운 이야기에 하나같이 표정이 어두워지는 게 보였다. 죄책감이 밀려왔으나 이 정도는 해 줘야 긴장을 할 것이기에, 이는 어쩔 수 없는 선택이었다.

"그럼…… 이만 움직이도록 하지."

그 말과 함께 마누스가 먼저 걸음을 내딛었다. 불안감에 질려 수하들을 먼저 떠미는 짓은 하기 싫었기 때문이다.

그리고,

이들 정령부대가 마을로 발을 들이는 순간, 안광을 번뜩이는 인물이 있었다.

"이건……."

용병왕 크라이온.

날카로운 눈을 한 그가 허공중을 바라보고 있었다. 그 방향은 정확히 아루낙 마을의 서쪽 입구였다.

'지난번의 그놈인가?'

한참 패배의 여운에서 벗어나지 못한 채, 숨죽이며 지내던 무렵, 그가 머물던 헤일로만 백작령 주변을 얼씬거리던 괴상한 기척이 하나 있었다.

원래라면 당장에 쫓아가서 그 정체를 밝혔겠으나, 그 당시에는 한참 패배에 찌들어 있던 무렵인지라, 그냥 무시하며 보냈었다.

마누스가 모르는 감각권의 진실이었다.

그는 크라이온의 영역 바깥에서 그의 감각을 벗어났다고 여겼을 터였으나, 실질적으로는 아슬아슬하게 크라이온의 영역에 발을 걸치고 있던 것이다.

경계의 너머!

그게 바로 크라이온의 위치였다. 정령화라는 특별한 기술로 감각의 영역이 기존 능력을 훨씬 웃돈다고 하나, 격이 다른 존재의 감각을 먼저 잡아챈다?

불가능에 가까운 이야기였다.

정령화 이전에 마누스가 지닌 특별한 감각의 도움 덕분에, 그나마도 눈치 채고 빠져나올 수 있던 것이었다.

"이번에는…… 혼자 온 게 아니군."

홀로 움직이던 지난번과 다르게 비슷한 느낌을 주는 기척이 여럿 잡혔다.

희버뜩!

동공에 재차 불이 들어오는 순간이었다.

"으아아앙-!"

우렁찬 울음소리가 그의 품안에서 터져 나왔다.

"끄응……."

앓는 소리와 함께 눈가의 불이 꺼졌다. 한순간에 폭삭 늙어버린 듯, 기운이 쭉 빠진 얼굴이 된 크라이온이 자신의 품 안을 바라봤다.

"아앙!"

갓 태어난 듯 보이는 자그마한 아기가 한 명 보였다.

모네.

칼렌과 에리스의 아이였다.

이제 겨우 한 달이 조금 덜 되는, 말 그대로 갓 태어난 아기로써, 8개월이라는 짧은 시간에 세상으로 나오며, 여러모로 크라이온을 난감하게 만드는 아이였다.

"그놈 참……."

크라이온이 핼쑥해진 얼굴로 중얼거리는데, 그 순간 아이의 울음소리가 더 커졌다.

"아아아앙-!"

인상을 팍 찡그린 크라이온이 재차 중얼거렸다.

"고년 참…."

아이 부모가 들었다면 눈을 까뒤집을 법한 단어 선택이었다. 하지만 이 살짝 바뀐 단어선택과 함께, 아이의 울음소리가 약간 줄어들었다.

"꼴에 너도 여자라 이거냐?"

"아아앙–!"

알아듣는지 못 알아듣는지는 미스터리였으나, 분명 울음소리가 살짝 낮아진 건 확실했다.

이런 아기의 반응에 크라이온의 표정이 아주 재미있게 변했다.

울고 싶은 눈동자와 웃고 있는 입꼬리.

하나의 얼굴 위로 상반된 표정의 마찰이 일어나니, 절로 흉측한 얼굴이 되어 버렸다.

"꺄하하핫–!"

그 순간 아이의 울음이 뚝 그치며 웃음이 터져 나왔다.

이런 반응에 결국 크라이온도 실소를 해버렸다.

"내 얼굴을 보고 웃는 건, 너밖에 없을 거다."

잠시간 꺄르르 웃어대던 아기가 재차 울음을 터트리는 데 걸린 시간은 그리 길지 않았다.

"그래. 그래."

크라이온의 날 선 감각은 아기가 우는 이유를 단번에 알아챘다.

"두 가지를 한꺼번에 해결해 달라 이거냐. 쯧!"

엉덩이 부근이 뜨뜻한 것이 볼일을 크게 본 것 같았다. 게다가 얼핏 느껴지는 아이의 뱃속 울림은 그 와중에 먹을 걸 요구하고 있었다.

"에휴……."

한숨을 푸욱 내쉬고 있을 때, 아이의 울음소리를 들은 것인지, 에리스가 대문을 걷어차며 달려 나왔다.

"무슨 일이에요?"

지난 시간동안 제법 친해진 까닭인지, 용병왕을 대하는 그녀의 태도에는 더 이상 두려움이 존재하지 않았다.

"밥 달란다."

"그럼 당장 뛰어와야죠!"

오히려 동네 오빠를 대하는 것 마냥, 그 말하는 투에 편안한 기색이 일부 맴돌고 있었다.

"똥도 쌌다."

"그 정도는 혼자서 갈 수 있잖아요."

"더럽잖아."

"뭐얏! 오빠는 그럼 우리 모네가 더럽다는 거야?"

"끄응……."

친해져도 너무 친해져버린 것인지, 그녀의 막나가는 태도에도 불구하고 크라이온은 그저 앓는 소리만 내뱉을 뿐이었다.

에리스에게 모네를 건네 준 크라이온이 슬그머니 뒤로 발을 뺐다.

"어디가요?"

조금 전의 말실수 때문일까? 살짝 날이 선 에리스의 물음에 크라이온이 그답지 않게 눈치를 보며 입을 열었다.

"자…… 잠깐 볼일이 좀 있어서."

말까지 더듬는 것이 참으로 안쓰러운 순간이었다.

"거짓말 하는 거 아니죠?"

"그…… 그야 당연하지. 금방 다녀오마."

어색하니 뒷머리를 긁적거리던 크라이온이 도망치듯 자리를 빠져나갔다.

이런 그의 뒷모습을 잠시간 바라보던 에리스가 성난 표정을 풀며 작게 한숨을 흘렸다.

"후우…… 그이도 빨리 친해져야 할 텐데."

편안하게 대하는 그녀와 달리, 남편인 칼렌은 여전히 크라이온을 어려워했다.

사실, 단기간에 친분을 다진 에리스가 특이한 경우라 할 수 있었다. 아무리 제튼의 보이지 않는 지원이 있었다고는 하나, 그래도 분명 그녀의 친화력은 보통 수준을 훨씬 웃도는 것이었다.

"아아앙―!"

그녀는 연신 배고프다며 울어대는 모네를 달래가며, 급

히 집안으로 걸음을 옮겼다.

◈

회색들판의 대략적인 정비가 끝난 덕분일까? 최근 들어 제튼은 집에 있는 시간이 많아졌다.

오늘도 그런 여유시간의 일부로써 집에서 휴식을 취하고 있었는데, 문득 느껴진 감각에 살짝 날을 세워야만 했다.

'뭐지?'

로렌스로 인해서 살짝 깨워놓은 감각이라고는 하나, 그래도 항시 크라이온의 움직임만큼은 예의 주시하고 있었다.

당연히 크라이온의 뜬금없는 고속이동에 민감히 반응할 수밖에 없었다.

게슴츠레 실눈을 뜨듯 깨어있던 감각이 활짝 깨어났다.

'어라?'

아루낙 마을 안으로 들어서는 기묘한 움직임이 읽혀졌다. 살짝 열어놓은 감각으로는 잡기 어려운 특별함이 존재했다.

또한, 그들 중 유난히 감각을 자극하는 존재가 한 명 있었다.

'이 느낌은…… 정령인가?'

단번에 그들의 정체를 파악했다. 그리고 그들 중 한명은 상당히 특출난 실력자라는 것 역시 감지해냈다.

'이놈이 리더겠네.'

척 하면 딱이었다. 바로 답이 나왔다.

'무슨 일이려나?'

호기심이 생겼으나 굳이 움직이지는 않았다. 크라이온의 목적지가 그들이라는 걸 알기 때문이었다.

'어떻게 해결을 하려나.'

찾아가볼까도 싶었으나, 이내 고개를 저으며 엉덩이를 붙였다. 셀린과 만남이 있는 까닭이었다. 아직 시간적 여유가 조금 있기는 했으나, 그래도 굳이 만남 전에 폭력을 쓰고 싶지는 않았다.

활짝 깨어난 감각을 통해 구경하는 걸로도 충분했기 때문이다.

"먹을 게 필요한데."

관전에는 아무래도 요깃거리는 필수였다.

❈

단숨에 마을의 서쪽 입구에 도착한 크라이온은 인근에서 가장 높은 건물의 옥상에 착지했다. 위치를 잘 잡은 것인지, 입구 주변이 한 눈에 들어왔다.

제법 몸을 잘 숨긴 듯, 시야에 잡히는 건 없었다. 하지만 그의 감각을 피하지는 못했다.

'하나, 둘…… 열 한놈인가.'

그들의 숫자를 일일이 세어가던 크라이온이 하얗게 웃으며 중얼거렸다.

"고맙다!"

정말 진심으로 보내는 감사인사였다.

'덕분에 해방이다!'

길지 않은 시간이겠으나, 이들을 핑계 삼아 한동안 애보기에서 빠져나올 수 있다고 생각하니, 여러모로 행복 충만한 마음이었다.

잇몸 미소를 내보이며 싱글벙글하던 그가 문득 눈을 반짝이며 바로 아래쪽으로 시선을 보냈다.

'이놈 제법이네.'

느껴지는 이들 중 가장 뛰어난 실력자가 그가 서 있는 건물 밑으로 지나가고 있었다. 골목길의 어둠에 몸을 기댄 채 한껏 은신을 하며 걸어가는 중이었다.

'지난 번 그놈이 이놈이네.'

헤일로만 백작령에서 감각 영역의 끄트머리를 스쳐간 존재가 바로 발밑에 있었다.

"한 번은 그냥 보내도, 두 번은 안 되지."

그 말과 함께 크라이온의 신형이 아래로 뚝 떨어졌다.

한 걸음 내딛는데도 이상할 정도로 심력이 소모되는 이상한 상황 때문일까?

마누스의 유난히 날 선 감각은 정령을 꺼내놓은 것이 아니건만, 마치 정령화를 이룬 것 마냥 세심하게 주변을 살피고 있었다.

오싹!

그 덕분에 느낄 수 있었다.

'적이다!'

어디인가?

'위!'

시선이 하늘로 향했다. 몸을 맡긴 그늘의 건물 옥상에서 무언가가 떨어져 내리고 있었다.

시리도록 하얀 미소가 눈에 박혔다.

"젠장!"

욕짓거리가 먼저 튀어나왔다. 입으로 성내는 와중에도 육신은 착실하게 정령을 소환하고 있었다.

마치 눈송이가 뭉쳐지는 듯, 새하얀 알갱이들이 그의 머리맡에 모여들더니, 이내 나비의 형상을 이뤘다.

순백의 나비.

그가 부리는 정령이었다.

'정령화는?'

안타깝게도 시간이 부족했다. 이미 상대는 코앞에 도달한 상황이었다.

'방어를.'

나비의 날개가 일순 거대해진다고 여긴 순간, 그의 주변으로 백색의 막이 형성됐다.

쿠웅!

동시에 묵직한 일격이 막 위로 떨어져 내렸다. 상대의 발차기가 막을 두드린 것이다. 일순간 내부가 진탕되며 헛구역질이 올라왔으나, 약한 모습을 감추고자 이를 삼켜냈다.

"제법인데."

그 순간 전방으로 내려선 상대가 그를 향해서 말을 건네왔다. 절묘하게 골목의 바깥에 몸을 걸친 덕분일까?

상대편의 얼굴 위로 빛이 비쳐들었다.

"쿨럭!"

삼켰던 구역질이 다시 튀어나오기라도 한 듯, 마누스가 헛기침을 내뱉으며 상대를 재차 확인했다.

'맙소사!'

있어서는 안 될 인물이 눈앞에 나타난 것이다.

'용병왕 크라이온!'

그도 모르게 손끝이 떨리고 있었다.

스르르륵……

일순 등 뒤로 느껴지는 기척에 정신을 차렸다. 조금전
충돌의 여파를 느낀 것인지, 수하들이 몰려들고 있었다.

'젠장!'

욕짓거리가 재차 목구멍을 두드렸다. 도망쳐도 모자랄
판국에 한 자리에 모이고 있으니, 어찌 고운말이 나오겠는
가.

"쒸벌!"

결국 욕설이 목구멍을 뚫어버렸다.

"나한테 한 말이니?"

상대, 크라이온의 물음에 왠지 눈물이 날 것 같았다.

[멀리가서 놀아라.]

일순간 귓전을 스친 속삭임에 크라이온의 표정이 굳어
졌다. 제튼이 그를 향해 메시지를 보낸 까닭이었다.

'젠장맞을!'

그늘진 크라이온의 모습에 마누스는 한층 경계심을 강
화했다. 조금 전의 욕설로 그가 크게 노했다고 여긴 것이
다.

이를 악다문 그가 수하들을 돌아봤다. 어느새 전부 모여
있었다. 게다가 전투를 준비하는 것인지, 하나같이 정령을
소환시킨 상태였다.

'미치겠네.'

당장 도망가도 모자랄 판국에 저처럼 의욕들이 가득하니, 절로 머리가 지끈거릴 지경이었다.

"따라와."

그 순간 크라이온이 휙 하니 등을 돌리며 골목을 나서는 게 보였다.

'뭐지?'

고개를 갸웃거리며 주저하는 그에게 크라이온의 음성이 재차 날아들었다.

"도망갈 생각은 접는 게 좋을 거다."

그 순간 수하 중 한명이 튀어나갔다.

"누가 도망을 간다는 거냐!"

동시에 그가 부리는 불의 정령이 전방으로 불을 뿜었다. 곧이어 사람 몸통만한 불덩이가 순식간에 크라이온에게로 떨어져 내렸다.

피시식…

그리고 마치 거짓말처럼 사그라 들었다.

"이게…… 무슨……."

"말도 안 돼!"

"저럴수가……."

경악하는 수하들을 향해 마누스가 말했다.

"기억하고 있지? 이 근방에는 조심해야 할 상태가 있다고."

모를 리가 없었다. 귀가 헐어버리는 게 아닐까 싶을 정도로 언급했던 이름이지 않던가.

용병왕 크라이온.

헌데, 그를 왜 여기서 또 상기시킨단 말인가.

"저자가 무슨 용병왕이라도 된단 말입니까?"

누군가의 물음.

"그래. 그가 용병왕이다."

마누스의 대답.

이어지는 정적.

싸늘한 침묵 속으로 한 줄기 묵직한 음성이 날아들었다.

"따라오라니까."

크라이온이 골목 밖에서 손짓하고 있었다.

'저자가?'

'말도 안 돼!'

부정하고 싶었으나, 마누스가 이런 걸 가지고 거짓말할 성격이 아님을 알았다.

어째서 헤일로만 백작령에 있어야 할 용병왕이 여기에 있는지, 그 부분에 대한 의문은 나중 문제였다.

'도망갈까?'

거짓말처럼 그들의 마음이 통했다. 서로 눈빛을 교환하며 의지를 확인하기까지, 그야말로 순식간이었다.

"빨리 와라. 짜증나게 하지 말고."

골목 밖에서 죽음의 사자가 으르렁거리는 찰나였다.

'지금!'

약속이나 한 듯, 열 개의 그림자가 사방으로 튀어나갔다.

열 개?

하나가 비었다.

분명 크라이온의 확인한 건 열 한명이지 않던가.

마누스.

그가 홀로 남아서 크라이온과 대치하고 있었다.

"넌 안 가냐?"

크라이온의 물음에 마누스가 긴장한 표정으로 답했다.

"한 명 정도는 시간을 벌어야 할 테니까요."

각오를 굳힌 듯 보이는 그 모습에 크라이온이 실소하며 물었다.

"시간이라, 얼마나 벌 수 있을 것 같니?"

그리고 이내 마누스의 시야가 어두워졌다.

'이건…… 무슨?'

시각과 달리 정신은 여전히 깨어있었다. 이해할 수 없는 현상에 당황하는 것도 잠시, 정령과의 소통으로 금세 상황을 파악할 수 있었다.

'잡힌 건가.'

거짓말처럼 순식간에 다가온 크라이온의 큼지막한 손이 그의 얼굴을 덮고 있던 것이다. 점차적으로 머리를 짓눌러 오는 압박감이 그 증거였다.

"정말로 도망갈 수 있다고 생각해?"

귓속을 파고드는 물음에 하나의 대답만이 떠올랐다.

불가능!

그에게서 도망을 친다? 말도 안 되는 일이었다. 지금 이 순간에도 수하들은 사방으로 산개해서 쭉쭉 내달리고 있을 것이다.

'하지만…… 여전히 이 근방을 벗어나지는 못했겠지.'

도주를 시작하고 겨우 숨 몇 번 고를 정도의 시간이었다. 멀리 가기에는 부족했다. 직접 겪어보고 나니 깨달을 수 있었다.

'이자에게서는 도망칠 수 없다!'

어찌해야 할까.

'각오를 했건만…… 그래도 안 된단 말인가.'

그의 목숨을 내던져 10명의 수하들을 살리려 했다. 결국 무의미한 행위일 뿐이었다.

"저…… 저로, 저 하나의 목숨으로 만족하시면 안 되겠습니까?"

결국 실력으로는 안 되니, 대화로 이야기를 풀어보기로 했다.

"지금 나하고 흥정을 하자는 거냐?"

크라이온이 그 물음과 함께 한층 억세게 두개골을 압박했다. 마누스는 당장이라도 박살날 것 같은 통증에 목이 찢어질 것 마냥 비명성을 내질렀다.

"끄아아아아악―!"

"건방떨지 마라. 너 따위는 흥정거리가 될 수 없어."

거기까지 이야기하던 크라이온이 슬쩍 손을 풀었다.

[시끄럽다.]

귓전을 스치는 속삭임 때문이었다.

'빌어먹을!'

오러의 막으로 주변을 둘러 놨기에 외부로는 이 소란이 알려질 리가 없었다. 헌데도 제튼은 트집을 잡고 있었다.

'망할! 빌어먹을 개 쌍놈!'

갑작스런 자유에 어리둥절해 하면서도, 마누스는 결코 마음을 놓지 않았다. 눈앞의 사내는 언제든지 그의 목숨을 소거할 수 있는 존재였기 때문이었다.

"쯧! 따라 와라."

이건 또 무슨 의미일까? 갑작스런 크라이온의 태도에 어찌해야 할지 주저하고 있자, 크라이온이 와락 표정을 일그러트리며 그를 노려봤다.

"자꾸 같은 말 하게 만들어라. 그래. 아주 재밌어 질 테니까."

"죄…… 죄송합니다."

저도 모르게 튀어나온 한마디에 마누스의 얼굴이 당혹
감으로 잔뜩 물들었다. 상대에 대한 두려움이 입이 멋대로
움직인 모양이었다.

이런 그의 모습에 크라이온이 인상을 풀더니, 오히려 실
소하며 말했다.

"웃겼다."

그러더니 휙 하니 신형을 돌린다. 더 이상 말로 하지는
않았으나, 그 행동에서 의미는 전달됐다.

〈따라와라.〉

다급히 그 뒤를 쫓아야만 했다.

마을에서 그리 멀지 않은 공터가 목적지였던 듯, 크라이
온은 그곳에서 신형을 멈춰 세웠다.

'여기는 어째서?'

의아한 표정으로 주변을 돌아보는 마누스에게 크라이온
이 말을 건넸다.

"벗어봐."

또 다시 뜬금없는 이야기였다.

"시간, 벌어 본다며?"

'으음……'

그건 이미 끝난 게 아니었던가? 당혹스러운 와중에도

몸은 착실하게 준비를 갖추고 있었다.

"제대로 덤벼보지도 못한 채 끝나면, 너무 아쉬울 것 같아서. 한 번 더 기회를 주는 거야."

그러면서 말하기를,

"아무리 나라고 해도 수십 카른(Km)단위로 탐지하는 건 어려우니까. 그 바깥까지 도망갈 시간만 벌어주면 될 거다."

일순 헛기침이 튀어나올 뻔 봤다.

'수십…… 카른이라고?'

이 무슨 말도 안 되는 탐지범위란 말인가. 정령화를 이뤄도 그만한 범위는 아직 먼 이야기였다.

'젠장!'

이를 악 물며, 전력을 위한 준비를 착실히 다져갔다.

'최대한 시간을 끌면서…….'

이미 정령화에 적응한 까닭에, 원래라면 순식간에 정령과 일체화를 이룰 수 있었다.

하지만 조금이라도 더 시간을 벌고자, 이처럼 느릿느릿하게 정령화를 이루는 것이었다.

재미있는 건, 이런 그의 늑장에도 불구하고 크라이온이 기다려준다는 점이었다.

오히려 실실 웃는 여유까지 보여주고 있으니, 마치 카른 단위 까지는 충분히 탐지가 가능하다는 자신감처럼 여겨져, 마누스의 마음만 더욱 무거워질 뿐이었다.

물론, 크라이온의 미소는 마누스의 예상과는 전혀 다른 의미를 지니고 있었다.

'그래. 천천히 해라. 천천히. 오랜만에 느긋하니 좀 쉬어보자.'

빨리 해치우고 돌아가 봐야, 기다리는 건 아기 울음소리와 짜증 섞인 에리스의 투덜거림 뿐이었다.

'남편도 있는 게, 바가지는 왜 나한테 긁는 건데.'

칼렌 앞에서는 아주 순종적인 여자가 되는 에리스의 모습에, 간혹 소름이 끼칠때도 있었다.

'천천히. 느긋하게 준비해라. 여유있게.'

지금 이 순간이 좀 더 길어지기를 바라는 건, 그 역시 마누스 못지않았다.

이런 심정을 아는지 모르는지, 긴장감에 잔뜩 굳은 마누스가 정령화의 막바지 작업에 돌입했다. 천천히 하며 시간을 끈다고 끌었으나, 결국 이 정도까지가 한계였던 것이다.

'너무 끌면, 오히려 그의 화를 살지도 모르니까.'

물론, 착각이었다.

그의 정령인 순백의 나비가 머리맡을 맴돌면서 기운을 뿌리기 시작했다,

크라이온이 눈을 빛내며 마누스를 바라봤다.

"호오⋯⋯?"

정령의 기운이 강해지자, 점차 마누스 주변 공간이 비틀리고 있었다. 이에 크라이온의 눈이 한층 크게 치떠지는 순간이었다.

우우우웅⋯⋯.

마치 벌떼가 날아들 듯, 공기의 격렬한 떨림이 일어나는가 싶더니, 돌연 마누스가 허공중의 비틀림 속으로 빠져드는 게 아닌가.

그리고 그의 모습이 완전히 사라졌을 때, 더 이상 그곳에는 순백의 나비는 존재하지 않았다.

그 대신 한층 크고 선명한 인상이 드는 검은 나비가 펄럭이고 있을 뿐이었다.

"허⋯⋯."

생전 처음 보는 기괴한 현상에 이번만큼은 크라이온도 넋을 놔야만 했다.

"⋯⋯."

잠시간 그의 머리도 상황을 파악하지 못한 듯, 멍청하니 긴 침묵만을 유지할 뿐이었다.

'뭐가⋯⋯ 어떻게 된 거지?'

조금 더 시간이 흐른 뒤에야 생각이라는 걸 하게 되기는 했으나, 여전히 이해할 수 없는 상황에 의문만이 가득 맴돌고 있었다.

[많이 놀라신 모양이군요.]

순간 검은 나비의 주변 공기가 떨린다 싶더니, 귓전으로 마누스의 음성이 들려왔다.

"너…… 냐?"

크라이온의 물음에 이제는 검은 나비가 되어버린 마누스가 답했다.

[예. 정령화라고 불리는 제 최고의 비술입니다.]

"거참, 이건 또 신선한 경험이네."

별의 별 꼴이 다 벌어졌던 제국전쟁 중에도 이런 경우는 본 적이 없었다.

"확실히 강해진 것 같기는 한데, 과연…… 얼마나 시간을 벌 수 있겠니?"

크라이온의 물음에 마누스가 하늘 위로 솟구쳐 오르며 외쳤다.

[최선을 다할 겁니다!]

동시에 거센 바람이 사방에서 휘몰아쳤다. 정령화를 통해 한층 상승한 정령력이 대자연과의 소통을 허락해 준 것이다.

진정 칼바람이란 게 이런 것일까?

"따끔하네."

크라이온이나 되니 이렇게 말하는 것이지, 보통의 사람들 이었다면, 지금 몰아치는 바람에 순식간에 핏덩이가 되어버렸을 터였다.

그 정도로 바람에는 날카로운 예기가 담겨 있었다. 그 증거로 주변에 무성한 잡초들이 바람에 잘려 산산히 조각나며 흩어지고 있지 않은가.

"설마, 겨우 이걸로 끝은 아니겠지?"

발끈하는 심경이었으나 상대가 상대인 만큼 마누스도 침착함을 유지해야만 했다.

[지금부터가 시작입니다.]

"그래. 그래야지."

동시에 하늘 위로 먹구름이 몰려들었다.

"음?"

의아한 듯 허공을 바라보는데, 돌연 눈부신 빛 무리가 떨어져 내리는 것이 아닌가.

꽈르르릉!

마른하늘에 날벼락이라고 해야 할까?

갑작스레 내리친 번개가 크라이온이 서 있던 장소를 정확히 직격했다.

파직…… 파지지직…….

상당히 강렬했던지, 주변 대지로 뇌전의 잔재가 퍼지는 게 눈에 들어올 정도였다.

'어떠냐!'

정령화 상태라서 표정을 비칠 수는 없었으나, 아마 정령

305

화가 아니었다면 지금의 마누스는 회심의 미소를 짓고 있었을 터였다.

"따끔 다음은 짜릿인가."

그 순간 뇌전이 직격한 자리에서 묵직한 저음이 흘러나왔다.

'…맙소사!'

충격적이었다. 너무도 태연한 모습으로 제자리에 그대로 서 있는 모습이라니.

'번개를 맞고…… 저럴 수가 있나?'

정령화를 통해 만들어낸 번개이니 만큼, 진짜에는 조금 모자랄 터였다. 하지만 그래도 번개는 번개였다.

충분히 강렬한 파괴력을 지니고 있을 것이건만, 저 멀쩡한 모습은 어찌 설명해야 한단 말인가.

입고 있는 옷가지마저 이상이 없었다. 몇 군데 그슬린 흔적이 비치기는 했으나, 번개를 맞고 그 정도라는 건 자체가 이미 상식 밖이었다.

"바람의 정령인 줄 알았더니, 번개도 부릴 줄 알고. 생각보다 재주가 많네. 더 보여줄 건 없냐?"

크라이온의 태연한 물음은 검은빛 나비를 새하얗게 질리도록 만들기에 충분했다.

'젠장!'

재차 욕짓거리가 치솟는 순간이었다.

"나도 한 번 때려보자."

대뜸 그 말과 함께 크라이온의 주먹이 전방으로 뻗어지는 게 아닌가.

꽈르르릉!

또 다시 번개라도 친 것일까? 그건 아니었다. 단지, 크라이온의 주먹에서 뻗어 나온 풍압과 마누스의 정령체가 부딪치며 낸 소리였다.

"코딱지 만해져서 때리는 맛이 없을 줄 알았는데, 요거 보기하고 다르게 제법 튼실하네."

뭔가 단어선택에 미스가 난 것 같았으나, 마누스는 현재 그런 걸 지적해 줄 정신이 아니었다.

'그저, 가볍게 휘두른 것 같았는데.'

결과는 상상을 초월하는 파괴력을 낳았다.

'만약 제대로 주먹을 휘두른다면?'

아마 정령체인 상태 그대로 박살이 날 터였다.

'압도적이군.'

허탈한 심경이라고 해야 할까?

'그의 주 무기인 대검도 아니라, 그냥 맨주먹에 이 꼴이라니.'

문득 울분이 치솟았다.

반 강제로 익히고 이룬 정령술과 정령화라고 하나, 그의 모든 걸 바친 결과물이 지금의 이 상태였다.

헌데, 이토록 허무하게 깨어진다?

'적어도 한 번쯤은……'

크게 한 방 먹여주고 싶은 생각이 들었다.

더 이상 시간벌기니 뭐니 하는 사정 따위는 떠오르지도 않았다. 수하들을 위한 노력은 여기서 끝이었다.

지금 이 순간부터는 오로지 그 자신을 위한 전투였다.

우우우우우우웅..

수백 수천마리의 벌떼가 한꺼번에 날아들면 이러할까? 검의 나비 마누스의 날개가 한번 펄럭 거릴 때마다 대기가 거칠게 요동을 치고 있었다.

'전력으로!'

시간끌기를 위해 정령력을 적절히 제어하며 사용하는 게 아닌, 한 방에 모든 걸 쏟아내기 위해 지닌바 정령력을 전부 끌어내는 중이었다.

그 여파로 인해 주변 공기가 격하게 몸살을 앓고 있는 것이다.

순간 검은 나비의 날개위로 새로운 색깔이 덧씌워졌다.

황금빛!

조금 전 그 칙칙한 색이 거짓말처럼, 눈부신 빛깔이 주변을 환히 밝히고 있었다.

말 그대로, 대낮임에도 불구하고 '밝다' 라는 느낌이 들

정도였다.

"제법."

크라이온이 짧게 중얼거리며 자세를 바로 잡았다. 이번 만큼은 그저 만만히 대할 수 없다 여긴 것이다.

또 다시 하늘위로 먹구름이 몰려드는 게 보였다. 헌데, 앞전의 일부 허공에만 구름이 낀 것과 달리, 주변 대지를 어둠으로 물들일 만큼 광대한 영역에 걸쳐서 구름이 끼어 있었다.

몰아치는 바람 역시 앞전과는 비교가 불가했다.

앞서의 칼바람이 따끔한 정도였다면, 이번에는 피부를 두드리는 바람이 칼로 쑤시는 듯 아팠다.

어지간한 실력자들도 낭패를 보게 만들기에 충분한 위력이었다.

"언제까지 기다려줘야 하냐?"

연신 두드려대는 칼바람에 몸이 달아오른 듯, 크라이온 의 쩌렁쩌렁한 외침이 거칠게 하늘위로 솟구쳤다.

이에 마누스의 날갯짓이 일순 주춤하는 듯하더니, 이내 하늘 위로 드리운 먹구름에 변화가 일어났다.

파직…… 파지직…….

당장이라도 사나운 불빛을 쏘아낼 듯, 번뜩거리는 뇌전 의 광기가 비쳤다.

"와라!"

재차 이어진 크라이온의 외침에 자극이라도 받은 것일까?

꽈르르릉!

거대한 뇌전의 비가 쏟아졌다.

꽈릉! 콰르릉!

한 발, 두 발, 세 발…… 수를 헤아리기 어려울 정도로 많은 양의 뇌전이 번뜩거리며 대지를 갈아엎기 시작했다.

❖

셀린과 약속을 잡아놓은 시간이 다 되어서일까?

제튼은 밖으로 나갈 채비가 한창이었는데, 상큼하게 단장을 하는 외형과 달리, 그의 표정은 연신 구겨지고 있었다.

"쯧! 조용히 좀 하라니까."

저 멀리서 아련히 들려오는 천둥소리가 유난히 귀에 박혔다.

날씨도 맑건만 천둥이 몰아치고 있으니, 누구나 이상하게 여길 수밖에 없었다.

거리를 바라보니 마을 주민들이 자꾸만 하늘로 시선을 던지는 게 보였다.

"멀리 가서 할 것이지. 뭐 저리 가까운데서 자리를 잡은 거야."

연신 투덜거리며 마지막으로 옷매무새를 정리하는데, 그의 피부가 반응하며 일어날 정도로 오싹한 감각이 저 멀리서 날아들었다.

"이건 또 뭐야?"

짜증이 확 밀려왔다. 셀린을 만나러 갈 시간이 다 되었건만, 이 타이밍에 뜬금없는 사건이라니.

일순간 갈등이 일어났다.

'무시할까?'

감각을 건드리는 건, 정확히 크라이온의 전투가 한창인 장소였다. 그런 만큼 신경이 쓰이는 건 어쩔 수가 없었다.

"젠장!"

하늘을 바라보며 해가 기운 정도를 확인했다. 시간을 점검하려는 것이다. 스테일 남작령 처럼 '시계탑'이라는 특수한 물건이 없는 까닭에, 이처럼 하늘을 보고 뒷산과의 거리를 눈대중으로 계산한 뒤, 시간을 짐작할 수밖에 없었다.

물론, 아루낙 마을도 나름대로 시간을 확인할 수 있는 방법이 있기는 했다. 매 시간마다 지정된 장소에서 시간을 알려주는 것이다.

단지, 그 시간 확인이 3시간 단위로써, 아주 길다는 게 문제일 뿐이었다.

'조금…… 남았으려나.'

"젠장!"

그의 피부가 일어날 정도의 파동이었다. 아무리 크라이온 이라도 이런 건, 조금 위험할 것 같았다.

'무기도 안 들고 갔으니.'

지난 전투에서 제튼에게 호되게 당하고는 다시는 대검과 떨어지지 않을 것 같던 크라이온이었으나, 결국에는 대검을 따로 관리해야만 했다.

아무래도 아기를 보면서 흉악한 무기를 짊어지고 있는건 보기가 좋질 않기 때문이었다.

"쯧!"

짧게 혀를 찬 제튼이 훌쩍 창밖으로 신형을 날렸다. 목적지는 저 멀리, 뜬금없는 날벼락이 쉴 새 없이 몰아치는장소였다.

◈

밀려드는 뇌전의 연격 속에서, 크라이온은 점차 어깨가처지는 걸 느꼈다.

"크으으윽……."

뇌전은 짜릿한 수준을 넘어, 아찔한 고통으로 상승하고있었는데, 그 덕분에 슬슬 열이 오르기 시작했다.

염왕의 기운이 불끈거리며 아랫배를 데웠다.

"후우우웁!"

이를 악 물며 숨을 크게 들이켰다. 뇌전의 짜릿함이 함께 들어오는 듯, 콧구멍이 화끈거렸으나 상관없었다.

이 열기는 더욱 큰 화기가 되어 염왕의 불꽃을 타오르게 할 터였다.

"끄아아아아아압!"

확실히 힘에 겹기는 했던 것인지, 비명 섞인 기합성을 내지르며 그가 힘차게 허공으로 주먹을 내던졌다.

번쩍!

하늘에서 떨어지는 뇌전에 맞서듯, 거대한 용오름이 하늘로 솟구쳤다.

꽈르르릉!

재차 터져 나오는 천둥성이 사납게 귓전을 때렸다.

그리고,

번개가 그쳤다.

"짜식이 까불고 있어!"

크라이온이 하늘로 내뻗었던 주먹을 털며 가볍게 한마디를 던졌다.

단 일격!

그토록 장대하게 펼쳐졌던 대자연의 노호성을 단 일격으로 무찌른 것이다.

"그래도 생각보다는 제법이었다."

욱씬거리는 전신의 통증과 내지른 주먹의 뻐근함이 그 증거였다. 이번에는 그도 정말 진심으로 전력을 쏟아야만 했다.

마누스의 정령화는 그 만큼 예상 이상의 강함을 보여줬다.

"뭐…… 결국 내 상대는 아니었지만."

그렇게 중얼거리며 시선을 허공으로 던졌다. 여전히 빛을 내뿜고 있는 황금빛 나비가 눈에 들어왔다.

하지만 그 외형과 달리 느껴지는 기운이 전혀 없다는 걸 통해, 상대의 의식이 끊겼음을 알았다. 이미 먹구름도 가시고 있는 중이었다.

"기절했으면 떨어질 것이지, 왜 아직도 안 내려와?"

너무 오래 부유하고 있으니, 자연스레 이런 의문이 이어졌다.

이즈음, 황금빛 나비의 주변에 작은 뒤틀림이 발생했다. 마치 정령화를 이루던 당시를 연상케 하던 비틀림이었다.

아니나 다를까, 돌연 마누스의 신형이 튀어나오는 게 보였다.

이제 저대로 추락하겠거니, 하며 지켜보던 찰나였다.

"어?"

돌연 하늘 위로 거대한 뇌운이 새롭게 생성되는 게 아닌가.

"뭐야…… 이건?"

당혹스럽다고 해야 할까?

경계를 넘어선 감각이 말해주고 있었다.

'더 강해졌다고?'

저기서 떨어질 번개는 맨손으로는 감당하기가 어렵다
며, 감각이 경고를 보내왔다.

'저놈이 벌이는 건가?'

허공중에 기절한 듯 늘어져 있는 마누스에게 시선이 갔
다. 하지만 이내 그가 정말로 정신을 잃었다는 걸 깨달았
다.

'그럼…… 설마?'

크라이온의 시선이 슬쩍 황금빛 나비에게로 돌아갔다.
정령화가 풀렸건만 여전히 빛을 내고 있는 것부터가 이상
했다.

하지만 선뜻 결론을 내리기가 어려웠다.

'소환사도 없이 정령이 움직인다고?'

상식적으로 이해가 되질 않는 광경이었다.

"아오! 대가리야."

결국 머리만 벅벅 긁어대는 그에게 날카로운 일갈이 떨
어져 내렸다.

"멍청한 놈!"

귀에 익은 목소리가 절로 인상을 구기게 만들었다.

'썅 놈!'

어느새 온 것일까? 제튼이 그의 뒤편으로 내려서고 있었다.

"그 정도 경지에 올랐으면, 머리보다는 감이 옳을 때가 있다는 걸 알 때도 됐잖냐."

단번에 크라이온의 고민을 알아 챈 듯, 그가 타박을 해 왔다. 이에 입술을 삐죽 내민 크라이온이 홱 하니 고개를 돌려버렸다.

대화도 하기 싫다는 그 태도에 제튼의 주먹이 날았다.

빡!

뒤통수에서 느껴지는 아찔한 충격이 크라이온의 신형을 흔들었다.

왠지, 앞전의 번개보다 이게 더 아픈 것 같았다.

"짜식이 쓸데없이 시간이나 끌더니. 아주 상황만 복잡하게 만들어놨어."

"끄으으응……."

할 말이 없었다. 그저 앓는 소리를 길게 늘어트리며 작은 반항심을 표출하는 게 전부였다.

제튼은 크라이온을 한 차례 더 흘겨본 뒤, 하늘 위로 시선을 던졌다.

"정령인가."

과거에도 정령을 마주한 적은 있었다.

'엘프.'

기억 속에 존재하는 고결한 존재가 떠올랐다. 그가, 천마가 경험한 엘프는 일반적인 엘프가 아니었다.

'하이 엘프!'

엘프들 중에서도 격이 높다고 알려졌던 존재였다. 그런만큼 정령의 수준 역시 대단했었는데, 당시의 경험과 지금 눈앞의 광경을 비교해봤다.

'비슷한가.'

약간 모자란 감이 있었지만, 이는 소환사의 부재가 가져다주는 차이라고 여겼다. 마누스가 깨어나서 저 힘을 부리는 걸 봐야 정확한 비교가 가능할 것 같았다.

"뭐 알아낸 거라도 있습니까?"

크라이온이 슬쩍 물어왔다.

"글쎄다. 느낌상으로는 최상급 정령이 아닐까 싶다."

"그거 높은 겁니까?"

"에휴…… 말을 말자."

고개를 절레절레 흔드는 제튼의 태도에 기분이 상한 것일까? 크라이온이 입술을 삐죽 내밀며 재차 고개를 돌려버렸다.

이런 그의 뒤통수를 향해 제튼이 말을 걸었다.

"최상급 정령이 높냐고? 당연히 높다. 저들 정령의 강약을 인간들의 기준으로 매기는 건, 사실 웃기지도 않는 이야기다. 하지만 그래도 굳이 비교를 하자면, 마스터급은 돼야 상대가 가능하다."

"흥! 별 거 없네."

콧방귀를 껴 대는 크라이온의 태도에 제튼이 고개를 절레절레 흔들며 이야기를 이었다.

"그나마도 정령만 놓고 봤을 때 그 정도다. 만약 소환사가 온전히 그 힘을 끌어 쓴다면, 마스터의 극에 오르지 않는 이상, 상대하기가 쉽지 않을 거다."

"……그건, 좀 제법이네."

연달아 이어지는 크라이온의 건방에, 제튼도 결국 실소를 터트려 버렸다. 그 태도에 크라이온이 눈살을 찌푸렸으나, 무어라 제지를 하지는 못했다.

어쨌건 제튼이 위고 그가 아래가 아니던가.

"그런데, 저거 지금 뭐 하는 겁니까?"

크라이온이 황금빛 나비를 향해 시선을 던지면서 물었다.

당장이라도 퍼부을 것 같더니만, 어째 아무런 반응도 없으니 궁금해 진 것이다.

이에 제튼이 턱을 쓸며 대답했다.

"준비 중인 것 같다."

"……준비 끝난 거 아니요?"

"다른 준비 말이다."

그게 뭐냐는 얼굴로 크라이온이 쳐다보자, 제튼이 한숨

을 쉬며 말했다.

"후우…… 대화 준비."

"정령도 주둥이가 있소?"

"끄응……."

제튼은 왠지 머리가 지끈거린다고 여겼다.

"꼭 주둥이로만 말 하냐? 정령체인가로 변했을 때도, 대화를 했을 것 아니냐."

"뭐…… 그거야. 사람이 껴 있으니까. 아니, 그보다 그걸 다 듣고 있었단 말이요?"

"너하고 다르게, 난 수십 카른(Km)단위도 탐지 가능하단다. 애송아."

"제…… 젠장!"

뜻밖의 부분에서 실력차를 절감하는 순간이었다.

"그나저나…… 대화란 말이지."

제튼의 눈이 가늘어지며 황금빛 나비를 바라봤다.

'소환사도 없이 자체적으로 그게 가능하다라…….'

최상급 정령쯤 되면, 그 '격'이 달라지는 까닭에 소환사라는 매개체 없이도 나름의 권위를 발휘하는 게 가능했다.

엘프를 통해 얻은 지식이기에 믿어도 됐다.

'헌데…… 뭔가가 더 있는 것 같단 말이지.'

감이 그랬다. 최상급 정령을 겪어봤기에 더욱 이러한 느낌이 강했다.

'설마……'

문득 떠오른 생각에 고개를 절레절레 흔들며 실소해 버렸다.

'정령왕이라니.'

아무래도 과한 생각 같았다.

그의 감각으로 파악했던 마누스의 실력을 떠올려 본다면 절대 무리였다.

'그 능력은 겨우 중급 정령을 부릴 정도였으니까.'

어떤 특이한 능력을 익힌 것인지, 놀랍게도 중급의 정령을 자유로이 부렸으며, 거기에 일체화를 시켜 상급의 능력까지 발현하는 걸 보았다. 아니 느꼈다.

감각으로 파악한 것뿐이나, 그의 감이라면 눈으로 보는 것 이상으로 확실했다.

'최상급 정령이 튀어나온 것도 놀랄 일이지.'

그러면서 허공의 황금나비를 바라봤다.

'얼추 끝난 건가.'

대화를 위한 준비가 끝난 듯 보였다.

정령의 대화.

그것은 사람들의 대화법과는 달랐다. 음성과 언어로 이야기를 나누는 게 아닌, 그저 '의지'로써 '소통'을 하는 것이다.

하지만 이로 인해서 전달되는 건, 아주 '기본'적인 의미뿐이었다.

신기하게도 정령과 정령사는 이 기본적인 의사전달만으로도 모든 것이 통한다고 한다.

'정령사들만의…… 종특 같은 거려나.'

하지만 일반인들과는 그게 쉽지가 않았다.

때문에 '준비'가 필요했다.

동화!

자연과의 동화가 아닌, 정령사와의 동화를 이룸으로써, 소환사의 지식 일부를 '빌려' 서 쓰는 것이다.

여기에는 '언어의 방식'도 함께 내포되어 있었다.

그로 인해서 정령사가 아닌 대상과도 원활한 '대화'가 가능해지는 것이었다.

'뭐, 여전히 '의지'를 전달하는 방식으로 이뤄지는 '소통'이지만.'

그래도 인간의 언어 체계를 이해하는 것과 전혀 모르는 것은 커다란 차이가 있을 수밖에 없었다.

문득 뇌리로 파고드는 의지가 있었다.

[인간.]

귀가 아닌 머리로 들려오는 이 특유의 의사전달법이 바로 정령의 대화법이었다.

'여전히 혜광심어를 생각나게 하네.'

그 때문에 더욱 인상적으로 기억에 남아있는 걸지도 몰랐다.

"어라? 머릿속에 뭐가 막 떠오르는데요?"

옆에서 크라이온이 당혹스런 얼굴로 물어왔다.

"정령의 목소리다."

"……이전하고는 다른 것 같은데."

마누스가 정령화를 이룬 상태에서 보내오던 음성은 이 렇지가 않았다.

그것은 일종의 메시지 마법을 연상시키며 '귀로 듣는 다' 라는 느낌을 줬다면, 지금 이 정령의 의사전달은 전혀 생소한 방식으로써 뇌가 '떠올린다' 라는 감각이 강했다.

때문에 간혹 처음 접하는 이들의 경우에는 정령의 음성 을 착각해, 스스로가 떠올린 생각으로 오해하는 이들도 있 을 정도였다.

"넌, 의외로 그 정도로 멍청하지는 않은 모양이다."

제튼의 알 수 없는 이야기에 크라이온이 눈살을 찌푸렸 다.

의미는 모르겠으나 '멍청' 이라는 단어가 귀에 거슬린 까닭이었다. 하지만 인상만 쓸 뿐이지 무어라 딴죽을 걸지 는 않았다.

"너는 누구……."

질문을 던지려던 제튼이 잠시간 말문을 닫고 생각하는 가 싶더니, 입꼬리를 말아 올리며 재차 말문을 열었다.

[너는 누구냐?]

그 순간 황금나비 주변의 공기가 살짝 일렁이는 걸 느꼈다. 당황한 것이라고 여겼다.

　'혜광심어는 처음이지?'

　정령을 놀리려는 의도라기보다, 정령에게 그 스스로의 '격'을 보여주려 심어를 보낸 것이다.

　'최상급정령쯤 되면, 시건방이 좀 심하니까.'

　과거, 하이엘프의 정령 역시도 그런 경향이 제법 있었다.

　[인간. 대단한…… 존재. 그대 느꼈다.]

　약간은 끊기는 것 같은 느낌과 어눌한 감이 있는 의사전달에 제튼의 고개가 살짝 갸웃거렸다.

　하이엘프와 함께하던 최상급정령의 의사전달 수준은 매우 훌륭했던 까닭이었다.

　'문제가 있나?'

　애초에 소환한 정령사가 의식이 없다는 부분부터 이상이 있었으나, 그래도 제튼이 느꼈던 황금나비의 '격'이라면 무리가 없어야 옳았다.

　고개를 갸웃거리며 처음의 질문을 재차 던졌다.

　[너는 누구지?]

　주변 바람의 흐름을 느껴보자면, 언뜻 바람의 정령인 것 같았으나, 저 창공에 모여든 뇌전의 번뜩임은 또 다른 생각을 지니게 만들었다.

'설마…… 두 가지 속성을 지닌 건가?'

그런 정령이 있다는 건 들어본 적도 없었으나, 당장 눈앞의 현상은 그것 외에는 답을 찾기가 어려웠다.

[나…… 난, 나는…….]

황금나비의 의지가 전달되어 왔다. 헌데, 그 대답이 자꾸 늘어지는 게 아닌가.

[너는 누구냐?]

재차 심어를 보냈다.

[난, 모른다. 나는…모른다.]

[뭘 모른다는 거지?]

[나를…… 모른다.]

무슨 의미일까?

[나, 잊혀진 존재.]

'잊혀져?'

어째서인지 마르한에게 들었던 고대신들의 이야기가 떠올랐다.

[나…… 이름 없다. 그래. 이름이 없다. 없어.]

혼란스러워 하는 느낌이 들었다.

[나는 지킨다. 지켜야 한다.]

그러더니 마누스의 주변을 빙글빙글 맴도는 게 보였다. 아마도 그를 지키기 위해 억지로 바깥에 몸을 드러냈다고 여겨졌다.

[그는 누구지?]

[친구!]

많은 생각을 하게 만드는 단어였다. 고심을 하는 제튼에게 한마디가 더 들려왔다.

[해방자.]

이건 또 무슨 의미일까? 한층 더 머리가 복잡해지는 찰나였다.

"머리가 왱왱 거리는 것 같아서 요상하네."

옆에서 크라이온의 투덜거림이 들려왔다. 그 순간 제튼에게 향해있던 황금나비의 신경이 그에게로 향했다.

[적!]

돌연 황금나비가 거칠게 기세를 피워내는 것이 아닌가.

[친구, 괴롭혔다.]

마누스의 지금 상태는 전적으로 크라이온으로 인한 것이다. 그를 지키고자 강제로 세상이 모습을 드러낸 황금나비가 아니던가.

원래라면 이미 한판 붙고 있어야 했다. 하지만 제튼의 등장이 그 모든 걸 미루게 만들었다.

황금나비가 비록 정상이 아닌 상태라고 하나, 그래도 대자연과 통하는 존재였다. 제튼이라는 '격'이 다른 존재의 접근을 느꼈고, 그 때문에 전투준비 이전에 먼저 대화준비를 갖춘 것이다.

하지만 크라이온의 투덜거림에 일순 눌러놨던 감정이 폭발한 듯, 사납게 기운을 끌어올리고 있었다.

[적!]

의지에 담긴 진한 분노를 느낀 제튼이 황금나비를 말리려는 순간이었다.

번쩍!

한 발 앞서 번개가 떨어졌다. 정확히 크라이온을 노리고 있었다. 정상이 아닌 듯 보여도 최상급의 능력은 확실히 갖춘 것인지, 이전까지와는 수준이 다른 위력의 번개였다.

"쯧!"

짧게 혀를 찬 제튼이 손을 뻗었다.

파슷…

미약한 소음만을 남긴 채, 거대한 빛의 분노가 자취를 감춰버렸다.

잠시간의 침묵.

제법 건방을 떠는 크라이온도 이 순간만큼은 숨을 죽였다. 그 정도로 지금 보여준 제튼의 한 수가 대단했기 때문이었다.

[의지. 하늘에 닿은 자.]

정적의 틈새 사이로 황금나비의 언어가 날아들었다.

[그대. 차원의 파괴자.]

아리송한 내용들이 연신 이어졌다.

[이레귤러. 혼돈에 사는 자.]

헌데 자꾸만 듣고 있다 보니, 뭔가가 이해될 것만 같았다.

'설마…… 천마를 이야기 하는 건가?'

혹시나 싶은 마음에 심어로 물었다.

[나를 아나?]

[모른다.]

그저 착각이었을까? 제튼이 살짝 미간을 찡그릴 때였다.

[하지만 느낀다.]

'느낀다고?'

[그대. 이질적이다. 세상과 겉돈다. 하지만 이 세상에 존재한다.]

제튼의 머리가 빠르게 돌아가며, 황금나비의 이야기를 해석해봤다.

'이질적이라고? 내 안에 존재하는 천마신공을 느낀 걸까? 아니면 천마가 머물렀던 흔적을 본 것이려나?'

세상을 겉돈다는 것 역시 이러한 부분에서 언급하는 것이라 여겨졌다.

그럼에도 이 세상에 존재한다는 건, 제튼 자신이 이곳 차원의 존재이기 때문이 아닐까?

나름대로 해석을 해 보니, 제법 그럴싸한 것 같았다.

"대체 뭐라고 씨부리는 거야?"

옆에서 크라이온의 혼잣말이 들려왔으나, 이번에는 제 튼도 황금나비도 함께 무시해줬다.

'정말, 내가 생각하는 그 의미가 맞는 걸까?'

만약에 그의 해석대로라면, 저 위에 존재하는 황금나비 는 그의 예상을 웃도는 존재일지도 몰랐다.

[정말, 너는 자신이 누군지 모르나?]

때문에 이처럼 했던 질문을 또 해 버렸다.

[모른다.]

'그렇다면……'

질문 내용을 조금 바꾸기로 했다.

[너는 혹시, 최상급 정령이냐?]

알고 있는 사실을 굳이 묻는 건, 정령 스스로가 생각한 대답을 원하는 까닭이었다.

[아니다. 나는 높다.]

'최상급 정령보다 위라는 뜻인가.'

말도 안 된다며 고개를 저어버렸던 부분이 재차 떠올랐 다.

[너는…… 그대는 왕인가?]

[……]

이번에는 대답이 없었다. 단지, 일순간 황금나비의 기운 이 흐트러진 것으로, 긍정도 부정도 아니라는 걸 느낄 수 있었다.

'정령왕!'

진정으로 그런 대단한 존재일까? 한층 머리가 복잡해지고 있을 때, 황금나비가 의지를 전해왔다.

[모르겠다. 하지만 난, 높다. 높았다?]

스스로에 대해서 정의를 내리지 못하는 황금나비의 모습에, 문득 앞서의 이야기가 떠올랐다.

'잊혀진 존재.'

그리고 이름이 없다고도 했다.

'이름…… 이름이라.'

어쩌면 그 때문에 자신을 잃어버린 것이 아닐까? 하는 의심이 들었다.

"저놈하고 뭔 대화를 하고 있는 거요?"

크라이온의 물음에 제튼의 고개가 옆으로 돌아갔다. 제튼이 심어로 대화하는 까닭에, 황금나비가 하는 말을 들어도 제튼이 하는 이야기는 듣지 못하는 그였다. 그런 까닭에 이처럼 묻는 것이었다.

이에 제튼이 역으로 물었다.

"안 가냐?"

그 한마디에 크라이온의 표정이 와락 구겨졌다.

"모네가 기다리겠다."

구겨졌던 크라이온의 표정위로 당혹감이 떠올랐다.

"그…… 그러니까, 아직 해야 할 일이 있어서. 저기 저 나비 놈도 때려잡고……."

"됐다. 내가 해결 할 테니까."

"그…… 그리고……."

"도망친 놈들 잡는 거? 쓸데없이 손에 피 묻히지 마라. 애 보려면 좋은 것만 보고 만져야지."

"……끄응!"

앓는 소리를 내는 크라이온을 향해 제튼이 손을 휘휘 저었다.

"좀 가라."

재차 이어지는 한마디에 결국 어깨를 늘어뜨린 채 마을로 발길을 돌려야만 했다.

그런 크라이온의 뒷모습에 살짝 미안한 마음이 생겼으나, 어쩔 수가 없었다.

'지금부터 할 건, 어지간하면 다른 이들에게는 보이고 싶지 않으니까.'

무언가를 감지 한 것일까?

황금나비가 마누스를 데리고 하늘 높이 날아올랐다. 마치 도망치듯 다급한 그 모습에 제튼이 쓰게 웃으며 중얼거렸다.

"왕이건 뭐건, '신'이라고 불린 '힘' 앞에는 어쩔 수 없겠지."

그리고 그 안의 광견이 눈을 떴다.

도망쳐야 했다.

오직 그것만이 살길이라고 본능이 외치고 있었다. 황금
나비는 할 수 있는 전력을 다해 창공을 가로질렀다.

하지만 이내 깨달았다.

불가능!

저 뒤에서 쫓아오는 사나운 광기의 주인은 결코 피할 수
없는 존재였다.

그렇다면 결론은 하나였다.

전투!

어째서인지 도주라는 선택지보다는 맞서는 것이 더 '나
답다' 라고 여겼다.

스스로도 이 '나 답다' 라는 부분이 의아했으나, 여기에
신경 쓸 틈은 없었다.

깨어난 광기의 투견이 지근거리까지 쫓아온 까닭이었
다.

[적!]

상대는 더 이상 대화의 상대가 아니었다. 크라이온과 같
은, 아니, 그 이상으로 악질적인 척살대상일 뿐이었다.

번쩍!

뇌전이 황금나비를 향해 떨어졌다.

저 멀리 황금빛 나비가 눈에 들어왔다. 과연, 정령이라
고 해야 할까?

생각보다 더 빠른 속도로 이동을 한 것이다. 하지만 결
국 잡힐 수밖에 없었다.

'당연하지!'

입꼬리가 살짝 올라갔다.

"감히! 이 몸에게서 도망칠 수 있다고 생각하느냐. 크하
핫ㅡ!"

일순간 터져 나온 광소가 사방을 쩌렁쩌렁 울려 퍼지며,
주변 대지와 대기를 뒤흔들었다.

순풍을 타고 흘러가던 창공의 구름들마저 어그러질 정
도로 그 웃음에는 거대한 힘이 실려 있었다.

"크하하하!"

자꾸만 웃음이 터져 나오는 건 왜 일까?

오랜만에 '완전' 개방한 천마신공 때문인 것일까? 아니
면 원래 자신의 본성이 이런 것일까?

이유 따윈 상관없었다.

"크하하하하하!"

그저 지금 이 순간 기분이 최고라는 게 중요했다.

꽈르르릉!

문득 저 앞으로 거대한 뇌전이 황금나비에게 내려치는
것이 보였다.

동시에 급속도로 확장되는 황금나비의 영역이 느껴졌
다.

"그래. 할 수 있는 건 전부 다 해 봐라!"

씨익 웃으며 홀쩍 그 영역권 안으로 뛰어들었다.

파직. 파지직…….

동시에 전신을 타고 흐르는 뇌전이 동작을 억제했다. 황
금나비의 영역권 가득 채워진 뇌기의 영향이었다. 짜릿짜
릿한 기운들이 침투하려는 것이 느껴졌다.

"크하하하!"

하지만 그에게는 이 정도 충격은 그저 유희거리 정도밖
에 되질 않았다.

번쩍!

문득 전방으로 시야가 밝아진다 싶더니, 번개가 쏘아져
왔다. 전신을 에워싼 뇌전의 기운 때문에 반응이 살짝 늦
어졌다.

꽈르르르르…….

그로 인해 직격으로 번개를 마주해야만 했다.

"크하하하하하-!"

하지만 여전히 그의 웃음은 멈추지 않았다.

"더! 더! 겨우 이 정도냐? 더 강렬한 한 방은 없는 거냐?"

게다가 번개에 휩싸인 상태에서도 이처럼 여유까지 부
려대고 있었다.

최상급의 정령이 자신의 육신에 번개를 내려, 이를 극한까지 증폭시킨 뒤 쏘아낸 일격이었다.

헌데도 부족하다 외치고 있었다.

"진정 이것으로 끝이더냐!"

이에, 황금나비는 자신의 영력마저 쏟아 부었으나, 제튼은 여전히 폭소하고 있을 뿐이었다.

"크하하하! 부족하다. 부족해!"

그러더니 대뜸 뇌전을 타며 접근해온다.

이는 마치 강을 역류해 오르는 연어들을 생각하게 만들었다.

이미 영력까지 죄다 쏟아내고 있던 까닭일까?

황금나비는 제튼의 접근을 보면서도 이렇다 할 움직임을 보이지 못했다.

어느새 지척에 도달한 제튼이 새하얗게 웃으며 말했다.

"이게 전부라면, 그만 끝내자."

그리고 그의 손이 움직였다.

◈

신임 트라베스 공작 헤룬은 자신의 업무실에서 각종 서류들을 처리하던 중, 돌연 느껴진 심장의 통증에 벌떡 일어나야만 했다.

"허어어억!"

실로 강렬한 충격이었다.

"커헉. 컥…… 커허업!"

가슴을 움켜쥔 채, 연신 숨을 몰아쉬던 헤룬이 창밖으로
시선을 보냈다.

'마누스?'

그에게 허락한 정령과의 연결된 끊어졌다. 가슴의 통증
은 그로 인한 반작용이었다.

'설마……'

불길한 생각이 머릿속을 가득 채워갔다.

〈5권에서 계속〉

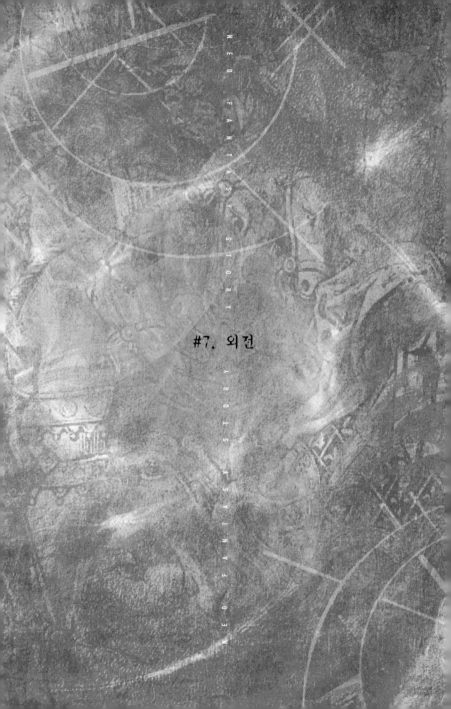

#7. 외전

#7. 외전

전혀 다른 세상이라고 하나, 사람 사는 곳이 다 거기서 거기 아니겠어?

이런 생각으로 세상으로 나갔다. 하지만 정말 깜짝 놀라야만 했다.

"세상이 달라서 그런지, 볼거리가 많네."

게다가 먹을거리도 아주 다양했다. 또한, 각양각색의 머리칼과 생김새들을 지닌 사람들 역시 인상적이었다.

검은 머리에 검은 눈동자 일색이던 그의 세상을 떠올려 본다면, 확실히 이곳은 재미있는 동네였다.

게다가 유독 그의 관심을 끄는 것도 있었다.

"마법이란 거, 아주 재밌어."

그의 세상에도 술법이라는 게 존재하기는 했으나, 무인들이 중심이 되어 버린지 오래인지라, 그 명맥이 상당수 끊어져버린 상태였다.

덕분에 그 체계적인 면에서 상당부분 어설픈 감이 있었는데, 이곳의 마법은 전혀 달랐다.

"술법과 비슷하면서, 더 파괴적이고 간략해. 게다가 아주 배우기 쉽게 체계가 잘 잡혀 있어."

쉽다? 마법사들이 들었다면 대노할 만한 이야기였으나, 그의 상식을 넘어서는 머리로 봤을 때, 충분히 '쉽다' 여길만한 수준이었다.

물론, 고위 마법으로 올라가면, 그 체계와 상관없이 수식이 워낙 복잡해져서 '쉽다' 라는 단어를 쓰기가 어렵기는 했다.

하지만 이 복잡한 부분 역시도 그에게는 즐거움으로 다가왔다.

"재밌어. 아주 재미있어!"

수시로 마법 서적을 독파하는 한편, 이곳 세상에 적응을 하고자 세력이란 걸 만들어봤다.

용병!

그의 세상의 낭인과 비슷한 직업으로써, 손쉽게 자리를 잡기에는 이것만한 게 없다 여겼다.

적당히 조절을 하며 활동했건만, 그럼에도 워낙 특출난

까닭일까?

순식간에 그의 명성이 인근을 휩쓸었다.

"아…… 너무 잘나도 문제라니까."

〈우웩!〉

내부에서 들려온 음성이 슬쩍 신경을 건드렸다. 그가 사용하고 있는 이 육신의 실질적 주인이었다.

제튼.

그에게 자리를 뺏긴 채 내부로 밀려나버린 조금은 불쌍한 녀석이기도 했다.

〈틈만 나면 얼굴에 금칠하기 바쁘니, 나중에 제 얼굴에서 개기름이 아니라 금가루가 떨어질까 걱정이네요.〉

"까불지 말고 수련이나 열심히 해라."

쓸데없는 소리를 할 때는 강제로 '심상의 세계'에 밀어 넣어 버리면 간단했다.

〈……이 ……이건 아동 학대…… 이. 빌. 어…… 먹…….〉

과연, 잠시간 발악하는 듯싶었으나, 이내 내부가 고요해지며 잔잔한 침묵이 따라왔다.

"조용하고 좋네. 그리고 아동 학대는 무슨. 한참 전에 성인식도 치른 놈이. 징그럽다 징그러워."

그렇게 중얼거리며 고개를 흔드는데, 주변인들의 시선이 이상했다.

혼자서 대화를 나누는 것 같은 이런 그의 모습은 분명, 남들이 보기에는 정상이 아닌 듯 보일 터였다.

때문에 주변에서 그를 보는 시선에는 간혹 '미친놈'을 보는 것 같은 눈빛들이 섞여있고는 했다.

하지만 워낙 실력이 있는 용병인지라, 감히 그의 앞에서 막말을 하는 경우는 거의 없었다.

"이 씨파! 쌍노무 새꺄!"

이야기 했듯 '거의' 없다는 건, 가끔 있다는 뜻이 되기도 하는데, 크라이온이라 불리는 애송이 용병이 바로 그 건방 진 부류에 속했다.

덕분에 자주 손을 써야만 했는데, 아주 재밌는 건 그토록 두드려 맞으면서도 개김성을 버리지 않는다는 것이었다.

'제법이란 말이지.'

그래서 더욱 마음에 들었다. 해서 크라이온이라는 애송 이를 아주 크게 키우기로 마음먹었다.

"이건 염왕십팔도란 건데, 잘 보고 익혔다가. 나중에 제 대로 개겨보려무나."

그의 세상에서도 제법 쓸 만한 연공법을 하나 전수해 줬는데, 잘만 익힌다면 후에 제법 떵떵거릴 수 있을 터였다.

그렇게 이쪽 세상에 대해 알고자 시작했던 용병생활이

1년여 쯤 지났을 때였다.

"너 좀 친다며? 한 판 붙자."

대뜸 예쁘장한 여인이 찾아와 검을 들이미는 게 아닌가.

감히, 그의 앞에서 이처럼 당돌하게 굴던 여인이 있었던가? 생각을 해 봤으나 마땅히 떠오르는 여인이 없었다.

신선하다고 해야 할까?

그래서 검으로 짓눌러 주고, 몸으로도 짓눌러 줬다.

"흐흐! 발라먹는 맛이 아주 제법이야."

상당한 실력자여서 그런지, 그 몸의 탄력이 남달랐다. 그리고 이 덕분에 한 가지 궁금증이 생겼다.

'그러고 보니, 이쪽 대륙에도 유명한 미인들이 제법 있었지.'

그가 살던 세상의 미인들은 전부 섭렵해 봤다.

"이쪽 아가씨들은 또 어떤 매력이 있으려나?"

음란마귀가 강림하는 순간이었다.

'가까운 곳이…….'

이 몸의 주인이 살던 칼레이드 왕국이 떠올랐다.

"거기 공주가 그렇게 예쁘다고 했던가."

3~4년만 더 지나면 대륙제일의 미인이 될 거라며, 전 대륙을 떨어 올리는 여인이었다.

이미 동대륙 제일의 미인으로도 불리고 있었다.

"좋았어. 결정!"

그 길로 칼레이드 왕국 왕성으로 찾아갔고, 이날 왕국에
는 재앙과 축복이 함께 내렸다.

대 제국 칼레이드 탄생의 숨겨진 비화였다.